Ullstein

DAS BUCH

In den sechs Monaten, seit Admiral Lyons als neuer Kommandant seinen Vorgänger, Vizeadmiral Deans Dundas, abgelöst hatte, hatte er immer wieder eine gemeinsame Aktion von Heer und Marine empfohlen, um das Asowsche Meer unter Kontrolle zu bekommen. Diese Operation hatte er bis in die kleinste Einzelheit geplant, weil er überzeugt war, daß sie den Krieg verkürzen und Sewastopol aushungern würde – falls sie Erfolg hatte. Doch bis zum letzten Augenblick hatte General Canrobert, der französische Oberbefehlshaber, mit seiner Unterstützung gezögert und gegebene Zusagen immer wieder zurückgezogen. Deshalb erhält der Kommandant der Dampfschrauben-Sloop *Huntress*, der bewährte Phillip Horatio Hazard, schließlich mit einigen seiner Männer den Befehl, in einer lebensgefährlichen Aktion mit dem Führer der aufständischen Tscherkessen, Serfir Pascha, Kontakt aufzunehmen und ihn zu einem Bündnis zu überreden.

Der fünfte Band aus der marinehistorischen Serie um den tapferen Phillip Horatio Hazard.

DER AUTOR

V. A. Stuart veröffentlichte mehr als 60 Bücher und zahllose Zeitungsartikel. Stuart gilt als Koryphäe englischer Marinegeschichte mit besonderen Kenntnissen über den Krimkrieg.

V. A. Stuart

Land voraus!

Phillip H. Hazard in Tscherkessien

Roman

Ullstein

Ullstein Buchverlage GmbH & Co. KG,
Berlin
Taschenbuchnummer: 24725
Titel der Originalausgabe:
Hazard in Circassia
Aus dem Englischen von
Dieter Bromund

Deutsche Erstausgabe
Oktober 1999

Umschlaggestaltung:
Hansbernd Lindemann
Illustration:
Silvia Christoph

Erstmals veröffentlicht bei
Aidan Ellis Publishing
Karte: Erika Baßler

Printed in Germany 1999
Satz: hanseatenSatz-bremen, Bremen
Druck und Verarbeitung: Clausen & Bosse, Leck
ISBN 3 548 24725 3

Gedruckt auf alterungsbeständigem
Papier mit chlorfrei
gebleichtem Zellstoff

Die Deutsche Bibliothek - CIP-Einheitsaufnahme
Stuart, Vivian: Land voraus!: Phillip H. Hazard in
Tscherkessien; Roman / V. A. Stuart. [Aus dem Engl.
von Dieter Bromund]. - Dt. Erstausg. - Berlin:
Ullstein, 1999 (Ullstein-Buch; Nr. 24725)
ISBN 3-548-24725-3

Vom selben Autor in der Reihe der Ullstein Bücher:

Tapfer bis zum Untergang (24473)
Dem Feind entgegen (24484)
Alle Mann zurück an Bord (24612)
Anker auf – trotz Eis und Schnee (24622)

Von Kanonen zu Geschützen

Das britische Heer führte den Krimkrieg mit Kanonen und Haubitzen, die bereits in Waterloo gegen Napoleon eingesetzt worden waren – rund vierzig Jahre früher. Das Prinzip, auf dem diese Waffen aufbauten, war weitere 100 Jahre alt: Vorderlader und glatte Läufe. Gezogen wurden diese Waffen auf einer Lafette – zwei Räder, eine Achse und ein Lafettenschwanz. Erst nach dem Krimkrieg wurde eine Artillerie entwickelt mit gezogenen Läufen, von hinten zu laden, die Langgeschosse statt Kugeln auf den Feind schleuderten. Das Geschütz löste die Kanone ab.

Für das Feuern dieser Vorderlader gab es ein strenges Exerzierreglement für eine Mannschaft, die aus Kanonieren bestand. Das Rohr mußte gereinigt werden, durfte also keine glühenden Reste des vorigen Schusses mehr enthalten. Dann wurde von vorn das Pulver eingefüllt, danach die Kugel und danach das Zündpulver durch das Zündloch achtern, das schließlich vom »ventsman« mit einer Lunte gezündet wurde. Ein komplizierter Vorgang, der in ähnlicher Form in der königlichen Marine ablief. So gut trainiert war die britische Feldartillerie, daß sich ihre Offiziere exakt ausrechnen konnten, was eine leichte Feldkanone leistete.

Im Exerzierhandbuch der Feldartillerie in Madras in Indien wurde zum Beispiel ein Kavallerieangriff durchgespielt, der durch leichte Kanonen abgewehrt werden sollte:

Die Kavallerie formiert sich eine Meile entfernt zum Angriff und trabt die erste Hälfte der Distanz. In dieser Zeit müssen sieben Geschosse abgefeuert werden. Die nächste Viertelmeile wird galoppiert, zwei Kugeln sind jetzt zu feuern. Auf der letzten Viertelmeile erreicht der Galopp sein höchstes Tempo zum Angriff, hier sollen zwei Geschosse in die Reiter einschlagen – wohl gemerkt, pro Kanone. Der Kavallerieangriff dauert ganze sechs Minuten, mit elf Schüssen sollte er abgewehrt werden.

Kanonen wurden nach dem Gewicht der Kugeln eingeteilt, die sie verschossen, erst später nach dem Kaliber, dem inneren Durchmesser des Laufs. Die am weitesten im Heer verbreitete war die 6-Pfünder-Kanone. In den fünfziger Jahren des vorigen Jahrhunderts galt im Feld eine 18-Pfünder-Kanone schon als schwer. Zwei von ihnen spielten in der Schlacht von Inkermann im November 1854 auf der Krim eine wichtige Rolle. Sie zerschossen beim kritischen Höhepunkt des Angriffs die russischen Kanonen, die den Angriff der russischen Infanterie unterstützten. Der Angriff wurde abgewehrt.

Schwere Kanonen wurde zu Belagerungen eingesetzt, ergänzt durch Haubitzen und Mörser, die in sehr viel steileren Winkeln auf kürzere Entfernung und mit weniger Pulver schießen konnten.

Die Wirkung von Kanonenkugeln auf Reiter und Fußvolk war verheerend. Dem damaligen Brauch folgend, ging Infanterie immer geschlossen vor und durfte und konnte bei Beschuß nicht ausweichen. Und wie der Todesritt der Leichten Brigade zeigte, waren Batterien durch Reiter nur unter unmäßigen Opfern zu erobern. Artillerie wurde also im wesentlichen durch Artillerie bekämpft oder durch Infanterie, die die Kanoniere etwa auf die gleiche Entfernung bekämpfen konnte, wie deren leichte Kanonenkugeln trugen. Denn die Kanoniere bedienten ihre Waffen ungedeckt.

Wer seine Kanone nicht in Feindeshand fallen lassen wollte oder eine eroberte Kanone nicht mitnehmen konnte, vernagelte sie. Er schlug in das Zündloch einen Nagel, der nur unter allergrößten Schwierigkeiten überhaupt zu entfernen war. Die Kanone war unbrauchbar geworden.

Die großen Änderungen in der Artillerie begannen nach dem Krimkrieg. Doch der Streit über Vorderlader und Hinterlader währte zwischen Experten noch lange. So lobte etwa Sir Andrew Noble den Vorteil eines Geschützes wegen seiner größeren Reichweite und seiner Zielgenauigkeit. Ihm widersprach ein alter Haudegen: »Ich muß mich also nur aus diesem Bereich entfernen und bin in keiner Gefahr mehr. Doch mit den alten Vorderladern bin ich nirgendwo in Sicherheit.«

Was bereits 1784 der englische Artillerie-Leutnant Henry Shrapnell erfunden hatte, ein rundes hohles Geschoß, das im Inneren Kugeln und Pulver enthielt und dank einer Zündschnur während des Fluges unmittelbar vor dem Ziel zur Explosion gebracht wurde, wurde »verbessert«, die Granaten wirkten noch verheerender. Der Rückstoß wurde beherrscht, man schoß sehr viel schneller, die Reichweite wurde immer größer. Und schließlich traf man Ziele hinter dem Horizont, die man auch mit dem Fernglas nicht mehr sehen konnte.

Dieter Bromund

Für Lady Elizabeth Matheson

Frühling 1855 ... Der grausame Winter auf der Krim hatte bei den alliierten Heeren, die Sewastopol belagerten, viele Opfer gefordert. Admiral Lyons, Befehlshaber der britischen Schwarzmeerflotte, entschied, Commander Phillip Horatio Hazard mit HMS *Huntress* nach Tscherkessien zu schicken. Der Auftrag: Er sollte den Guerillaführer Serfir Pascha finden und seine Hilfe für den blutigen Krieg gegen die Russen gewinnen. Phillip fand sich plötzlich inmitten von Guerillakämpfern wieder und kämpfte Seite an Seite mit einer Frau gegen eine wilde und grausame Kosakenarmee.

Vorwort des Verfassers

Mit Ausnahme der Offiziere und Matrosen auf der HMS *Huntress* und von Oberst Gorak und seiner Tochter haben alle Personen, die in diesem Buch erwähnt werden, wirklich gelebt, und was sie taten, ist historisch belegt. Auch in den Charakterisierungen und Unterhaltungen wurden – soweit es sich nicht um allgemein bekannte Statements handelt – größter Wert darauf gelegt, daß sie den Überlieferungen entsprechen.

Auszüge von offiziellen Meldungen und Telegrammen sind aus Archiven übernommen worden. Fiktive Charaktere und Schiffe wurden lediglich eingefügt, um diesen Roman glaubwürdiger zu machen. Was hier berichtet wird, basiert auf Tatsachen und könnte so geschehen sein.

Der Autor dankt der Navy Records Society für die Erlaubnis, aus den dort archivierten Veröffentlichungen eine Karte zu reproduzieren und zwar aus dem Russischen Krieg 1854 und dem Russischen Krieg 1855. Ebenso gilt der Dank Kapitän A. C. Dewar, R.N., und D. Bonner Smith und Commander W. M. Phipps Hornby, R.N., für die immer freundliche und ausführliche technische Beratung hinsichtlich der erwähnten Schiffe.

Die Handlung dieser Geschichte basiert auf einer Meldung von Commander Sherard Osborn von HMS *Vesuvius*, die auf Seite 397 des Buches *Der russische Krieg* im Jahre 1855 veröffentlicht wurde, als Anlage vom 18. Mai 1855.

Sir Colin Campbell behielt auf Wunsch von Lord Raglan das

Kommando in Balaklava, als die zweite Expedition am 22. Mai 1855 von Sewastopol nach Kertsch Anker auf ging, obwohl er selbst sehr darum bemüht war, seine Hochlandbrigade zu begleiten.

Prolog

Genau eine Stunde vor Sonnenuntergang ging am 3. Mai 1855 Ihrer Majestät Dampfschraubendreidecker *Royal Albert* Anker auf und stach unter der Flagge von Konteradmiral Sir Edmund Lyons, dem Befehlshaber der britischen Seestreitkräfte im Schwarzen Meer, in See. Neben dem Admiral standen zwei Generäle auf dem Achterdeck und musterten die Männer des 93ten Hochlandregiments, die in ihren verblichenen roten Uniformjacken und Schottenröcken auf dem Deck angetreten waren. Es waren Sir George Brown und der nicht weniger berühmte Kommandeur der Hochlandbrigade, Sir Colin Campbell.

Fünf andere Linienschiffe, alle mit britischen Truppen beladen, folgten dem Flaggschiff vom Ankergrund vor Sewastopol, einigen tausend französischen Infanteristen und einem Bataillon Türken. Außer den Linienschiffen liefen fünfzehn Fregatten und Kanonenboote aus, geführt von der *Miranda*, einer Dampfschraubenkorvette mit vierzehn Kanonen unter dem Kommando von Kapitän Edmund Mowbray Lyons, dem Sohn des Admirals. Die Schiffe formierten sich in drei Linien, die Zwei- und Dreidecker liefen in der Mitte und der allgemeine Kurs war Nordwest mit der Absicht, die feindlichen Beobachter zu täuschen, die diesen sorgfältig geplanten Aufbruch beobachteten und über den Grund spekulierten.

Ein kleineres französisches Geschwader unter Admiral Bruat auf seinem Flaggschiff *Montebello* mit 120 Kanonen lief kurz darauf aus der Bucht von Kamiesch aus und hatte ebenfalls einen General, D'Autemarre, und viele Truppen an Bord. Doch der französische Marinebefehlshaber unternahm keinen Versuch, sein Ziel zu verschleiern. Vor dem Ankeraufgehen hatte er seinen Kommandanten befohlen, sofort zum vereinbarten Treffpunkt mit den britischen Verbündeten zu laufen, vor die schwer verteidigten Städte Kertsch und Yenikale, die am Ende einer schmalen Halbinsel östlich von Sewastopol den Eingang zum flachen, von Land umgebenen Asowschen Meer schützten. Hier sollten die verbündeten Streitkräfte, insgesamt mehr als 11000 Mann – unter ihnen mehr als 7000 Franzosen – an zwei Stellen südlich von Kertsch landen und von dort vorstoßen, um die Stadt im Handstreich zu nehmen und die beeindruckenden Batterien auszuschalten. Das würde dem vereinten Geschwader flachgehender Dampffregatten und Kanonenboote erlauben, ins Asowsche Meer einzulaufen und die russischen Versorgungslinien zur Krim und nach Sewastopol zu kappen.

Einen langen bitteren Winter hatte Sewastopol dem Feuer alliierter Belagerungskanonen widerstanden, trotz durchschnittlich 250 Toter und Verletzter pro Tag und trotz 6000 Ausfällen an dem Tag, an dem die Beschießung einen Höhepunkt erreichte. Solche Verluste wären nicht auszugleichen gewesen ohne einen ständigen Zustrom an Männern, Munition und Versorgungsgütern, die die Stadt vom Norden her erreichten. Die Straße von Bakshi-Serai, dem Hauptquartier von Prinz Menschikoff, nach Sewastopol lag außerhalb der vordersten Linien der Verbündeten, war vor Angriffen von Land oder See her geschützt und lag außerhalb der Reichweite aller Kanonen, die die Höhen im Süden bestrichen.

Eine Erkundung der Küste hatte die Existenz einer militärischen Straße bestätigt, die Bakshi-Serai und Simpheropol mit Städten an der Küste des Asowschen Meeres verbanden. Auf ihr wurde all das transportiert, was die russische Armee auf der Krim benötigte. In den sechs Monaten, seit Admiral Lyons als neuer Kommandant seinen Vorgänger, Vizeadmiral Deans

Dundas, abgelöst hatte, hatte er eine gemeinsame Aktion von Heer und Marine empfohlen, um das Asowsche Meer unter Kontrolle zu bekommen. Diese Operation hatte er bis in die kleinste Einzelheit geplant, weil er überzeugt war, daß sie den Krieg verkürzen und Sewastopol aushungern würde – falls sie Erfolg hatte.

Das Kanonenbootgeschwader sollte sich nach Durchlaufen der Straße von Kertsch als selbständig operierende Einheit formieren und seinen Auftrag ohne weitere Unterstützung erfüllen. Der Feind hatte im Asowschen Meer keine Schiffe, die er gegen die Eindringlinge einsetzen konnte. Aus diesem Grund könnten sich die Truppen, bis auf eine kleine türkische Garnison, zurückziehen, sobald Kertsch, Yenikale und Arabat genommen waren.

Der Plan war kühn und mit größter Sorgfalt entwickelt worden. Mit aller Begeisterung und Beredsamkeit, deren er fähig war, hatte Admiral Lyons dafür plädiert, daß das Vereinigte Oberkommando dieses Vorgehen akzeptierte.

Doch bis zum letzten Augenblick hatte General Canrobert, der französische Oberbefehlshaber, geschwankt. Zuerst hatte er dem Plan zugestimmt, den Admiral Bruat vortrug, dann ihn abgelehnt. Fehlende Truppen konnte er als Grund nicht anführen, denn die Verstärkungen waren bereits in Konstantinopel angekommen – ein Reservecorps von 25000 Mann, das die Gesamtstärke der Truppen dreimal so groß wie die der Briten werden ließ.

Nach einer langen Konferenz im Hauptquartier von Lord Raglan hatte er am 29. April nach größtem Zögern endlich akzeptiert, wenigstens 7500 französische Soldaten der Expedition für längstens zwei Wochen zur Verfügung zu stellen. Er hatte das nur als Alternative zur Fortsetzung der Beschießung und als Alternative zu einem Angriff auf die zentrale Bastion von Sewastopol zugelassen, weil Lord Raglan und sein eigener General Pélissier ihn drängten. Über den Beginn der Aktion hatte er in einer einzigen Woche zweimal seine Meinung geändert.

Admiral Lyons schritt auf dem Achterdeck seines Flaggschiffs, das majestätisch in den purpurnen Glanz des Sonnenuntergangs segelte, auf und ab und dankte seinem Schöpfer, daß das Geschwader endlich unterwegs war. Es wäre ja immerhin noch möglich gewesen, daß Canrobert sich im letzten Augenblick eines anderen besann. Doch jetzt war es für den französischen Oberbefehlshaber weiß Gott zu spät. Er zwang sich zu einem Lächeln und ging langsam zu den beiden britischen Generälen, von denen der Erfolg der gesamten Operation abhängen würde.

Man hätte keine besseren aussuchen können, dachte er. Beide waren Schotten, und zusammen wußten sie mehr von der harten Wirklichkeit des Krieges als alle anderen britischen Divisionskommandeure zusammengenommen. Beide waren hoch in den Sechzigern, weißhaarige Veteranen, und beide hatte als junge Offiziere mit großem Elan in fast jeder Schlacht auf der iberischen Halbinsel dem Herzog von Wellington gedient. Sir George Brown hatte nachher unter General Ross in Amerika gekämpft, Sir Colin Campbell in Indien unter Napier und Gough. In Chilianwala und Gujerat hatte er 1849 sogar eine ganze Division geführt, doch hier auf der Krim – sechs Jahre später – war ihm nur eine Brigade zugeteilt worden.

Des Lächeln des Admirals verschwand, als er unfroh an den Lohn von fast fünfzig Jahren hervorragenden Dienst im Heer denken mußte, wie ihn diese beiden Herren geleistet hatten. Wenn jemand kein Geld und auch nicht den nötigen Einfluß besaß, um sich Beförderungen in seinem Beruf zu erkaufen ... Wenigstens in der Marine wurden Offizierspatente weder gekauft noch verkauft, und obwohl die richtigen Verbindungen zweifellos halfen, war der Aufstieg kein ausschließliches Vorrecht Reicher oder Titelträger – unabhängig von ihrem Können – wie das so oft im Heer der Fall zu sein schien.

»Admiral, mein Kompliment.«

Aufrecht, wie nur ein Soldat in seinem glänzenden Uniformrock sein konnte, wandte sich Generalleutnant Sir George Brown von der Inspektion der Hochlandtruppen im Kilt ab, die auf dem Vorschiff paradierten. Nachdenklich zog er seine buschigen weißen Augenbrauen zusammen. Trotz seiner siebenundsechzig Jahre war er ein Mann voll unermüdlicher physischer Energie und – als Fuchs der alten Schule – bei den reichen und adligen jüngeren Offizieren keineswegs beliebt, also genau den Typen, an die der Admiral vor ein paar Augenblicken gedacht hatte. Er verlangte von der Leichten Division, die er kommandierte, hohe Standards und bestand darauf, daß diese eingehalten wurden. Er glaubte, daß Auspeitschungen Wirkungen zeigten. Seine Männer mochten vielleicht seine Strenge und seine Ablehnung jeglicher Veränderungen verachten, doch sie hatten gelernt, seinen persönlichen Mut und seine verläßliche Führung zu respektieren. Hinter seinem Rücken erfanden sie unfreundliche Spitznamen für ihn, doch an der Alma hatten sie ihn als einen kompetenten Berufssoldaten kennengelernt. Wenn auch murrend, waren sie stolz auf das, was er ihnen abverlangte und würden ihm überall hin folgen.

»Sie sind doch sicher, beim Leibhaftigen, froh, daß wir endlich auf dem Weg nach Kertsch sind«, sagte er bärbeißig zu Admiral Lyons.

»Das bin ich«, gab der zu. »Um ganz offen zu sein, General, ich erwartete, nein, fürchtete eigentlich bis zu dem Augenblick, als wir Anker auf gingen, daß ein Adjutant von Canrobert erschiene, mit dem Befehl, nicht auszulaufen.«

»Das fürchtete ich auch von diesem Kerl. Ist nicht in der Lage eine Entscheidung zu fällen und dabei zu bleiben!« Sir George Brown liebte keine schwachen Worte. »Der arme Lord Raglan hat's wirklich schwer mit ihm, genau wie vordem mit St. Arnaud. Ich komme mit Bosquet gut aus, und Sir Colin versucht schon den ganzen Nachmittag lang, mir Péllisiers Ruhm vorzusingen.« Er legte eine Hand auf Sir Colin Campbells schmale, gebeugte Schulter. »Aber, verdammt noch mal, diese Franzmänner sind alle gleich, einer ist so schlecht wie der andere, aus meiner Sicht gesprochen. Ich war zufriedener, als wir gegen sie gekämpf haben, offen gesagt!«

Sir Colin Campbell hob in einer schwachen Geste des Widerspruchs gegen eine solche Verallgemeinerung die Hände und sagte leise: »Hören Sie auf, mein Freund. Vor vierzig Jahren waren sie als Gegner nicht schlecht. Und sie kommen nicht alle aus dem gleichen Stall wie ihr jetziger Oberkommandierender. General Péllisier hat eine ruhmreiche Karriere und war bis zur Krim Canroberts Vorgesetzter. Ich glaube, daß der sich bestimmt nichts vormachen läßt – nicht einmal von seinem Kaiser.«

Sir Colin Campbell sprach mit starkem schottischen Akzent, und Admiral Lyons mußte beim Zuhören an eine frühere Gelegenheit denken, als die gleiche trockene, rauhe Stimme laut die Männer des 93ten Regiments aufforderte, standzuhalten. Sie waren die einzigen Soldaten, die zwischen der russischen Kavallerie und dem Hafen von Balaklava positioniert waren – an einem nebligen Oktobermorgen im letzten Jahr. Es waren zwei Reihen Hochländer gewesen, die der Sonderkorrespondent der *Times*, Mr. Russell, in seiner Meldung als »dünne rote Linie, mit Stahl bewehrt« beschrieben hatte, sehr dramatisch, aber nicht unpassend.

»Denkt daran, 93er«, hatte Sir Colin Campbell ihnen zugerufen, als sie angespannt den Angriff der Kavallerie erwarteten, »von hier gibt es keinen Rückzug. Wenn es denn sein muß, müßt ihr sterben, wo ihr steht.« Und dann, etwas später, als ein paar Männer vormarschierten, um dem heranpreschenden Feind zu begegnen: »Verdammt noch mal, was soll der Eifer, 93er! Linie halten!«

Der Admiral erlaubte sich ein grimmiges, kleines Lächeln, als er an den Bericht über dieses Ereignis dachte, von dem ihm der damalige Leutnant und heutige Commander Phillip Horatio Hazard berichtete, der befehlsgemäß dabei gewesen war mit dem Auftrag, sofort den Hafen von Balaklava räumen zu lassen, falls die 93er ihre Stellung in Kadikoi nicht hielten.

Sir George Brown knurrte eine unwirsche Antwort. »Lieber Gott im Himmel! Wenn es diesen Canrobert nicht gäbe, wären wir bereits vor sieben Monaten in Sewastopol einmarschiert.

Dabei wäre kaum ein Schuß gefallen. Und dieser verdammte, schlecht geführte Krieg wäre längst beendet. Colin, Sie wissen doch genau wie ich, daß die Russen bereit waren, nach der Geschichte an der Alma die Stadt aufzugeben. Wir hatten alle niedergeworfen, und sie hatten den Mut verloren, sie hatten keinen Eifer mehr. Und selbst mit den besten Absichten hätte Korniloff uns mit seinen paar Matrosen nicht aufgehalten. Aber Canrobert wollte es nicht! Erst die Belagerungskanonen an Land, bestimmte er, dann die Verteidigungsanlagen zusammenschießen – ein Angriff ohne vorherige Beschießung ist Selbstmord. Er ist verdammt noch mal mehr als jeder andere für die Verluste verantwortlich, die wir in diesem Winter hatten, aber in London wirft man sie Lord Raglan vor.« Er redete sich in Wut. »Dummerweise kommandiert Canrobert die einzige Armee hier draußen, die eine solche Bezeichnung überhaupt verdient. Unsere Truppen sind erbarmenswert unterlegen, was Größe und Ausrüstung anbelangt, das wissen Sie auch. Also werden wir nie die Kraft für eine Offensive ohne die Franzosen haben. Auch für diese Expedition hat Canrobert dreimal so viele Männer wie wir zur Verfügung gestellt. Und der Teufel soll ihn holen. Er kriegt es fertig und läßt alle Mann zurückrufen, wenn wir gerade einen Tag an Land sind. Dazu wäre er fähig, glauben Sie nicht auch, Admiral?«

Obwohl der Admiral die Befürchtung teilte, hielt er es für klüger, dies nicht laut zu äußern. »Ich kann das nicht ernstlich glauben, General«, sagte er diplomatisch. »Jetzt, da wir mit seinen Truppen an Bord unterwegs sind, scheint es unwahrscheinlich, daß er sein Wort nicht hält. Dann hätte er Lord Raglan gegen sich. Nun ...« Er blickte in den Abendhimmel und sog die feuchte Luft tief ein. »Sobald es dunkel ist, werden wir den Kurs ändern. Vielleicht haben wir morgen früh Nebel, und wenn er nicht zu dick ist, wird er unserem Anliegen förderlich sein. Lassen Sie uns in meine Kajüte gehen, meine Herren, und dem letzten ausgezeichneten Madeira Ehre antun, den mein Sohn Jack mitbrachte, als er zum Geschwader stieß!«

Sie folgten ihm in seine große Heckkajüte, aber offensichtlich war Sir George Brown nicht zufrieden.

»Ich traue diesem Canrobert nicht«, sagte er. »Ich traue ihm nicht von hier bis dort, verdammt noch mal.« Er nahm ein Glas Madeira entgegen, das Algernon Lyons, der Neffe des Admirals und sein Flaggleutnant, ihm anbot und starrte bedrückt hinein. »Verdammt noch mal, Sir Edmund«, fuhr er aufgebracht fort, »ich gäbe den Sold von sechs Monaten, wenn ich wüßte, was genau jetzt im französischen Hauptquartier vor sich geht, und ich bin weiß Gott nicht reich, wie man weiß. Normalerweise glaube ich nicht an Vorahnungen, aber ich muß Ihnen sagen, ich bin ganz und gar nicht hoffnungsvoll, was unser Vorhaben angeht.«

Der junge Leutnant Lyons sah Sir George sprachlos und überrascht an, als könne er plötzlich seinen Ohren nicht mehr trauen. Doch der Admiral hörte ihm nur stirnrunzelnd zu. Er wußte genau, daß der General der letzte war, der irgendwelchen Phantasievorstellungen nachlief. Dann erinnerte er sich an seine Aufgabe als Gastgeber und hob sein Glas. »Kommen Sie, meine Herren«, lud er ein, »werfen wir unsere Sorgen weg und trinken auf die Einnahme von Kertsch!«

Sir Colin Campbell antwortete als erster. »Aye, aye«, stimmte er bemüht optimistisch zu. »Das werden wir schaffen, Admiral, sicher. Auf die Einnahme von Kertsch.«

Brummig und mit rotem Kopf erhob sich Sir George. »Also gut«, lenkte er ein. »Ich trinke auf die Eroberung von Kertsch. Und der Teufel soll Canrobert holen, wenn er sich wirklich einmischen sollte. Sie wissen, wie er in der Truppe genannt wird? Robert Kann's-nicht. Der Name paßt zu ihm mindestens so gut wie einige, mit denen man mich bezeichnet.« Er trank und nahm steif wieder Platz. »Ich wünschte, ich wüßte es«, fügte er leise hinzu. »Lieber Himmel, ich wünschte es wirklich ...«

1

Die beiden alliierten Geschwader, die die Expedition nach Kertsch bildeten, ankerten in dichtem Nebel vor Kap Takti, etwa fünfzehn Meilen vom Strand von Kamiesch-Borun entfernt, an dem die verbündeten Truppen nach Plan an Land gesetzt werden sollten.

Phillip Horatio Hazard, der Ihrer Majestät Dampfschraubensloop *Huntress* mit 14 Kanonen kommandierte, stützte sich mit einem Fuß auf die Finknetze an Luv und hielt das Glas ans Auge. Seit Sonnenaufgang hatte sich der Nebel gelichtet. Zwischen der *Royal Albert*, die die Flagge von Konteradmiral Lyons führte, und der *Montebello* unter der Flagge von Vizeadmiral Bruat hatte reger Bootsverkehr geherrscht. Er sah jetzt, daß das französische Schiff sich vorbereitete, Anker auf zu gehen. Zwei andere französische Schiffe, beide Fregatten mit Truppen an Bord, hatten ihren Ankerplatz bereits verlassen und hatten Kurs abgesetzt, aber nicht wie erwartet auf Kamiesch-Borun, sondern nach Südwesten, als hätten sie die Absicht nach Sewastopol zurückzukehren. Phillip war verwirrt.

Die *Huntress* war auf Patrouille vor der tscherkessischen Küste gewesen zwischen Soujak und Anapa. Auf Befehl von Kapitän Moore von der *Highflyer*, dem höchsten britischen Offizier in der Straße von Kertsch, war sie zusammen mit der *Spitfire* zum Treffpunkt der beiden alliierten Geschwader gelaufen, um das Ergebnis ihrer Beobachtungen über die Bewegungen des Feindes direkt an Admiral Lyons zu melden. Die beiden Geschwader hatten den Punkt am späten Nachmittag erreicht. Bald nach Ankunft des ersten Schiffes waren drehende Nebel aufgekommen. So war der Ankergrund wie mit einer Decke verhängt, und das hatte einige Verspätungen verursacht. Kapitän Spratt von der *Spitfire* hatte seine Briefe sofort auf der *Royal Albert* übergeben, aber bis jetzt war Phillip noch nicht zum Bericht an Bord befohlen worden. Mit steigender Verblüffung hatte er beobachtet, wie aus dem Nebel plötzlich ein kleiner französischer Dampfer aus Richtung Sewastopol aufgetaucht war. Ohne auf die Gefahren des unsichtigen Wetters zu achten, war er geschickt zwischen den Linien der ankernden und der sich noch bewegenden Schiffe hindurchgelaufen. Und ohne zu warten, bis die Schaufelräder richtig zum Stillstand gekommen waren, hatte der Dampfer sofort ein Boot zur *Montebello* geschickt, und kurz darauf hatte trotz des immer noch dichten Nebels der rege Bootsverkehr zwischen den Flaggschiffen begonnen.

Die Barkasse der *Montebello* hatte den französischen Befehlshaber mit seinem Stab und, wie im Halbdämmer nur schwer zu erkennen war, mit einigen Heeresoffizieren auf die *Royal Albert* gebracht. Konteradmiral Houston Stewart war ihnen gefolgt, als die *Hannibal* etwa eine Stunde später vor Anker ging. Die Boote lagen immer noch längsseits des britischen Flaggschiffs, als aus dem Nebel schon Dunkelheit geworden war. Seit Sonnenaufgang, als die *Spitfire* unerwartet von Sewastopol kam, waren Boote und Barkassen eilig zwischen den Flaggschiffen hin- und hergefahren, und fortwährend hatten sich Marineoffiziere und Heeresoffiziere im Heck gedrängt.

Dem aufmerksam beobachtenden Phillip schien jetzt die Angelegenheit erledigt zu sein, die die Kommandeure der Expedition so plötzlich beunruhigt hatte. Doch das Ergebnis der Besprechungen kannte er natürlich nicht. Da sah er plötzlich mit einiger Überraschung, wie auch die *Montebello* ihren Buganker kattete und wie die Schraube zu drehen begann. Majestätisch verließ die *Montebello* ihren Ankergrund und lief, wie schon die beiden Fregatten vor ihr, in südwestlicher Richtung davon.

»Die läuft nach Kamiesch zurück!« rief eine Stimme neben ihm.

Phillip setzte sein Glas ab und schaute sich um. Graham, sein Bruder, jetzt Erster Offizier, kam über das Achterdeck auf ihn zu. Seit er sein Patent zurückbekommen hatte, war Graham Hazard wie verwandelt, und ihre Beziehung hatte sich verändert und noch verbessert, obwohl Phillip als Kommandant der *Huntress* den höheren Dienstgrad hatte. Es war natürlich nicht ganz so wie in ihrer Kindheit ... Graham war sieben Jahre älter. Und die verlorenen Jahre, in denen er durch die Welt gezogen war, manchmal als Offizier, doch häufiger als einfacher Matrose in der Handelsmarine, hatten ihre Spuren hinterlassen und würden bestimmt nie ganz auszuradieren sein. Doch Graham war jetzt ein tüchtiger, gewissenhafter und sehr fähiger Erster Offizier, unter dessen straffer, aber immer gerechter Führung die Mannschaft sich auf eine Art entwickelte, die Phillip kaum noch erwartet hatte, seit Ambrose Quinn sein Stellvertreter gewesen war.

Er zuckte mit den Schultern, als er beantwortete: »Das scheint so – und wenn mich nicht alles täuscht, wird das restliche französische Geschwader ihr folgen!«

Graham setzte sein eigenes Glas an und beobachtete den Dreidecker mit großer Sorgfalt. »Kein Signal, nichts. Seltsam. Was denkst du, Phillip? Die Franzosen werden uns doch Kertsch nicht ganz allein erobern lassen!«

Wieder zuckte Phillip mit den Schultern. »Wenn ich raten sollte, würde ich genau das vermuten. Die *Mouette* kam gestern abend in verrücktem Tempo an, als du gerade die Wache Anthony Cochrane übergeben hattest. Sie ließ die Gig zu Wasser, und die pullte schon zum Flaggschiff rüber, als die *Mouette* fast noch Fahrt machte. Ich bin mir nicht ganz sicher, aber ich glaube, ich habe heute morgen Fred Maxse im Boot der *Spiteful* gesehen, und das kann nur heißen, daß Lord Raglan wahrscheinlich unserem Admiral eine Nachricht geschickt hat. Das hätte er nicht getan, wenn alles liefe wie geplant. Du kennst ja General Canrobert auch. Seine Unentschlossenheit ist schon sprichwörtlich. Es liegt also nicht außerhalb aller Möglichkeiten, daß er seine Meinung geändert hat, was den Einsatz seiner Flottille im Asowschen Meer angeht.«

»Soll die Hölle ihn holen!« fluchte Graham. »Jetzt, da wir kurz vor dem Ziel sind? Das kann ich kaum glauben, selbst bei Robert Kann's-nicht!«

»Ich glaube, er hat wieder mal seine Meinung gewechselt«, erklärte ihm Phillip rundheraus. »Was die späte Stunde angeht ... Hast du etwa vergessen, wie er seine Meinung im letzten Oktober änderte, als wir gefechtsklar waren, um die Forts von Sewastopol von See aus zu beschießen? Ich kann mir gut vorstellen, daß er auch diesen Angriff wieder zurückpfeift. Er mochte ihn nie so recht, sagt sogar Jack Lyons.«

»Lieber Gott, hoffentlich irrst du dich, Phillip!«

»Ja, hoffentlich. Aber daß der Admiral meinen Bericht über die tscherkessischen Forts an der Küste noch immer nicht haben wollte, deutet auf eine Änderung im Plan hin. Da, die *Lucifer* und die *Megére* sind auch schon unterwegs. Dabei sollte doch Sedaiges von der *Lucifer* Jacks Stellvertreter sein, nicht wahr?«

Erschrocken beobachteten sie schweigend, wie die beiden französischen Fregatten hinter der *Montebello* her dampften. Ihre Decks waren voller blau uniformierter Infanteristen. Beide sollten eigentlich Teil des alliierten Dampfgeschwaders sein, das unter dem Befehl von Admiral Lyons ins Asowsche Meer einlaufen sollte, wenn Kertsch gefallen war. Diese Entwicklung würde Jack Lyons das Herz brechen, dachte Phillip. Er und der Admiral hatten mit aller Kraft gearbeitet, um sicher zu gehen, daß die Operation, die sie schon im letzten Dezember die Frühjahrsoffensive getauft hatten, ohne Hindernisse ablaufen konnte, wenn es soweit war. Jetzt schrieb man Mai ... Er seufzte. Graham ahnte die Gefühle des Bruders, wandte sich von den ablaufenden Schiffen weg und zuckte hilflos mit den Schultern.

»Ich fürchte, du hast recht. Da braut sich was zusammen. Verdammt noch mal, wir werden wieder Blockadedienste machen müssen und die Küsten abfahren, wenn wir nicht gerade mal wieder Truppen verschiffen. Adieu also für alle Hoffnungen auf Aktionen. Manchmal habe ich Lust, mich freiwillig zur Marinebrigade an Land zu melden, wenn das alles ist, was vor uns liegt.« Er sprach so bewegt, daß Phillip ihn überrascht anstarrte.

»Das meinst du doch wohl nicht ernst?«

»Freiwillig zur Marinebrigade an Land? Warum nicht?« Doch dann schüttelte Graham den Kopf. »Nein, ganz ehrlich, nein. Ich bin enttäuscht, frustriert. Wir drehen ab, und der Feind hat die Küste des Asowschen Meers wieder ganz und gar in Besitz. Jeder in diesem Konvoi wird zweifeln, glaube ich, wenn wir wirklich umkehren. Aber werden wir das? Könntest du dir nicht vorstellen, daß der Admiral ganz allein, ohne die Hilfe der Franzmänner Kertsch nehmen wird, da es eine gewaltige Gefahrenquelle ist?«

»Dazu hat er zu wenige Truppen«, sagte Phillip bedauernd. »Wie soll er das schaffen ...« Er verstummte, da der wachhabende Offizier ihn von der Backbordseite des Achterdecks anrief.

»Signal vom Flaggschiff, Sir.« Der junge Offizier, Robin Grey, als Diensttuender bestätigt, der seine eigene Wache ging, las ohne Stocken das Signal: »Allgemeines Signal an alle Kommandanten, sich an Bord des Flaggschiffs einzufinden, Sir. Soll ich Ihre Gig zu Wasser lassen?«

»Bitte, Mr. Grey!« Mit schiefem Lächeln wandte sich Phillip wieder seinem Bruder zu. »Nun werden wir es ja bald wissen. Ich sehe Kapitän Keppel schon unterwegs.« Er deutete nach Steuerbord, wo der schöne Zweidecker, die *Saint Jean d'Acre* mit 100 Kanonen, vor Anker lag und die kleinen uneleganten Raddampferfregatten überragte, die vor und hinter ihr ankerten. »Wenn einer den Admiral überreden kann, ohne die Franzosen weiterzumachen, dann Keppel. Der hatte sein Boot schon im Wasser, als er ankam, und wartete wohl nur auf ein Signal. Lord Clarence Paget kommt gleich hinter ihm. Wenn alle anderen auch dafür sind, kommen wir vielleicht doch noch zum Ziel!«

»Hoffentlich!« pflichtete Graham ihm bei und sah jetzt etwas glücklicher aus.

Dann gingen sie zusammen nach unten an die Reelingspforte. Das Kommando nahm Haltung an. Phillip stieg in die wartende Gig und setzte sich im Heck neben den Bootsführer, Fähnrich Sean O'Hara, der mit hoher, zitternder Stimme den Befehl zum Ablegen gab. Unter der Wärme der Sonne und in einer lebhaften Brise von Land verwehte der Nebel jetzt ziemlich schnell. Als sie sich dem Schwarm von Booten anschlossen, die von überall her auf das Flaggschiff zu liefen, entdeckte O'Hara mit scharfem Blick westlich des Kaps auf den Höhen eine Kosakenpatrouille.

»Sehen Sie die Felsen da, Sir?« Er deutete auf die Küste, kühl und unbewegt, ja fast verächtlich wie ein Veteran, für den feindliche Kosakenpatrouillen überhaupt nichts Neues waren. In einem Alter, da die meisten anderen Jungen noch Schulbänke drückten, hatte der vierzehnjährige O'Hara sich schon zweimal mit Kosaken auf Scharmützel eingelassen und sich beide Male hervorgetan. Seine Stimme brach fast, und das ärgerte ihn unmäßig. Phillips Lippen zuckten, als der junge Mann kampfeswütig feststellte: »Die werden ganz schön gucken, wenn ihnen klar wird, daß wir Kertsch nehmen wollen, Sir.«

»Ich hoffe das doch sehr, Mr. O'Hara.« Phillips Bemerkung klang bewußt ganz neutral, und der Fähnrich sah ihn stumm und fragend an. Der Glanz in seinen Augen schwand, als er seinem Kommandanten keine weitere Information entlocken konnte. Er war aber zu wohl erzogen, um weiter zu drängeln. Erst als er die Gig an den Steuerbordrüsten der *Royal Albert* längsseits brachte, wagte er ein »Viel Glück, Sir!« Das war ein Hinweis, daß er zwar das Schweigen seines Kommandanten nicht begriff, doch es akzeptierte.

Offensichtlich brauchten sie mehr als Glück, entschied Phillip, als er sich zu den anderen Kommandanten in der großen Kajüte des Admirals gesellte. Die vor ihm Angekommenen sahen bedrückt aus. Der Admiral selber war bleich und nervös. Neben ihm machte Sir George lauthals seinem Herzen Luft. Er hatte bei dieser Operation den Befehl über das Heer. Er redete auf Sir Colin Campbell und Oberst Ainslie von den 93ern ein. Phillip hörte das Wort Canrobert wie einen Fluch. Dann wurde seine Aufmerksamkeit auf höhere Offiziere der Marine gelenkt, die Frederick Maxse , den Verbindungsoffizier zu Lord Raglan, mit Fragen überfielen, die er offenbar nicht beantworten konnte. Kapitän Keppel, der in Fähnrichstagen sein Kommandant gewesen war, und Kapitän Lord Clarence Paget von der *Princess Royal* gehörten auch zu dieser Gruppe. Sein Herz sank, als der kleine, rothaarige Keppel bitter feststellte: »Das war es dann also. Aber ich sage Ihnen, die würden weglaufen, sobald sie unsere Mastspitzen über der Kimm sähen – die würden nicht bleiben und kämpfen.«

Man murmelte allgemeine Zustimmung, die sich in erwartungsvolle Stille verwandelte, während Admiral Lyons an den Kopf des langen Tisches trat. »Ich bitte Sie, Platz zu nehmen, meine Herren«, bat er leise. »Ich will versuchen, Ihnen die Lage zu erläutern, in der wir uns jetzt unglücklicherweise befinden. Wie einige von Ihnen beobachtet haben, schickte General Canrobert einen Dampfer hinter uns her mit Befehlen für Admiral Bruat, sofort nach Kamiesch zurückzukehren. Mit all seinen Schiffen und all seinen Truppen. Wie ich von Admiral Bruat hörte, war der Grund für die Änderung unseres Plans eine telegraphische Nachricht mit einem Befehl von Kaiser Napoleon persönlich, das französische Reservecorps ohne einen einzigen Tag Verzögerung vom Bosporus heranzuführen.« Wieder gab es laute und entsetzte allgemeine Proteste aus den versammelten Reihen, doch der Admiral fuhr mit fester und entschlossener Stimme fort: »Ich muß Ihnen nicht sagen, meine Herren, daß wir hier alles in unserer Macht unternahmen, Admiral Bruat und General D'Autemarre zu überreden, mit uns zum Strand von Kamiesch-Borun zu segeln und dort wenigstens die französischen Truppen an Land zu setzen, damit wir Kertsch nehmen können.« Er deutete auf die beiden britischen Generäle, die links und rechts neben ihm saßen.

»Und die Franzosen haben abgelehnt, Sir?« wollte Lord Clarence Paget ungläubig wissen. »Die laufen nach Sewastopol zurück?«

Admiral Lyons neigte zögernd zustimmend den Kopf. »Ich habe sie darauf aufmerksam gemacht, daß General Canrobert weder den Text der Nachricht aus Paris übermittelt hat, noch klar Stellung bezogen hat oder darauf hinweist, ob Lord Raglan mit seiner Interpretation übereinstimmt. Ich habe Admiral Bruat versichert, daß ich an seiner Stelle ohne Zögern weitermachen würde in der Überzeugung, daß der Kaiser, wenn er hier wäre und die Pläne unserer Expedition kennen würde, sie ohne Zweifel billigen würde. Ich wies auch darauf hin, daß nach den Worten des Offiziers, der General Canroberts Brief überbrachte, Lord Raglan es abgelehnt hatte, über ihn eine Botschaft an mich zu richten. Und das sei ein deutlicher Beweis, daß seine Lordschaft die Expedition nicht zurückrufen wollte. Aber«, resigniert hob er die Hände, »der Admiral stimmte zwar zu, die Lage eine Nacht lang zu überdenken, aber er und General D'Autemarre kamen heute früh an Bord und teilten General Brown und mir mit, daß sie es für ihre Pflicht hielten, dem Befehl zu folgen. Ich bitte Sie, meine Herren, daraus meinen tapferen Kollegen keinen Vorwurf zu machen. Admiral Bruat hat mit Kopf und Herz mit mir zusammengearbeitet, um dieses Unternehmen in Gang zu setzen. Es war deutlich, daß er seine Entscheidung mit sehr großer Zurückhaltung traf. Er erinnerte mich bei dem Gespräch wieder daran, daß er dem Befehlshaber des französischen Heeres unterstellt ist. Es bereite ihm außerordentliche Schmerzen, aber er habe die unausweichliche Pflicht zu gehorchen, denn der Befehl käme nicht nur von General Canrobert, sondern in der Tat direkt vom Kaiser ...«

Wieder hörte man viele protestierende Stimmen. Zögernd bat Admiral Lyons mit einer Geste um Ruhe. Dann wandte er sich an Kapitän Keppel. »Sie meinten, mein lieber Harry, daß der Feind sich nicht zum Kampf stellen würde, sobald unsere Mastspitzen über der Kimm auftauchten. Ich würde Ihre Meinung am liebsten sofort prüfen. Leider habe ich einen Brief von Kapitän Moore erhalten, der Kertsch seit Anfang April ununterbrochen beobachtet. Ich erhielt den Brief heute morgen durch Kapitän Spratt von der *Spitfire* und Sie können ihn gern lesen.« Er bat seinen Sekretär, das Schreiben auf den Tisch zu legen. »Da ist er. Kapitän Moore stimmt mit Oberst Desaint und Major Gordon von den französischen und englischen Ingenieurtruppen überein, daß der Angriff jetzt sinnvoll sei. Doch alle drei Offiziere empfehlen, ihn nicht mit weniger als 10000 Mann vorzutragen. Und wir haben nur 2500. Zusätzlich transportieren wir natürlich sehr viele Franzosen auf unseren Linienschiffen, woran Admiral Bruat mich erinnerte. Er erwähnte auch, wie wichtig es ist, weiterhin gemeinsam zu handeln. Er wies auch wieder auf das gute Verhältnis hin, das zwischen den beiden Flotten und den beiden Armeen herrscht, und sagte, er sei sicher, daß wir uns nicht trennen würden.«

Diesmal trafen seine Worte auf eisiges Schweigen, das der Admiral dann selber brach. »Commander Maxse kam heute morgen mit der *Spiteful*«, sagte er. »Er übergab mir einen Brief von Lord Raglan mit Kopien eines Schreibens von General Canrobert an Seine Lordschaft und dem Text der Depesche, die Seine Exzellenz aus Paris erhalten hat. Letztere ist natürlich in Französisch, also werde ich sie Ihnen in der Übersetzung vorlesen. Doch zuerst einmal ein paar Abschnitte aus Lord Raglans Brief an mich .... Bitte, Frederick!« Gehorsam reichte ihm sein Sekretär, Leutnant Cleeve, den gewünschten Brief. Mit der immer noch unbewegten Stimme begann Admiral Lyons laut vorzulesen: »*Ich muß einsehen, daß Sie keine Chance haben, die*

Expedition mit einer kalkulierbaren Aussicht auf Erfolg fortzusetzen, ohne dabei ein Risiko einzugehen, das die Umstände kaum rechtfertigen – jetzt, nachdem die Franzosen abziehen, die drei Viertel Ihrer Kräfte ausmachen. Meine Herren, zu meinem Bedauern muß ich mich der Lagebeurteilung Seiner Lordschaft anschließen, wie übrigens auch Sir George Brown, obwohl Lord Raglan in seinem Brief weiter schreibt: *Sollten jedoch Sie und Sir George Brown es nach sorgfältiger Analyse für ratsam halten, fortzufahren, da die Lage für uns vorteilhaft aussieht und Chancen bietet, dann werde ich Ihren Entschluß unterstützen, was Sir George Brown angeht, und dafür auch die Verantwortung übernehmen.*« Seine Stimme versagte plötzlich, sie verlor die erzwungene Ruhe, und mit unverhohlener Bitterkeit fuhr er fort: »Sir George und ich, unterstützt und beraten von Sir Colin Campbell, haben die Lage endlos und aus jedem möglichen Blickwinkel diskutiert. Mit großem Bedauern, meine Herren, sind wir zu dem Entschluß gekommen, die Expedition abzubrechen!«

Stille trat ein. Entsetzt sahen die Offiziere sich an. Auch als Sir George Brown sich erhob und mit rauher Stimme bestätigte, was der Admiral bekannt gegeben hatte, wollte keiner eine Frage stellen. Phillip spürte deutlich, daß dies die einzig richtige Entscheidung unter den jetzigen Umständen war. 2500 Mann konnten nicht einmal hoffen, einen Feind, der wenigstens 10000 Mann stark war, aus vorbereiteten und gut verteidigten Stellungen zu werfen – nicht einmal, wenn die hervorragend kämpfenden Hochländer zu den Angreifern gehörten. Er vernahm, wie Kapitän Spratt auf Wunsch des Admirals die Stärke der russischen Verteidigungsanlagen bestätigte. Dann hörte er, dumpf vor sich hin blickend, wie der Text der Depesche des französischen Kaisers verlesen wurde. Neben ihm ließ der junge Leutnant William Hewett ein tiefen Seufzer der Enttäuschung hören. Mit ihm hatte Phillipp im vergangenen November ein paar gefährliche Augenblicke in einer Schlucht verbracht, ehe die Schlacht von Inkermann losbrach.

Man nannte ihn freundlich Bully Hewett. Er hatte erst kürzlich sein erstes Kommando angetreten – über ein flachbödiges Dampfschraubenschiff mit vier Kanonen, die *Beagle* –, und seine Enttäuschung war besonders verständlich. Wegen ihres geringen Tiefgangs wäre die *Beagle* eines der ersten Schiffe gewesen, das nach dem Fall von Kertsch ins Asowsche Meer eingelaufen wäre. Ihr junger Kommandant hatte sich schon sehr darauf gefreut, sie ins Gefecht zu führen. Jetzt flüsterte er Phillip zu: »Wenn's nichts zu tun gibt, wäre ich am liebsten bei meiner Lancaster-Batterie an Land geblieben. Verdammte Franzosen, sag' ich immer.«

Und das schien das allgemeine Gefühl zu sein. Wie üblich waren die Franzosen an dem Fiasko schuld. Unter dem Kommando von General Canrobert war es oft genug vorgekommen, daß britische Pläne, die Patt-Situation der Belagerung zu beenden, zunächst akzeptiert und dann abgelehnt wurden. So waren zwar alle Anwesenden entsetzt, aber kaum überrascht. Der eine oder andere schlug vor, die vorhandenen Truppen nach einer ersten Beschießung von Kertsch an Land zu setzen. Stärkster Fürsprecher war Kapitän Keppel. Aber Kapitän Spratts Einschätzung der Tiefe der Straße von Kertsch dämpfte Keppels Enthusiasmus. Man bat Phillip, die Verteidigungsanlagen von Anapa zu beschreiben, und das tat er kurz. Dabei unterstützte er Spratts Vorbehalte. Die Linienschiffe wären wegen zu niedriger Wassertiefen nicht in der Lage, sich ihren Zielen so zu nähern, daß ihre Kanonen wirkungsvoll feuern könnten ...

»Ich bedaure, meine Herren, daß alle weiteren Diskussionen dieser unglücklichen Situation zu keiner Lösung führen. Wir müssen uns daher vor dem Feind zurückziehen – General Canrobert hat uns keine andere Wahl gelassen«, faßte Admiral Lyons zusammen. Er klang sehr erschöpft. Als seine Kommandanten sich erhoben, um sich zu verabschieden, sagte er noch: »Seien Sie dennoch versichert, daß ich nicht aufhören werde, das alliierte Oberkommando zu bedrängen, diese Expedition erneut zu starten, sobald wie möglich, in einer oder in zwei

Wochen, wenn es nach mir geht. Der Feind kann das, was hier geschehen ist, nur für ein Täuschungsmanöver halten, und darum wird er hier weniger als anderswo auf einen erneuten Angriff gefaßt sein. Ich kann mir für uns kaum etwas Kühneres denken, als Kräfte von der Hauptmacht abzuziehen, um Herr des Asowschen Meeres zu werden. Das ist etwas anders, als es sich der französische Kaiser mit seiner Armee vorstellt.« Er legte seinem Sohn tröstend die Hand auf die Schulter und lächelte zum erstenmal leicht, seit er die Kommandeure des Geschwaders zur Bekanntgabe seiner Entscheidung zusammengerufen hatte. »Ich danke Ihnen allen für Ihre unendliche Geduld. Guten Morgen, meine Herren!«

Als sie sich alle nach draußen in Bewegung setzten, hielt Algernon Lyons, der Flaggleutnant, Phillip am Arm zurück.

»Nicht so eilig, Phillip«, sagte er. »Der Admiral möchte gern mit dir sprechen. Im Augenblick redet er noch mit Kapitän Keppel, aber das wird nicht mehr lange dauern.«

Phillip wartete, als Jack Lyons ihn entdeckte, der sich mit einigen Offizieren des Geschwaders von Dampfern mit niedrigem Tiefgang unterhielt. Er kam zu ihm herüber und sagte: »Dies ist ein schlimmer Tag, nicht wahr, Phillip!«

»In der Tat«, stimmte Phillip zu. »Wir können nur hoffen, daß der Admiral Glück haben wird, General Canrobert zu überzeugen, daß wir dringend ins Asowsche Meer einlaufen müssen.«

»Erwähne bloß Canrobert nicht mehr!« bat Kapitän Lyons. Seine blauen Augen blitzten ärgerlich.

Er ähnelt seinem Vater sehr, dachte Phillip, ist zwar größer und breiter, doch hat er dasselbe eckige Kinn, den festen Mund und die tiefliegenden Augen. Geerbt hatte er ebenfalls die angenehmen Umgangsformen seines Vaters und dessen scharfen Verstand. Mit sechsunddreißig Jahren war er bereits Kapitän mit vollem Rang und hatte eine beneidenswerte Karriere hinter sich. Er würde sicher Flaggoffizier werden. Phillip hatte unter ihm auf seinem Kommando im Chinesischen Meer gedient, sie waren also schon lange befreundet, genaugenommen seit den Tagen, als Sir Edmund Lyons Britischer Botschafter am Hof König Ottos von Griechenland war, ein Posten, den er mit großen Erfolgen vierzehn Jahre lang bekleidet hatte.

»Ist es nicht schlimm«, fuhr Jack Lyons fort, »daß wir weniger als zwei Stunden von unserem Ziel entfernt waren, als dieses verdammte kleine Dampfboot ankam! Wenn der Nebel früher gefallen wäre, hätte man uns vielleicht nicht mehr rechtzeitig gefunden. Ich schwöre, daß Admiral Bruat die Truppen an Land gelassen hätte, wenn wir sie bereits gelandet hätten, ehe Canroberts Befehl eintraf. Er ist wirklich ein guter Kerl, mußt du wissen, und die Operation hat ihm genausoviel wie meinem Vater bedeutet. Ihm brach fast das Herz, als er die Entscheidung fällen mußte, aber unter diesen Umständen ließ Canrobert ihm keine andere Wahl. Hätte er zugestimmt, weiter nach Kertsch zu laufen, hätte man ihm vorwerfen müssen, einen direkten Befehl des Kaisers mißachtet zu haben.«

»Das nehme ich auch an. Dennoch ...« Phillip zuckte wehmütig mit den Schultern, und mitfühlend lächelte der junge Lyons.

»Ich weiß, wie dir zumute ist und uns allen. Aber du mußt wenigstens nicht wie wir anderen alle nach Kazatch zurück, du Glückspilz. Mein Vater hat mit dir etwas vor, das die Langeweile eine Zeitlang unterbricht.«

Phillip faßte neue Hoffnung. »Ich muß also nicht zur Blockade zurück?«

»Das habe ich jedenfalls verstanden, ohne daß ich Einzelheiten kenne. Mein Vater hat die Absicht, mit den Führern der Tscherkessen Kontakt aufzunehmen, um Angriffe auf Soujak-Kaleh und Anapa mit Hilfe türkischer Truppen zu organisieren. Das Ganze klingt irgendwie nach einem Mantel-und-Degen-Abenteuer und wird dir sehr liegen!« Jack schlug ihm freundschaftlich auf die Schulter. »Nach deinen Erkundungen im letzten Winter in Odessa hält mein Vater dich für solche Aufgaben sehr geeignet. Aber gehen wir zu ihm, die anderen sind verschwunden, er hat jetzt Zeit und kann dir alles selbst sagen!«

Phillip folgte ihm gern. Der Admiral verabschiedete sich herzlich von seinem Sohn, setzte sich dann wieder an den Kopf des langen Tisches und bat Phillip auf einen Stuhl neben sich. Ein Steward brachte ein Tablett mit Kaffee und setzte es vor ihnen ab.

»Phillip, mein lieber Junge – nehmen Sie sich eine Tasse Kaffee, und wenn Sie schon dabei sind, gießen Sie mir auch eine ein. Meine Kehle ist völlig ausgedörrt nach all dem Schwätzen und Reden, das nichts brachte.« Phillip erfüllte seinen Wunsch und der Admiral fuhr fort: »Ich habe da eine Aufgabe, die Sie übernehmen sollten, wenn Sie wollen. Sie ist wichtig, wenn ich das französische Oberkommando und den Kaiser überzeugen will, daß die Expedition ins Asowsche Meer unverzüglich neu begonnen werden muß. Haben Sie die Karten hier, um die ich gebeten habe, Frederick?«

»Ja, Sir.« Der Sekretär breitete eine Karte der tscherkessischen Küste auf dem Tisch aus und legte ein versiegeltes Päckchen neben Phillip. »Und hier sind auch die Befehle für Commander Hazard, Sir!«

Der Admiral dankte ihm und wies auf die Karte.

»Die Befehle lassen Ihnen ziemlich viel Spielraum, Phillip, doch ich möchte sie Ihnen wenigstens erläutern, ehe Sie aufbrechen, damit Sie verstehen, was ich erreichen will, und sich entsprechend verhalten. Ich möchte, daß Sie sofort nach Jelenik aufbrechen und mit einem Führer der Tscherkessen namens Serfir Pascha Kontakt aufnehmen. Er hat zwar einen türkischen Titel, aber er ist kein Türke. Waren Sie dabei, als ich im letzten Mai dieses Gebiet hier mit einem Teil des Dampfgeschwaders erkundete?«

»Nein, Sir.« Phillip schüttelte den Kopf. »Ich war auf der *Tiger*, Sir, als sie ...«

»Als sie im Nebel vor Odessa auf Grund lief und der Feind sie zusammenschoß«, ergänzte der Admiral. »Natürlich, ja ... ich habe schon gar nicht mehr daran gedacht. Um Ihnen ein kurzes Resümee der damaligen Vorgänge zu geben, müssen Sie wissen, daß wir Jelenik im letzten Mai eingenommen haben und als Besatzung eine türkische und tscherkessische Garnison zurückgelassen haben, nachdem wir die Verteidigungsanlagen wieder hergestellt hatten. Ich hatte damals gehofft, bewaffnete Unterstützung durch die Tscherkessen gegen Anapa und Soujak-Kaleh zu finden und habe Kapitän Brock mit einem Trupp Seesoldaten nach Bardan geschickt. Er sollte die Führer überreden, vor allem den obersten Führer Schamyl, einen sehr fähigen Soldaten, sich mit den Türken zu vereinen. Ich wollte so die ganze Küste unter Kontrolle bekommen. Aber Schamyl entschied sich, seine eigenen Krieg in Georgien zu führen, und ich muß sagen, er tat das mit beachtlichem Erfolg. Die anderen hassen die Russen genauso, aber sie sagten Brock, daß sie ohne Hilfe wenig unternehmen könnten. Sie baten um Truppen und Munition, aber leider hatten wir selbst nichts übrig und hatten auch bei den Türken mit unserer Bitte wenig Erfolg. Ich bekam gerade 800 Mann von Selim Pascha, und mit denen konnten wir Redoute-Kaleh und Souchaum besetzen.« Sein langer Zeigefinger deutete auf die entsprechenden Namen auf der Karte. »Souchaum wird immer noch von einem sehr tapferen Naib Schamyls gehalten, von Mohammed Emin Bey und 2000 Stammestruppen.«

Der Admiral erläuterte Einzelheiten, Phillip hörte zu und stellte nur gelegentlich genauere Fragen.

»Die Tscherkessen sind ein wildes, undiszipliniertes Volk, Phillip«, warnte Sir Edmund Lyons ihn dann. »Sie sind Räuber und Schmuggler, und haben viel mit den Bashi Bazouks gemein, die Sie sicher im Lager der Franzosen getroffen haben. Sie kämpfen zwar tapfer, aber vor allem wegen der Beute, und ebensooft gegeneinander wie gegen einen gemeinsamen Feind. Von fremden Führern halten sie nichts, vertrauen nur ihren eigenen Häuptlingen. Sie haben auch Grund genug, den Türken zu mißtrauen, vor allen den türkischen Paschas, deren Führung viel zu wünschen übrig läßt, und die ihnen, wie ich aus zuverlässiger Quelle weiß, fehlerhafte Gewehre und überalterte Munition gaben, um damit gegen die Russen vorzugehen. Dennoch kämpfen sie, stürmen zum Angriff aus den Bergen und überfallen vor allem Nachschubkolonnen und alles ohne nennenswerte Unterstützung der Türken. Sie hätten mit uns und unter unserem Kommando gekämpft, wenn wir im letzten Mai wenigstens eine symbolische Marineeinheit zurückgelassen hätten. Als sie angriffen, waren sie hervorragende Verbündete. Kapitän Brock hat mir über seine Erfahrungen einen Bericht geschickt, und einen weiteren habe ich von Kapitän Jones von der *Sampson*, den ich in Soukoum-Kaleh zurückließ, damit er die Verteidigungsanlagen wieder instandsetzt. Ich habe Frederick Cleeve gebeten, ihnen von beiden Schreiben Abschriften zu machen, weil Sie sie vielleicht ganz nützlich finden. Im Augenblick suchen wir noch einen Dolmetscher, den Sie mitnehmen können.«

»Danke, Sir«, sagte Phillip erfreut.

»Danken Sie mir nicht, mein lieber Junge, Sie brauchen alle Hilfe, die Sie bekommen können. Die Aufgabe, die ich Ihnen stelle, ist bestimmt nicht leicht.«

»Das sehe ich auch so, Sir. Und ich werde mein Bestes geben, Sir. Was soll ich tun, wenn ich Kontakt mit Serfir Pascha aufgenommen habe? Soll ich mit den Tscherkessen Anapa und Soujak-Kaleh angreifen?« Phillip errötete, als er das Lächeln des Admirals bemerkte. »Ich denke, Sir ...«

»Um Sir Colin Campbell zu zitieren: verdammter Eifer. Aber mir tut so etwas immer noch gut.«

Phillip spürte, daß das Lächeln freundlich, ja herzlich war, und seine momentane Verlegenheit verflog, als der Marinebefehlshaber fortfuhr: »Nein, Phillip, was ich von Ihnen erwarte, ist, daß Sie mit Hilfe von Serfir die tscherkessischen Häuptlinge sammeln und sie mit seiner Hilfe überreden, sich unter dem Kommando von Mustafa Pascha mit den Türken zu verbünden. Der kommt in den nächsten zehn Tagen mit einem türkischen Dampfer nach Jelenik. Über Mustafa müssen Sie sich nicht den Kopf zerbrechen, er ist einer der fähigeren türkischen Generale. Ich schicke Commander Osborn mit *Vesuvius* zu seiner Begrüßung. Wir brauchen von den Türken und von den Tscherkessen die verläßliche Zusage gemeinsamer Aktionen. Wenn es uns gelingt, sie nach Anapa und Soujak marschieren zu lassen, dann wird der Feind beide Plätze räumen, denke ich. Vielleicht zieht er sich dann auch aus Yenikale und Kertsch zurück. Damit wäre das Einlaufen ins Asowsche Meer um so leichter. Auch allein das Versprechen der Tscherkessen, gegen Anapa vorzurücken, könnte General Canrobert veranlassen, seine Truppen wieder zu sammeln, die er auf so beschämende Art zurückrief. Wenn es Ihnen dann noch gelänge, die Häuptlinge aus dem Kuban-Gebiet gegen Yenikale in Bewegung zu setzen, wäre das überaus nützlich. Aber leider haben Sie nicht viel Zeit, Phillip.«

»Ich verstehe, Sir. Sagten Sie nicht etwas von zehn Tagen?«

Der Admiral neigte den Kopf. »Ja ... vielleicht etwas länger. Sie werden die *Huntress* verlassen, die unter dem Kommando Ihres Ersten Offiziers vor Jelenik kreuzen wird, während Sie an Land sind. Wenn Sie es für richtig halten, den Häuptlingen Mut zu machen, können Sie auch einige Ihrer Männer an Land bringen. Ich habe nichts dagegen. Sie haben doch Seesoldaten an Bord?«

»Nein, Sir!«

»Dann müssen wir Sie wenigstens mit Artillerie der Seesoldaten und mit einem Offizier versorgen. Sie bekommen von mir auch Waffen und Munition, die Sie den Häuptlingen übergeben können – einschließlich einer Kiste mit Minié-Gewehren.« Er lächelte leicht und wandte sich an seinen Flaggleutnant, der im Hintergrund wartete, und gab ihm die entsprechenden Befehle. Dann fuhr er fort: »Das ist wohl alles, Phillip. Wenn Sie es für gut und nötig halten, um die Führer der Tscherkessen entsprechend zu beeindrucken, dann nehmen Sie ein paar mit und feuern Sie ein paar Breitseiten auf die Batterien von Anapa. Entscheiden Sie dergleichen selber, ohne daß Sie Ihr Schiff dabei riskieren. Die *Viper* wird die *Vesuvius* begleiten, wenn also Sie oder Sherard Osborn irgend etwas Wichtiges zu melden haben, übergeben Sie Leutnant Armytage Briefe an mich.«

»Aye, aye, Sir!« Er nahm dies als Wink, sich zu verabschieden, ergriff das versiegelte Päckchen und erhob sich. »Danke sehr, Sir!«

Sein Oberkommandierender sah ihn mit erhobenen Augenbrauen fragend an. »Ich muß Ihnen noch einmal sagen, daß dies keine leichte Aufgabe ist. Dennoch danken Sie mir. Wie schön, wenn man noch jung und ehrgeizig ist, mein lieber Junge. Ich wünsche Ihnen alles Gute und Gottes Segen. Die Gewehre können Sie mitnehmen, ich habe sie vorbereiten lassen. Die Seesoldaten und einen Dolmetscher bekommen Sie, ehe wir segeln.«

»Aye, aye, Sir!« Phillip nahm Haltung an. »Ich hoffe, Sie und die beiden Geschwader bald wieder hier zu sehen, Sir!«

»Ich werde zurückkommen«, versprach der Admiral grimmig. »Notfalls im Widerstand gegen Canrobert, denn wir werden Sewastopol nie nehmen und diesen Krieg beenden, wenn wir die Nachschublinien des Feindes über das Asowsche Meer nicht beherrschen – davon bin ich felsenfest überzeugt. Und wir müssen den Krieg beenden, Phillip ... Viel zu viele Menschen müssen leiden, wenn wir den Krieg noch über den nächsten Winter hinaus fortsetzen.«

Phillip verließ ihn und fand Algernon Lyons an der Relingspforte. Die Gig wartete schon. »Gewehre und Munition sind in deinem Boot«, sagte Lyons. »Und du hast Glück. Hier an Bord gibt es einen Leutnant der Seesoldaten namens Roberts, der sich freiwillig als dein Begleiter gemeldet hat. Er hat im letzten Jahr den Tscherkessen bereits bei der Wiederherstellung der Verteidigungsanlagen von Soukoum-Kaleh geholfen. Damals war er unter Kapitän Jones auf der *Sampson*. Er sagt, er kennt ein bißchen was vom Land und versteht ein paar Worte der Sprache. Persönlich kenne ich ihn nicht, er reiste nur an Bord mit, aber er scheint ein aufrechter Kerl zu sein.«

»Ich freue mich, ihn dabei zu haben«, stimmte Phillip zu. »Vielen Dank für dein Suchen, Algy. Ist er fertig, oder soll ich noch auf ihn warten?«

Der junge Flaggleutnant lächelte ihn tadelnd an. »Commander Hazard, das Schwierige erledigen wir sofort, das Unmöglich dauert etwas länger. Der Admiral hatte den Gedanken, dich nach Jelenik zu schicken, erst, als die Franzosen uns im Stich ließen, mußt du wissen. Roberts sammelt seine Sachen gerade ein und sucht sich seine Männer aus. Doch er weiß das alles erst seit zwei Minuten, und da wird er noch nicht fertig sein, fürchte ich. Mach dir keine Sorgen, du willst sicher schnell auf dein Schiff zurück, also werden wir dir die Seesoldaten innerhalb einer Stunde schicken.«

Phillip dankte ihm, schwang sich durch die Relingspforte und stieg in die wartende Gig. Die Aussicht machte ihn froh. Wenn es schon nicht zum Kampf gekommen war, den sie alle erwartet hatten, versprach dies hier jedenfalls Spannung und einen Szenenwechsel. Jede Abwechslung war gut, die die Langeweile von Truppentransporten unterbrach oder die genau so ermüdende und wichtige Aufgabe, russische Schwarzmeerhäfen zu blockieren – bei gutem und bei schlechtem Wetter. In den letzten sechs Monaten hatte die *Huntress* kaum etwas anderes gemacht. Phillip unterdrückte ein ungewolltes Zittern. Das Wetter war fast immer schlecht und ständig kalt gewesen. Und außerdem hatte der Admiral ihm erlaubt, Anape anzulaufen und ein paar Breitseiten abzufeuern. Seinen Stückmannschaften würde die Praxis gut tun. Und er freute sich, daß auch die Moral der gesamten Mannschaft sich bessern würde, wenn sie auf den Feind feuern könnten, statt sich außerhalb der Reichweite der Kanonen der feindlichen Küstenbefestigungen zu bewegen – was sie bei der Blockade befehlsgemäß mußten.

Fähnrich O'Hara spürte, wie sich Phillips Laune verbessert

hatte und fragte mutig: »Sie sehen so zufrieden aus, Sir. Heißt das, daß wir ohne die Franzosen nach Kertsch segeln?«

»Nein, das haben wir nicht vor, leider«, antwortete Phillip. »Beide Geschwader kehren nach Sewastopol zurück ... außer uns, erfreulicherweise!«

Mehr sagte er nicht, aber der Junge strahlte sichtbar, und die Mannschaft in der Gig, die mit dem sechsten Sinn aller Seeleute den Stimmungsumschwung spürte, warf sich mit aller Kraft in die Riemen und trieb ihr kleines Gefährt mit großer Eile über das Wasser auf die ankernde *Huntress* zu, die ein wenig in der Dünung rollte.

2

Kaum an Bord zurück informierte Phillip seine wachgehenden Offiziere über ihre neuen Befehle, die mit vorsichtigem Enthusiasmus begrüßt wurden. Die Schiffe des Blockadegeschwaders hatten Kohle gebunkert, ehe sie zum Treffen vor Kap Takti Anker auf gegangen waren. Graham meldete also die Laderäume praktisch voll. Doch wie Phillip aus Erfahrung wußte, fraßen ihre 300-PS-Maschinen Kohle mit einer derartigen Gier, daß er entschied, seine Vorräte so lange wie möglich nicht anzutasten.

»Wir laufen unter Segeln ab«, sagte er. »Die Seesoldaten und der Dolmetscher müssen noch an Bord kommen, aber Algy Lyons hat versprochen, daß das innerhalb einer Stunde geschieht. Also gehen wir Anker auf, sobald sie an Bord sind.« Dann zog er seine Taschenuhr zu Rate. »Und dann möchte ich gern der gesamten Mannschaft berichten, was anliegt. Also, sei so gut und laß beide Wachen achtern antreten, ehe sie zum Essen verschwinden.«

»Aye, aye, Sir!« bestätigte Graham ganz formell.

Auf Leutnant Lyons konnte man sich felsenfest verlassen. 30 Seesoldaten und ein ältlicher Sergeant kamen 50 Minuten später von der *Royal Albert* zu ihnen und brachten die letzten fehlenden Vorräte mit. Phillip empfand sofort Sympathie für den großen, hageren jungen Offizier, der sie führte und sich als Nigel Roberts vorstellte. Der Mann drückte seine Freude über die unerwartete Gelegenheit aus, die Bekanntschaft mit den tscherkessischen Häuptlingen zu erneuern. Der Dolmetscher war allerdings weniger beeindruckend – ein dunkler, etwas ungepflegter Türke, dessen Uniform aussah, als sei sie Tag und Nacht bei jedem Wetter getragen worden. Sein Benehmen war, vorsichtig ausgedrückt, ein bißchen hochfahrend. Er sei Offizier, wie er Phillip eiligst mitteilte, und habe damit das Recht auf eine eigene Kajüte und einen Platz in der Messe. Er äußerte seinen Anspruch so aggressiv, daß man annehmen konnte, auf der *Princess Royal*, von der er kam und von der er verächtlich sprach, seien ihm diese Vorrechte verweigert worden. Phillip kannte Lord Clarence Paget als einen der gastfreundlichsten Kommandanten der Flotte und zog es daher vor, die stichelnden Bemerkungen nicht zu hören. In Begleitung seines Stewards schickte er den Türken nach unten mit dem Befehl, ihm die Kabine eines Maats zu geben und einen Platz in der Messe der Unteroffiziere. Der diensttuende Kanonier Joseph O'Leary regierte seit seiner Beförderung zum Unteroffizier diese Messe mit eiserner Disziplin. Man konnte sich also darauf verlassen, daß er den hochnäsigen kleinen Türken zähmen, und, weil O'Leary ein Reinlichkeitsfanatiker war, ihm wohl auch nahelegen würde, sich schleunigst gründlich zu waschen.

Phillip lächelte bei diesem Gedanken und wandte sich wieder dem Deck zu. Er merkte, daß Graham keine Zeit verloren hatte. Der Lee-Anker war bereits eingeholt und war beim Luv-Anker auf und nieder gegangen. Die Vorsegel standen, die Vortoppleute waren bereits aufgeentert, auf die Rahen ausgeschwärmt und lösten jetzt die Vortoppsegel. Graham verständigte sich mit einem kurzen Blick mit Phillip und rief dann eine ganze Serie von Befehlen. Die wartenden Großtoppleute enterten in den Webleinen auf. Als das Großtoppsegel und die anderen Segel des Großmastes ausgeschüttelt und festgesetzt wurden, ließ Graham den Luv-Anker katten und befahl, die Vortoppen anzubrassen. Auf dem vollen Ankergrund hatte man für Manöver nicht viel Raum, zumal auch andere Schiff bereits Anker auf gingen oder sich darauf vorbereiteten. Doch

Graham manövrierte die *Huntress* aus sicherer Erfahrung, und die Mannschaft, inzwischen gut trainiert und stolz auf ihr Schiff, reagierte schnell. Alle wußten, daß unzählige kritische Blicke sie begleiteten.

An den Männern oben gab es kaum etwas auszusetzen, wie Phillip mit großer Freude feststellte. Geschickt kletterten sie an Deck zurück, und die Großtoppleute behielten unauffällig den Kadetten Lightfoot im Auge, der erst kürzlich vom Lazarettschiff *Bombay* in Therapia wieder zu ihnen gestoßen war, wo er ein gebrochenes Bein nach einem Sturz aus dem Rigg ausgeheilt hatte. Seine zwölf Jahre alten Knochen schienen perfekt zusammengewachsen zu sein, und der Sturz hatte ihn nicht verunsichert. Der Junge kletterte die Leewanten schnell und geschickt wie ein kleiner Affe nach unten und grinste keck einen graubärtigen Seemann an, der ihn mit einer Handbewegung zu langsamerem Klettern veranlassen wollte.

»Segel trimmen! Ein Mann die Achterbrassen an Backbord! Vorbrassen an Steuerbord!« Graham rief, und der Bootsmann brüllte den Befehl mit Stentorstimme über das Geräusch laufender Füße an Deck, als die Männer der Wache barfüßig auf ihre Stationen im Vorschiff oder im Achterschiff rannten. Langsam füllten die Segel sich, die *Huntress* nahm allmähliche Fahrt auf. Graham führte sie nach Backbord und ließ den Brassen Lose geben und sie dicht holen, damit das Schiff genügend Fahrt aufnehmen konnte, um dem Ruder zu gehorchen. Schiffe mit einer Schraubenöffnung wie die *Huntress* waren schwerer zu wenden als reine Segelschiffe. Das Wasser traf auf einen ständigen Strom, der von Lee her durch die Schraubenöffnung drückte. Das führte dazu, daß das Heck ständig in einem Winkel nach Luv gedrückt wurde, ohne daß das Ruder bewegt wurde. Doch Graham beherrschte sie souverän. Als die Segel sich füllten, rief er dem Rudergänger zu, das Ruder mittschiffs zu legen. »Alles dichtsetzen. Großrah dichtholen. Vortoppen anbrassen!«

Als um acht Glasen Anthony Cochrane zu seiner Wache an

Deck erschien, lag das Schiff auf Kurs nach Jelenik, hoch am Wind in einer auffrischenden Brise.

»Wollen Sie alle Mann an Deck haben, Sir?« fragte Graham ganz formell.

Phillip nickte. »Ja, bitte. Alle, auch die Ingenieure und die Kohlentrimmer.«

»Aye, aye, Sir! Bootsmannsmaat, alle Mann achtern antreten lassen!«

Der diensthabende Bootsmannsmaat setzte die Pfeife an, und dann eilten beide Wachen aufs achtere Teil des Oberdecks und traten in Gruppen an. Vor den jeweiligen Divisionen standen die Offiziere und rechts von den Seeleuten die Seesoldaten in ihren scharlachroten Uniformen, die eben erst an Bord gekommen waren. Als letzte erschienen die Kohlentrimmer, die noch hastig ihre blauen Sergejacken über den ölverschmierten Unterhemden zuknöpften.

»Mannschaft ist angetreten, Sir«, meldete Graham, als die Männer Haltung annahmen.

»Danke«, bestätigte Phillip. »Ich werde sie nicht lange aufhalten. Mr. Cochrane kann die Freiwache sofort nach unten zum Essen beordern, wenn ich fertig bin.« Dann befahl er »Rührt euch!« und faßte sich so kurz, wie er konnte. Er erklärte, daß der heutige Versuch, Kertsch zu nehmen und ins Asowsche Meer einzulaufen, aufgegeben worden sei und erläuterte dann den Zweck ihres eigenen Auftrags. Er betonte dabei besonders, wie wichtig ein diszipliniertes Verhalten an Land war, wenn sie von Bord gingen. »Diese Menschen sind unsere Verbündeten. Wir wenden uns an sie, um ihre bewaffnete Verstärkung gegen den Feind zu gewinnen. Der Admiral plant immer noch, ein Dampfgeschwader ins Asowsche Meer zu schicken – er sieht also die Operation nur als verschoben, nicht als abgeblasen an. Aus diesem Grund möchte er, daß die Tscherkessen – mit Unterstützung durch die Türken – die russischen Festungen in Anapa und der Bucht von Soujak angreifen, die letzten, die sie an der Küste Tscherkessiens noch halten. Beide, aber vor allem Anapa, sind stark befestigt. Es heißt, daß etwa 8000 Soldaten in Anapa liegen ... also ist es eine ziemlich harte Nuß, die geknackt werden muß!«

»Muß die von uns geknackt werden, Sir?« ließ jemand sich eifrig hören.

Phillip lächelte. »Wir haben die Erlaubnis vom Admiral, ein paar Breitseiten auf die Festung zu feuern, mein Junge, aber ...« Ein plötzlich aufbrandender Jubel übertönte seine Stimme. Er ließ ihm ein paar Augenblicke und hob dann, Ruhe fordernd, seine Hand. »Wir müssen uns auf einen Angriff von Landtruppen verlassen, wenn die Festung erobert und gehalten werden soll«, schränkte er ein. »Dazu sind türkische Truppen nötig, die meines Wissens in den nächsten zehn Tagen von Batoum herüber kommen. Und so viele Stammeskrieger der Tscherkessen, wie wir dazu bewegen können, sich ihnen anzuschließen. Aber macht euch keine Sorgen, Männer, wenn alles nach Plan geht, haben wir bei dem Angriff auch eine Aufgabe!«

Wieder ertönte lauter Jubel. Phillip blickte in die erregten, lachenden Gesichter um sich herum und war zufrieden, wie seine Ankündigung die Stimmung der Mannschaft gehoben hatte. Der junge Lightfoot vergaß einen Augenblick, daß er angetreten war, und tanzte vor Freude mit gezogenem Entermesser. Der Kanonier O'Leary grinste breit mit seiner Zahnlücke, Fähnrich O'Hara warf seine Mütze übermütig in die Luft und jubelte auf seine eigene Weise.

Phillip ermahnte ihn. »Das reicht, Mr. O'Hara«, sagte er ernst. »Setzen Sie bitte Ihre Kopfbedeckung wieder auf. Mr. Lightfoot, angetreten, und nehmen Sie Haltung an, bis ich Sie wegtreten lasse. Ich möchte Ihnen allen klar machen, daß es zu gar keiner Zeit Verbrüderungen mit den Stammesleuten geben darf. Vor allem sind die Frauen mit größtem Respekt zu behandeln. Ist das klar? Sollte irgendeiner von diesem Schiff unter kompromittierenden Umständen mit einer tscherkessischen Frau angetroffen werden, wird er sich vor mir dafür verantworten – und ich werde keine Entschuldigung gelten lassen, egal von welchem Rang.« Nur ein paar Gesichter zeigten Enttäuschung, als die Bedeutung seiner Worte allen klar wurde. Ernst fuhr er fort: »Der Erfolg unseres Auftrags kann ganz und gar von Ihrem Auftritt abhängen. Ich erwarte von Ihnen allen, daß Sie sich umsichtig und höflich verhalten. Das war's.« Er blickte seinen Bruder Graham an. »Lassen Sie wegtreten, Mr. Hazard – auch Mr. Lightfoot!«

»Aye, aye, Sir! Achtung! Weggetreten. Mr. Cochrane, lassen Sie die Männer zum Essen gehen, bitte.«

Als Phillip nach unten ging, schrillte die Pfeife. Normalerweise aß er auf See in seiner eigenen Kajüte, weil er den Zeitpunkt dann selber bestimmen konnte. Doch heute entschied er, in der Messe zu speisen, und er instruierte seinen Steward entsprechend. Auf einer Fregatte aßen in der Messe alle Unteroffiziere und Offiziere.

»Und was machen wir mit dem türkischen, hm, also dem türkischen Offizier, Higgins?« fragte er. »Ich habe ihn noch nicht an Deck gesehen? Hat ihm seine Kabine gefallen?«

Der Vollmatrose erlaubte sich ein wissendes Lächeln. Er war ein Mann mit hageren Zügen, der bereits 17 Jahre gedient hatte und vor sechs Monaten auf die *Huntress* gekommen war, nachdem ein Splitter in einer Batterie der Marinebrigade ihn verletzt hatte.

»Er genoß es«, antwortete er bedeutsam. »Er sagte mir, er sei Hauptmann, Sir, aber ich glaube, er ist ebensowenig Offizier wie ich. Und außerdem ist der Angeber, Verzeihung, der Mann, wahrscheinlich selten auf See gewesen. Er legte sich gleich lang, sagte, es könne anfangen zu blasen. Und als ich ging, schlief er wie ein Klotz.«

»Schlief? Mitten am Tag, lieber Gott?«

»Ja, Sir«, bestätigte Higgins. »Ich glaube, er wird den Unteroffizieren nicht sehr zusetzen, Sir, aber ich habe Mr. O'Leary vorsichtshalber informiert und werde ihn selber auch im Auge behalten.« Er verschwand kurz und kam mit einem Topf dampfendem Kaffee zurück, den er neben Phillip plazierte.

»Ich dachte mir, den mögen Sie, wenn Sie in der nächsten Stunde noch nichts essen wollen. Brauchen Sie mich noch?«

»Nein, danke, im Augenblick nicht!« Higgins ist ein guter Mann, dachte Phillip, während er seinen Kaffe trank. Er war sein Gewicht in Gold wert, weil man ihm nie sagen mußte, was er tun sollte, und ihm auch nie Einzelheiten erläutern mußte. Nach seinen Papieren war er ein ausgezeichneter Seemann gewesen, und er war jetzt ein vorzüglicher Steward, immer da, wenn man ihn brauchte, und immer dann unsichtbar, wenn er im Wege stehen könnte. Seine Verletzung hatte bei ihm zu einem starken Hinken geführt, genau wie bei O'Leary. Jetzt war er zwar kein Toppmann mehr, doch bei der Ausführung seiner Pflichten behinderte das Hinken ihn nicht. Seine Papiere waren makellos, anders als die O'Learys. Es hatte nie Vorwürfe gegen ihn gegeben, und er hätte längst Unteroffizier sein können, wenn er nicht offensichtlich immer Beförderungen abgelehnt hätte und zufrieden mit seinem Rang als Vollmatrose gewesen wäre. Er ... Es klopfte an der Tür. »Ja«, rief Phillip und erwartete Graham. »Bitte, eintreten!«

Es erschien etwas unsicher Leutnant Roberts. »Ich möchte kurz mit Ihnen sprechen, Sir, wenn Sie nicht allzu beschäftigt sind.«

»Gern«, lud Phillip ihn ein. »Ich wollte mich auch schon mit Ihnen unterhalten, wie's der Zufall will. Nehmen Sie Platz, Mr. Roberts. Kaffee? Der ist gerade eben gebrüht worden!«

Der junge Offizier der Seesoldaten errötete unter seiner Bräune, als wolle er beide Einladungen ablehnen, doch dann nahm er nach kurzem Zögern Platz. Ohne daß man ihn gerufen hätte, erschien Higgins mit einer neuen Tasse und verschwand stumm wieder.

»Wenn Sie lieber etwas Stärkeres trinken möchten ...« lud Phillip ein, aber Roberts schüttelte den Kopf.

»Nein, danke, wirklich nicht, Sir, der Kaffee paßt mir sehr.« Er sah zu, wie sein Gastgeber die Tasse füllte, und nahm Platz, hielt das Gefäß dabei etwas ungeschickt mit beiden Händen.

Sein rundes, jungenhaftes Gesicht war immer noch rot vor Verlegenheit. Er hatte flachsfarbenes Haar, eine stumpfe Nase und kluge, sehr blaue Augen, war groß und kräftig gebaut. Phillip schätzte ihn auf 22 oder 23 Jahre, doch seine helle Hautfarbe ließ ihn viel jünger erscheinen.

»Also, Mr. Roberts?« forderte er ihn auf. »Was kann ich für Sie tun? Bitte, raus mit der Sprache!«

»Ich vergeude vermutlich Ihre Zeit, Commander Hazard«, stotterte Roberts, »aber ... also ... ich meine ...«

»Lassen Sie mich entscheiden, ob Sie meine Zeit vergeuden oder nicht«, antwortete Phillip knapp. »Vermutlich machen Sie sich Sorgen wegen unseres Auftrags.«

»Ja, Sir, das ist der Fall, aber ...«

»Dann wäre ich Ihnen dankbar, wenn Sie mir präzise sagten, worum es geht, Mr. Roberts.«

»Ja, Sir, ich ...« Dann riß der junge Offizier sich zusammen, weil er offensichtlich einen Entschluß gefaßt hatte. »Es geht um das, was Sie eben gesagt haben, als Sie zu uns allen sprachen. Es soll keine Verbrüderungen mit den Tscherkessen geben. Betrifft das auch mich, Sir? Ich war ja fast drei Monate in Soukoum-Kaleh, damals auf der *Sampson*, und da habe ich unter den Türken viele Freunde gewonnen, auch in Redoute-Kaleh.«

»Sie haben an beiden Orten geholfen, die Verteidigungsanlagen zu verstärken, nicht wahr?« wollte Phillip wissen.

»Ja, Sir, das stimmt. Es sind wirklich feine Leute, Sir. Ganz und gar nicht unzivilisiert, glauben Sie mir. Sie kämpfen gut, und sie hassen die Russen, Sir, sie hassen die Russen wirklich. Sie haben uns fast wie Befreier begrüßt und freudig die Gelegenheit ergriffen, die wir ihnen anboten, die russischen Besatzungen aus den Küstenforts zu vertreiben. Wenn wir auch nur ein paar von unseren Soldaten an Land gebracht hätten, nur 2000 oder 3000, dann hätten die Tscherkessen längst an unserer Seite gekämpft ... Anapa wäre längst in unseren Händen und vielleicht sogar Yenikale und Kertsch.« In seiner Begeisterung vergaß Leutnant Roberts seine frühere Verlegenheit und fuhr eifrig fort, die Stämme, ihre Lebensart und ihre Gewohnheiten zu beschreiben, ihren Kampfesmut und ihr Verhalten im Einsatz.

Phillip hörte seinem lebendigen Bericht sehr interessiert zu und spürte, daß das, was er da erfuhr, seinem Auftrag nur nutzen konnte.

»Und dann wurden wir zur Flotte zurück beordert«, fuhr Nigel Roberts fort, »und dann eroberten die Tscherkessen ein paar andere Festungen, darunter auch Golovin und Navaginsk. Der Feind floh aus beiden Orten, vernagelte die Kanonen und sprengte Magazine und Befestigungen in die Luft. Aber ich habe gehört, die Tscherkessen haben das Zerstörte wieder aufgebaut und halten die Festungen immer noch. Und jetzt werden Sie mir sicher nicht glauben, Sir. Aber sie haben auch eine kleine Expedition ausgerüstet, und die ruderte von der Temriouk-Bucht, in der Nähe der Kuban-Mündung, zur Küste der Krim. Und dort haben sie ein paar russische Kanonenboote gekapert. Die haben sie selber bemannt und dann ganze viele Getreideschiffe und Munitionstransporter erobert – ehe sie erwischt wurden. Das heißt, die Russen eroberten ihre Kanonenboote zurück, doch die meisten Tscherkessen konnten entkommen ...«

Verblüfft unterbrach Phillip ihn. »Sie sagen also, die haben die Expedition im Asowschen Meer unternommen?«

Roberts nickte. »Ja, das stimmt, Sir. Stellen Sie sich mal vor, wozu die in der Lage gewesen wären, wenn wir eine kleine Marinebrigade an Land gesetzt hätten zur Unterstützung oder Verstärkung, Sir!«

Der Bursche hat recht, dachte Phillip, und ließ seiner Phantasie kurz die Zügel schießen. Doch bisher war der ganze Krieg so unglücklich verlaufen – weil die Franzosen darauf bestanden, daß die vereinten Kräfte der Verbündeten auf die Belagerung und Eroberung Sewastopols konzentriert werden müßten. Die Blüte des britischen Heeres war vor Balaklava und auf den Höhen von Inkermann gefallen, und die Kraft der Marine war sträflich geschwächt worden, weil immer mehr Männer und Kanonen für diese teure Belagerung eingesetzt wurden. Britische Kampfschiffe waren als Truppentransporter mißbraucht worden statt für den eigentlichen Zweck: feindliche Küstenbefestigungen anzugreifen, Nachschublinien zu durchschneiden und Verstärkungen zu verhindern. Die Franzosen hatten an Krankheiten und im Kampf verhältnismäßig mehr Männer verloren als die Briten, und dennoch hielt Sewastopol ihnen stand. Nach den heutigen Ereignissen schien es auch nicht so, als habe Canrobert vor, seine unsinnige Taktik zu ändern. Nur die enttäuschten und schlecht geführten Türken und, nach Roberts Bericht auch einige der wilden tscherkessischen Stämme, wandten die richtige Strategie an – doch so wenig effektiv und ohne sich abzustimmen, daß auch sie vergebens starben.

Phillip unterdrückte ein Seufzen, als Roberts seinen Bericht beendete, die unberührte Tasse Kaffee absetzte und seinen neuen Kommandanten erwartungsvoll ansah.

»Also, verstehen Sie, Sir, daß ich ...«

Phillip unterbrach ihn erneut. »Ich habe nicht die Absicht, Ihre Kontakte zu den tscherkessischen Freischärlern einzuschränken, Mr. Roberts«, sagte er. »Ich bin ganz sicher, daß ihre bisherigen freundschaftlichen Verbindungen für uns ungeheuer wertvoll sein werden. Sie haben sicher gemerkt, warum ich der Mannschaft diese Warnung gab? Sie soll die Frauen schützen und unfreundliche Zwischenfälle vermeiden helfen, während meine Männer an Land sind. Das könnte sonst zu Problemen mit den Tscherkessen führen. Ich weiß, daß sie Muslime sind, ihre Frauen sollen sehr schön sein, also hielt ich es für richtig, meine Männer deutlich zu warnen.«

»Die tscherkessischen Frauen sind außergewöhnlich schön«, bestätigte der junge Offizier der Seesoldaten. »Auch die Georgier ...«

»Georgier, Mr. Roberts?«

»O ja, Sir, aber die sind Christen, gehören der griechisch-orthodoxen Kirche an. Wir haben ein paar in Soukoum kennengelernt. Sie hießen uns in ihren Häusern immer willkommen, und wir ...« Roberts unterbrach sich, wieder rot vor Verlegenheit, und wechselte das Thema, als fürchte er, schon zu viel gesagt zu haben. Er erläuterte ausführlich, welch verschiedene Rassen und Stämme ihnen in den Küstenstädten begegnen würden und warum so viele die Türken und nicht die Russen unterstützten. Phillip sah den Sprechenden nachdenklich an. Ein durch und durch ehrliches Gesicht, doch er kam zu dem Schluß, daß ihn noch irgend etwas bedrückte. Offenbar war Roberts sich noch nicht schlüssig, ob er darüber sprechen sollte. Also unterbrach Phillip eine längere Ausführung über die Armenier und sagte ganz direkt: »Mr. Roberts, erlauben Sie mir eine ganz persönliche Frage? Hatten Sie Beziehungen zu einem Mädchen, als sie das letztemal hier waren?«

»Beziehungen, Sir?« Roberts Gesicht war jetzt ziegelrot, doch dann schien er sehr erleichtert. »Nun, deswegen bin ich eigentlich zu Ihnen gekommen, Commander Hazard. Ich habe mich bisher nur nicht getraut, Ihnen davon zu berichten. Sie könnten vielleicht denken, ich hätte ein egoistisches Ziel, als ich mich freiwillig auf Ihr Schiff meldete. Und wenn Sie das wüßten, würden Sie mich vielleicht ...«

»Sie vielleicht zur Flotte zurückschicken?« unterbrach ihn Phillip.

»Ja, Sir. Es gibt da ein Mädchen, es gab da eins, und ganz ehrlich, Sir, ich war sehr in sie verliebt. Unter anderen Umständen hätte ich sie vielleicht gebeten, mich zu heiraten, nun ja. Aber unsere neuen Befehle zum Aufbruch kamen früher als erwartet ... also konnte ich es ihr nicht sagen, Sir!« Roberts sprach sehr ernst und sah Phillip an, ohne seinem Blick auszuweichen. »Ich nehme an, Sie werden mich jetzt zurückschikken.«

»Nicht unbedingt, Mr. Roberts. Wie ich sagte, können Sie uns überaus nützlich sein, und ich zögere, wenn ich mir vorstelle, ohne Ihre Dienste auskommen zu müssen. Doch ich erwarte von Ihnen, daß Sie sich umsichtig benehmen!«

»Darauf können Sie sich verlassen, Sir. Ich ...«

Bewegt von seiner Offenheit, lächelte Phillip ihn an. »Ich nehme an, daß das betreffende Mädchen in Soukoum lebt?«

Leutnant Roberts nickte mit dem Kopf. »Ja, das tut Sie, Sir!«

»Meine Befehle lauten, nur Jelenik anzulaufen«, sagte Phillip. »Wußten Sie das, als Sie sich freiwillig an Bord meldeten?«

Wieder nickte der Seesoldat. »Ja, Sir, das wußte ich.«

»Und trotzdem haben Sie sich freiwillig gemeldet?«

»Ich dachte, ich könnte Ihnen irgendwie nützen, Commander Hazard ... und dann hoffte ich, vielleicht eine Nachricht nach Soukoum schicken zu können. Oder daß sich eine Gelegenheit ergäbe, daß ich dorthin müßte.«

»Es ist unwahrscheinlich, daß Sie Zeit haben, hin- und zurück zu kommen, Mr. Roberts. Wir haben nur zehn Tage.«

Roberts sah ihn enttäuscht an. Phillip dachte plötzlich an seine eigenen Gefühle für Mademoiselle Sophie, die in Odessa so weit weg von ihm war, wie man nur sein konnte. Und dann tat er ihm leid. »Wenn ich aus militärischen Gründen einen Offizier die Küste hinunter nach Soukoum oder Redoute-Kaleh schicken muß, seien Sie versichert, daß Sie es sein werden ... vorausgesetzt allerdings, man kann auf sie verzichten.«

»Ich verstehe und ... Vielen Dank, Sir.« Roberts stand auf und nahm Haltung an. »Ich bin Ihnen sehr dankbar. Verzeihen Sie, daß ich so viel Ihrer Zeit gebraucht habe, Sir!«

»Es war nützlich«, versicherte Phillip ihm. »Ich habe viel gelernt.« Er zog seine Taschenuhr. »Ich esse heute in der Messe, also treffe ich Sie in einer Stunde dort, Mr. Roberts!«

»Aye, aye, Sir!« bestätigte Roberts erfreut und verschwand.

Phillip hatte vorgehabt, in der nächsten Stunde seinen Befehl sorgfältig zu studieren ebenso wie den Bericht von Kapitän Jones von der *Sampson*, von dem er eine Kopie erhalten hatte. Doch so sehr er es auch versuchte, lange konnte er sich auf keinen von beiden konzentrieren. Das Gespräch mit Leutnant Roberts hatte alte Erinnerungen geweckt und immer wieder liefen seine Gedanken zu Mademoiselle Sophie. Bilder ihres kleinen süßen Gesichts, das er in der Kathedrale von Odessa wieder gesehen hatte, drängten sich vor die dichten Zeilen von Kapitän Jones ausgezeichnetem, aber leider auch wortreichen Bericht. Phillip und Sophie hatten sich in der Kutsche voneinander verabschiedet, als sie ihn von der Kathedrale weggebracht hatte, und dieser Abschied war endgültig und unumkehrbar, so viel war ihm klar. Er hatte ihr doch den Ring, den sie ihm einst geschenkt hatte, zurückgegeben, in dessen wunderbaren Stein der doppelköpfige zaristische Adler eingeschnitten war, weil er ihrem ungeborenen Kind gehören sollte. Sein Mund wurde hart, als er sich an das Vergangene erinnerte. Er schien die Glocken zu hören, die die frohe Nachricht verkündeten, daß der Witwe des Prinzen Andrei Narishkin ein Sohn und Erbe geboren worden war. *Ihr* Sohn, Mademoiselle Sophies Sohn, den er nie gesehen hatte und wahrscheinlich auch niemals sehen würde. Und auch Mademoiselle Sophie würde er nie wieder treffen, stellte Phillip ohne Bitterkeit fest. Dennoch ... Wie ein Mann, der plötzlich aus schwerem Schlaf hochkam, schüttelte er den Kopf. Warum, um Himmels willen, fragte er sich, hielt sie immer noch sein Herz gefangen? Warum konnte er ihr Bild nicht in irgendeine Ecke drängen, aus der es ihn nicht länger quälen würde?

Natürlich würde er sie nicht vergessen. Sie hatte ihm doch gesagt, daß das Herz nie vergißt ... Flüchtig dachte er an Catriona Moray. Ihm wurde deutlich, daß sie ihm zwar das Leben gerettet hatte, aber die Erinnerung an sie besaß keine Gewalt über ihn, und es war nicht schwer, sie aus der Erinnerung zu verdrängen. Wahrscheinlich war Catriona deswegen nie so ganz wirklich für ihn gewesen, sie hatte als Frau nie für ihn existiert. Anfangs hatte sie ihn angezogen, weil sie ihn etwas an Mademoiselle Sophie erinnerte, doch jetzt konnte er ihr Bild nicht von dem Mademoiselle Sophies trennen und an sie nicht als eine einzelne selbständige Person denken. Er seufzte. Irgendwie drückte ihn sein Gewissen doch. Wo wohl Catriona Moray jetzt war? War sie nach Schottland ins Haus ihres Großvaters zurückgekehrt und lebte sie als Landbesitzerin unter ihren Verwandten und Freunden im Hochland? Plagten sie vielleicht auch Erinnerungen, die sie schmerzten und die sie nicht loswerden konnte?

Er saß da mit den Befehlen vor sich und erinnerte sich, was Martin Fox ihm zu Catriona Moray gesagt hatte und spürte wieder sein Gewissen. »Ich hätte sie sehr gerne wieder gesehen, vor allem, weil du mir gesagt hast, du hast keine Absichten ihr gegenüber, Phillip.« Das waren fast die letzten Worte seines sterbenden Freundes, und er hatte weiter geflüstert: »Ich hätte Absichten gehabt, wenn sie mich auch nur ein bißchen ermutigt hätte, denn ich schätze sie sehr. Vielleicht sagst du ihr das, wenn du ihr mal schreibst ...«

Phillip hatte es versprochen und hatte es einige Wochen nach Fox' Tod auch erledigt. Doch sein Brief war kurz, sagte außer den nackten Tatsachen wenig, sprach nur von den Kämpfen in Eupatoria, bei denen Martin Fox tödlich verwundet worden war. Eigentlich hatte er sich vorgenommen, ihr noch einmal zu schreiben und ihr Martins Vermächtnis in Einzelheiten mitzuteilen, aber aus dem einen oder anderen Grund war er nicht mehr dazu gekommen. Auf seinen ersten Brief hatte er keine Antwort bekommen. Den hatte er zu ihren Händen über den alten Sir Alastair Moray adressiert. Unsicher, wohin er einen zweiten Brief schicken sollte, ließ er die Angelegenheit ruhen. Doch irgendwie fühlte er sich schuldig. Er zog wieder seine Uhr aus der Tasche, ein Geschenk von Mademoiselle Sophie, und sah auf das Zifferblatt. In der Messe wurde auf See um zwei Uhr dreißig zu Mittag gegessen. Jetzt war es Viertel vor zwei ... also Zeit genug für einen Brief. Doch wo er den aufgeben könnte, wußte er jetzt noch nicht. Vielleicht, wenn die *Viper* zu ihnen stieß? Doch er schuldete Martin diesen Brief. Zweifellos würde Catrionas Großvater wissen, wo sie lebte, und er würde sicherlich den Brief weiterleiten, wenn man ihn wieder an das Castel Guise im Hochland schickte.

Phillip griff zu Tinte und Feder und fand, daß ihm die Worte leicht fielen, nachdem er sich erst einmal entschlossen hatte. Er beschrieb den Angriff der Kosaken und Martin Fox' tapferen Gegenangriff zur Verteidigung des Magazins. Als er die letzten Stunden seines Freundes beschrieb, glitt seine Feder langsamer über das Papier, und er spürte, daß ein Kloß in seiner Kehle saß. Doch er blieb bei der Arbeit, und als Higgins kam und meldete, daß das Essen gleich aufgetragen würde, war der Brief fertig, drei Seiten mit Zeilen, die sich wegen des durchsichtigen Papiers zu kreuzen schienen. Phillip schrieb die Adresse, frankierte und versiegelte den Umschlag und legte ihn zu der Ausgangspost, die bei nächster Gelegenheit weiter befördert werden würde. Sein Gewissen fühlte sich leichter, und er machte sich auf den Weg zur Messe zum Mittagessen mit seinen Offizieren.

Jelenik wurde in der zweiten Hälfte der Mittelwache ausgemacht, aber Phillip entschied, auf Tageslicht zu warten, ehe er in den Hafen lief. Bei Sonnenaufgang war er an Deck und entdeckte eine breite, schöne Bucht, hinter der sich wie in Wellen Gebirgskämme erhoben, mit ewigem Schnee bedeckt. Die unteren Berghänge waren dicht bewaldet. Deutlich erkennbare Klippen schützten die östliche Seite der Bucht und folgten der halben Rundung bis zu einer kleinen Stadt, die in einer Ausbuchtung am Fuß eines offensichtlich felsigen Steilhangs lag. Das Fort, ein viereckiges festes Gebäude mit Öffnungen für Kanonen und mit Bastionen an den Ecken, stand auf den Klippen über der Stadt und schützte sie und die Seereede.

Ein paar Fischerboote lagen längsseits an einem hölzernen Kai. Einige von ihnen trugen große Lateinersegel und liefen zur Begrüßung auf die *Huntress* zu, nachdem sie mit dem Fort Schüsse zur Begrüßung gewechselt hatte und dann in die Bucht gelaufen war. Den Ankergrund in Jelenik hatte Kapitän Jones selbst vermessen, und Phillip wußte aus seinem Bericht, daß er einer der besten an der ganzen tscherkessischen Küste war. Mit mehr als ausreichend tiefem Wasser ließ Phillip Graham das Schiff bis in Rufweite vor den Kai bringen.

Die Fischer inspizierten den Neuankömmling, erkannten die

Flagge, die er führte, und wendeten ihre Boote schnell. Dann liefen sie wie ein Schwarm weißer Möwen vor der *Huntress* her und zogen hierhin und dorthin Spuren durch das glatte grüne Wasser. Freudig erregt winkten Gestalten auf den Booten. Als die *Huntress* ankerte, eilten sie an Land, offensichtlich, um die Nachricht von der Ankunft in der ganzen Stadt zu verbreiten. Damit hatten sie wohl Erfolg, denn als Phillip in seinem Boot in Begleitung von Leutnant Roberts und dem türkischen Dolmetscher und einer Eskorte Seesoldaten ablegte, hatte sich eine beachtliche Menge Menschen auf dem kräftig gebauten Kai angesammelt, um sie zu begrüßen.

Die bunte Menge bestand nur aus Männern, von denen die meisten ärmellose schwarze Jacketts trugen, die aus gewebtem Ziegenhaar bestanden, wie Roberts erklärte. Die Hemden darunter waren bunt gefärbt, reichten bis an die Knie und waren mit Litzen und Stickereien verziert. Gewaltige Hosen, Sandalen aus Leder oder Stiefel und hohe Mützen aus Schafs- oder Ziegenfell ergänzten die farbenfrohe Tracht. Alle waren gut bewaffnet. Einige hatten Krummsäbel an der Seite, andere böse aussehende Sammlungen von Messern, nachlässig in die Seidengürtel gesteckt, die um den Bauch liefen. Jeder Mann schleppte ein langes Gewehr mit einem Zündschloß und eine Munitionstasche über der Schulter.

Als das Boot der *Huntress* sich dem Kai näherte, wurde ein großer Mann mit einem roten Bart erkennbar, der offensichtlich Kosakentracht trug. Er überragte die Männer deutlich um Haupteslänge und feuerte mit seinem Gewehr in die Luft. Das war das Zeichen zu einer wilden Salve. Phillip war klar, daß dies offensichtlich zu ihrer Begrüßung geschah und befahl als Gegengruß »Ruder auf«. Lauter Beifall war das Echo. Und als Phillip an Land gestiegen war, umarmte der Rotbart ihn fest und grinste dabei.

»Engländer?« wollte er wissen.

Phillip war von der Umarmung des bärenstarken Mannes noch immer außer Atem und nickte nur wortlos. Der Mann betaste den Griff seines Marinesäbels und hob fragend die buschigen roten Brauen. »Zum Kampf?« wollte er mit einigen Gesten wissen und ahmte einen Zweikampf nach. »Kampf gegen Moskau?«

»Ja«, versicherte Phillip ernst, als hinter ihm die Eskorte der Seesoldaten antrat. »Wir sind gekommen, um mit Ihnen gegen Moskau zu kämpfen!«

»Gut«, strahlte der bärtige Krieger. »Gut, gut!«

Damit waren seine Englischkenntnisse offensichtlich erschöpft. Der türkische Dolmetscher winkte ihn herablassend weg und erklärte, daß es sich um Kuban Kosak handelte. »Das sind arme, unwissende Kerle, Commander Hazard, verschwenden Sie mit dem da nicht Ihre Zeit.« Er spuckte verächtlich aus. »Im Fort werden türkische Offiziere sein, und mit denen werden wir reden.«

»Ohne Zweifel, Mr. Aslam«, erwiderte Phillip kühl. »Aber mein Auftrag lautet, mit Serfir Pascha zu sprechen, dem Häuptling der Tscherkessen, also seien Sie bitte so gut und finden Sie heraus, wo ich ihn auftreiben kann, wenn Sie nicht wollen, daß ich meine Zeit mit einem unbedeutenden Mann verschwende.«

Er sah sich um und fand, daß sein Lächeln von allen widergespiegelt wurde, die sich dichtgedrängt und mit hellen Gesichtern am Kai gesammelt hatten. Nur der dickliche kleine Dolmetscher sah ihn mißmutig an, und Phillip sagte sich, daß es nicht klug wäre, sich ganz auf ihn zu verlassen, denn er würde mit seiner Arroganz die Beziehungen zu den Menschen hier sicher gefährden.

»Es nähert sich jemand vom Fort, Sir«, meldete Leutnant Roberts achtsam.

Er deutete an den Rand der Klippe, und Phillip entdeckte zwei Männer auf Pferden, die kurz anhielten, um die Angekommenen einzuschätzen. Dann galoppierten sie den steilen Abhang in Richtung zum Kai hinunter. Beide waren exzellente Reiter, und am verärgerten dunklen Gesicht des Dolmetschers erriet Phillip, daß es sich um Tscherkessen und nicht, wie von ihm erhofft, um Türken handelte. Roberts bestätigte ihn in der Annahme, als die beiden Reiter die Pferde zügelten, einen Gruß riefen und dann leichtfüßig auf die Erde sprangen.

»Beide sehen aus wie Tscherkessen, Sir. Ich nehme an, daß der ältere der beiden das Fort kommandiert!«

»Dann wollen wir die beiden begrüßen, Mr. Roberts«, sagte Phillip. »Ihre Männer können im Augenblick hier bleiben. Lassen Sie rühren, denn das hier kann dauern.« Er wandte sich an den jungen Maat, der das Boot führte: »Machen Sie bitte weiter, Mr. Ghrey. Lassen Sie eine Wache mit Minié-Gewehren auf dem Boot zurück, und der Rest kann sich an Land die Beine vertreten.«

»Aye, aye, Sir!« bestätigte Grey.

Mit Roberts an seiner Seite ging Phillip den beiden Neuangekommenen entgegen. Er sah, daß beide so farbig bekleidet waren wie ihre Landsleute auf dem Kai. Nur ihre Umhänge und Mützen waren aus feinem Lammfell gemacht und weniger grob geschneidert als die der Stadtbewohner. Vor allem ihre herrische Haltung unterschied sie vom Rest. Einer war hoch in den Vierzigern, der andere, ein schlanker, athletisch aussehender junger Mann wahrscheinlich erst Anfang zwanzig. Er hatte fröhliche graue Augen und eine sehr helle Haut. Ihre Ähnlichkeit ließ Phillip vermuten, es müsse sich um Vater und Sohn handeln. Die Art, wie die Menge sich teilte und sie passieren ließ, machte deutlich, daß einer oder beide in der Stadt eine wichtige Rolle spielten.

»Mr. Aslam!« Zögernd reagierte der Dolmetscher, als Phillip ihn rief. »Stellen Sie Mr. Roberts und mich bitte den beiden Herren vor und fragen Sie, wen zu begrüßen wir die Ehre haben.«

Aslam tat wie befohlen, aber der Ton seiner Stimme war nicht sehr freundlich. Doch die Antwort klang höflich. Aslam wandte sich an Phillip und sagte, der Kommandant des Forts sei Najib Bey und der Junge sein ältester Sohn Dafir.

»Es scheint, daß sie hier das Kommando haben«, fügte der

Dolmetscher hinzu. »Die Truppen, die sie führen, gehören zu ihrem eigenen wilden Stamm, bis auf die paar Kanoniere der türkischen *redifs.*«

Phillip grüßte und streckte Najib Bey seine Hand entgegen, der sie nach knappem Zögern mit deutlichem Vergnügen schüttelte. Der Junge lächelte, hielt sich aber zurück, beäugte die beiden britischen Offiziere und den dicklichen türkischen Dolmetscher mit einigem Interesse und stellte dann eine Reihe Fragen. Sein Vater brachte ihn mit einer Handbewegung zum Schweigen und wollte selbst etwas wissen.

»Der Junge fragt, ob Ihr Schiff Männer und Waffen gebracht hat, um den Kampf gegen die Moskowiter zu unterstützen, die vertrieben werden müssen«, übersetzte Aslam. »Und beide wollen wissen, ob weitere englische Schiffe unterwegs sind. Najib Bey möchte außerdem wissen, ob Euer Ehren Neues von Mustafa Pascha weiß. Er sagt, er hätte vor ein paar Wochen gehört, der Pascha wolle kommen.«

Phillip formulierte eine passende Antwort, die Aslam in schnellem Osmanli wiederholte. Die Augen beider Männer leuchteten auf, als sie von dem nahen Besuch des türkischen Kommandeurs erfuhren.

»Und nun fragen Sie bitte, wo ich den tscherkessischen Häuptling Serfir Pascha zu finden hoffen kann. Sagen Sie bitte, daß ich eine wichtige Nachricht von meinem Admiral habe, die Seine Exzellenz ohne Verzug erreichen muß!«

Der Türke wiederholte alles, und wieder bemerkte Phillip, wie die Augen von Vater und Sohn vor Freude aufleuchteten. Der Sohn flüsterte seinem Vater etwas zu, der zunächst den Kopf schüttelte, es dann offensichtlich bereute und leise und lange mit dem Dolmetscher sprach.

»Nun, Mr. Aslam, was sagte er?« wollte Phillip ungeduldig wissen, als Najib Bey erwartungsvoll schwieg.

Der schmuddelige Türke schaute unglücklich aus, nahm sich zusammen und antwortete bedrückt: »Serfir Pascha ist in den Bergen bei seinen Truppen. Wenn die Nachricht des englischen

Admirals keinen Aufschub duldet, dann müssen Sie zu ihm eilen. Es scheint, als bereite er einen Überfall auf einen Versorgungszug vor, den der Feind über Land nach Soujak schickt. Nach Meinung von Najib würde nur der persönliche Einsatz von Euer Ehren Seine Exzellenz hierher zurück bewegen können, ehe er seinen Plan ausführen kann. Denn den Überfall hat er viele Wochen lang vorbereitet.«

»Ich verstehe«, gestand Phillip stirnrunzelnd.

Er hatte sich das nicht gewünscht, aber er verstand und sympathisierte mit Serfir Paschas Zögern, eine so sorgfältig geplante Operation aufzugeben. Durch genaue Fragen und Antworten erhielt er die Information, daß Serfir Pascha sein Lager in den Bergen eine Tagesreise entfernt aufgeschlagen hatte. Najib würde ihm eine Eskorte tscherkessischer Bergbewohner zur Verfügung stellen, die sein Sohn führte. Wenn man innerhalb einer Stunde aufbrechen könnte, dann hätte man den größeren Teil des Marsches vor Anbruch der Dunkelheit hinter sich und müßte am nächsten Morgen nur ein kurzes Stück Weg zurücklegen.

»Euer Ehren dürfen nur zwei oder höchstens drei Männer mitnehmen«, übersetzte Aslam. »Der Bey sagt, daß ein größeres Gefolge eine zu große Verantwortung für seine Männer darstellen würde, denn Sie sind nicht bergerfahren und brauchen daher Hilfe. Er bittet darum, daß nur kräftige Männer ausgewählt werden ...« Phillip bemerkte jetzt Schweißperlen auf dem bleichen Gesicht, und es überraschte ihn nicht, als der Türke bittend fortfuhr: »Commander Hazard, ich bin kein kräftiger Mann und bin auch nicht an Höhen gewöhnt – mir wird dann immer schlecht. Könnten Euer Ehren nicht auf meine Dienste verzichten? Ohne Zweifel würde ich Sie aufhalten und ...«

»Ich würde gern auf Ihre Dienste verzichten, Aslam«, gestand Phillip. »Aber wie soll ich mit Serfir Pascha reden, wenn ich Sie zurücklasse?«

Der korpulente, unwillige kleine Mann würde in der Tat alle aufhalten. Aber es war wichtig, den tscherkessischen Führer von der Wichtigkeit des Wunsches zu überzeugen, daß alle tscherkessischen Häuptlinge sich zur Ankunft von Mustafa Pascha treffen mußten. Der beschwerliche Marsch in die Berge würde vergebens sein, wenn es wegen eines fehlenden Dolmetschers nicht gelänge, Serfir zu überzeugen, daß er innerhalb der vorgegebenen zehn Tage nach Jelenik zurückkehren müßte. »Es geht nicht anders, Sie müssen mitkommen, tut mir leid.«

Jetzt strömte Aslam der Schweiß über die Wangen, als er in seiner eigenen Sprache in eine aufgeregte Tirade verfiel. Der würdige Najib hörte höflich lächelnd zu. Mit gleicher Höflichkeit antwortete er und bot offensichtlich eine Lösung des Problems an, die dem Türken gefiel.

Mit einem erleichterten Seufzen wandte Aslam sich an Phillip. »Sir, im Lager des Paschas gibt es einen polnischen Offizier, Kazim Bey. Er spricht Französisch und wohl auch Englisch. Bei ihm ist seine Tochter, die in einer armenischen Klosterschule erzogen wurde. Sie spricht Französisch und Osmanli fließend und auch etwas Englisch. Und auch Serfir Pascha hat seine Tochter bei sich, die verschiedene Sprachen gelernt hat. Wer könnte also besser die Nachricht von Euer Ehren Seiner Exzellenz übersetzen? Meiner Übersetzung könnte er mißtrauen, aber sicherlich nicht seinem eigenen Fleisch und Blut. Außerdem könnte ich mich, wenn ich hier bliebe, im Dienst Euer Ehren nützlich machen. Ich könnte mit seiner Exzellenz zu den anderen Häuptlingen gehen, die der englische Admiral zusammenruft ...«

Phillip schnitt ihm das Wort ab. Ermunternd sah er Roberts an, und der Offizier der Seesoldaten antwortete auf seine ungestellte Frage: »Ich könnte mir denken, daß er hier nützlich ist, Sir. Denn es müssen ja noch andere Häuptlinge zusammengerufen werden, nicht wahr? Najib Bey übertreibt sicherlich nicht, wenn er die anderen Dolmetscher erwähnt. Einige der jungen Damen haben eine glänzende Erziehung genossen. Das Mädchen in Soukoum, von dem ich Ihnen berichtete, war auch in einer Klosterschule und spricht ein bemerkenswert gutes Französisch. Und der polnische Offizier ist natürlich eine weitere Möglichkeit. Wenn Sie sich entschließen könnten, Aslam hier zu lassen, könnten Sie einen Mann extra mitnehmen, der was darstellt und ihnen eher beistehen kann als der da, wenn es darauf ankommen sollte. In diesen Bergen ist das Vorankommen nicht leicht, aber meine Soldaten werden sich freiwillig melden, das weiß ich, und ich wäre dankbar, wenn ich dabei sein könnte ...«

»Verzeihen Sie, Sir«, warf Aslam ein. »Ich habe vergessen Ihnen zu sagen, Najib Bey glaubt, es wäre gefährlich, die Rotjakken mitzunehmen. Seeleute könnten sich leichter an die großen Höhen dieser Berge gewöhnen, denn es gehört ja auch zu ihrer Arbeit an Bord, hoch nach oben zu klettern, um die Segel zu versorgen.«

Wahrscheinlich hat er recht, dachte Phillip, als Aslam fortfuhr. »Der Bey bittet Sie, daß Ihre Soldaten in der Garnison die Plätze der Männer einnehmen, die er mit Ihnen schickt. Das Fort ist unterbesetzt, Sir – alle, auf die man verzichten konnte, haben Serfir Pascha begleitet. Er bittet auch darum, daß Euer Ehren ihm einige der neuen Gewehre geben, die Sie erwähnt haben, und daß ihre Seesoldaten seinen *redifs* Instruktionen geben, wie man damit umgeht.«

»Und ich dachte, er hätte ein hehres Motiv, mir Ihre Soldaten nicht mitzugeben, Mr. Roberts«, sagte Phillip und verzog leicht amüsiert seinen Mund. »Aber ich gebe seinem Wunsch wohl besser nach, was meinen Sie? Unter diesen Umständen macht er Sinn.« Roberts nickte ihm zustimmend zu, und so sagte er laut: »Also gut, Mr. Aslam, Sie dürfen hier bleiben. Und dann sagen Sie bitte dem Bey, daß ich einverstanden bin, ihm Verstärkungen hier zu lassen und daß er auch ein paar der neuen Gewehre bekommen wird. Den Rest, schlage ich vor, Serfir Pascha zu geben!«

Mit dem jetzt breit grinsenden Dolmetscher klärte er verschiedene kleinere Einzelheiten einschließlich der Versorgung seiner Truppe mit Kleidung aus Schaffell. Dann forderte er ganz formell, daß Boten ausgeschickt werden sollten, um die anderen Häuptlinge in der Gegend von der bevorstehenden Ankunft Mustafa Paschas zu informieren. Eifrig stimmte Najib zu.

»Der Bey sagt«, fuhr Aslam fort, »Euer Ehren würden klug handeln, wenn ein Bote nach Soukoum-Kaleh zu Mohammed Emin Bey geschickt würde. Er ist ...«

»Ich weiß, wer er ist«, entgegnete Phillip. Wieder sah er zu Roberts hinüber, der diesmal begeistert zustimmend nickte.

»Emin Bey ist der einflußreichste aller tscherkessischen Häuptlinge, Sir, er ist Schamyls *naib* und ...«

»Sie kennen ihn persönlich, nicht wahr?«

»Ja, Sir!« Roberts Stimme verriet keinerlei Gefühle, nur seine Augen blitzten auf, als er Phillip anschaute. »Ich habe für ihn die Artilleriestellungen in Soukoum repariert, ein Blockhaus und Schanzen aufgebaut, nachdem der Feind die Anlagen zerschossen hatte. Aber, Sir ...«

»Was ist, Mr. Roberts? Wären Sie unter diesen Umständen nicht der beste Bote, den ich zu Emin Pascha sende? Ich schlage vor, das Schiff zu schicken, das ihn aufnehmen und hierher bringen kann. Das spart Zeit, denn der Weg über Land würde länger dauern. Sie wären hier, wenn ich wieder hier bin, vielleicht sogar vor mir.«

Roberts holte tief Luft. »Ich dachte, ich sollte Sie begleiten, Sir, und ...«

»Mr. Roberts, Sie sind Seesoldat, Seesoldat mit roter Uniformjacke«, erinnerte Phillip ihn lächelnd. »Im Gegensatz zu meinen Blaujacken klettern Sie nicht in den Mast, um die Segel zu versorgen, nicht wahr?«

»Nein, Sir. Aber muß ich nicht meine Männer führen, wenn sie ins Fort einrücken?«

»Das Fort hat einen sehr fähigen Kommandanten, denke ich. Und außerdem dürfte Ihr Sergeant ganz gut in der Lage sein, die *redifs* des Beys im Gebrauch der Minié-Gewehre einzuweisen. Oder?«

»Natürlich, Sir. Er ist ein sehr guter Unteroffizier ...«

»Dann werden Sie bitte nach Soukoum gehen, Mr. Roberts«, befahl Phillip ihm ganz formell. »Meine Instruktionen vom Admiral sind an Bord, lesen Sie sie, ehe Sie an Land gehen, damit Sie genau wissen, welche Informationen Sie Emin Bey geben müssen.«

»Ja, Sir, mit dem größten Vergnügen.« Seine Stimme war nicht sehr fest. »Danke, Sir!«

»Mehr als ein paar Stunden in Soukoum werden Sie nicht haben«, meinte Phillip trocken. »Also machen Sie dort das Beste aus Ihrer Zeit, nachdem Sie mit Emin Bey gesprochen haben. Und jetzt schicken Sie besser Ihren Sergeanten und sechs Männer ins Fort und führen Sie selber. Nehmen Sie ein halbes Dutzend Gewehre mit. Ich gehe an Bord zurück, um meine Begleiter auszusuchen und dem Ersten Offizier das Kommando zu übergeben. Machen Sie weiter, Mr. Roberts.«

»Aye, aye, Sir!« Roberts grüßte zackig und drehte auf den Hacken um.

Während er zur *Huntress* zurückgerudert wurde, dachte Phillip sorgfältig über die Auswahl der drei Männer nach, die ihn begleiten würden. Zuerst fiel ihm Grey ein, aber der junge Offizier war für die Kanonen verantwortlich. Falls es zu einem Angriff auf Anapa käme, würden Grey und mit ihm O'Leary ihre Zeit am besten nützen, wenn sie die Mannschaften an den Kanonen exerzierten. Es war schließlich entscheidend, daß das Feuer der *Huntress* die militärischen Ziele genau traf ... Also Cochrane? Natürlich hatte Cochrane als Zweiter Offizier seine Pflichten auch als Wachführer, aber Grey ging jetzt eine Wache und ebenso der Master, also ... Cochrane war die beste Lösung. Er war gewandt und kräftig, besaß einen kühlen Kopf, man konnte sich ganz und gar auf ihn verlassen – und außerdem sprach er Französisch.

Bei der Auswahl der Männer hatte Phillip fast unbegrenzte Möglichkeiten. Sie waren alle gut, aber die, für die er sich schließlich entscheiden würde, mußten körperlich stark sein und viel aushalten können. Schließlich hatten sie die Kiste mit den Gewehren und der Munition zu schleppen. Higgins konnte das nicht, ebenso wie ein halbes Dutzend anderer, zu denen auch sein eigener Bootsführer gehörte. Der Gehilfe des Stückmeisters, Thompson, war der größte Mann an Bord. Wie Cochrane und O'Leary war er von der *Trojan* gekommen. Er hatte Martin Fox zurück aufs Schiff getragen, als dieser in Eupatoria tödlich verletzt worden war. Der beste Toppmann an Bord war Blythe, ein Vollmatrose, der auf einem Fischerboot aus Aberdeen gefahren war, aber ... Phillip zögerte noch und dachte an andere. Immer noch war er unentschieden, als er nach ein paar Rufen bei der *Huntress* längsseits ging und der Bugmann geschickt in die Steuerbordrüsten hakte.

»Bitte, warten Sie auf mich, Mr. Grey«, instruierte er. »In etwa 15 Minuten gehe ich wieder an Land. Während Sie warten, riggen Sie ein paar Gurte, damit die Kiste mit Minié-Patronen getragen werden kann. Lassen Sie sie am besten hochhieven und arbeiten Sie hier an Deck. Die Gurte müssen verdammt viel aushalten können.«

»Aye, aye, Sir!« bestätigte Grey. »Und die Gewehre?«

Wieder zögerte Phillip. Die Gewehre waren schwer und stellten eine gewaltige Last dar. Aber wenn man sie aus der Kiste nahm und sie zwischen den Tscherkessen und seinen eigenen Männern aufteilte, waren sie ohne viel Kraft zu tragen.

»Brechen Sie die Kiste auf, Mr. Grey. Versichern Sie sich, daß jedes Gewehr vollständig ist und jedes einen Gurt hat.«

»Sehr wohl, Sir!«

Grey und der Fähnrich neben ihm schauten neugierig zu, als sich ihr Kommandant durch die Relingspforte schwang. Phillip widerstand der Versuchung, ihnen mitzuteilen, was anlag, weil er keinen von beiden mit an Land nehmen konnte. Sie würden schon bald genug alles erfahren. Graham wartete an der Relingspforte und folgte ihm auf seine Bitte in die Kajüte. Während er sich umzog, berichtete er seinem Bruder kurz, was er mit Najib Bey vereinbart und was er selbst jetzt vorhatte.

»Ich dachte, ich nehme Anthony Cochrane und den Gehilfen des Stückmeisters mit, Thompson – wenn du ohne sie auskommen kannst, während du das Schiff nach Soukoum-Kaleh bringst«, fügte er hinzu. »Der Bey hat äußerst beharrlich darauf bestanden, daß ich nur Männer mitnehme, die kräftig sind und an Höhe gewöhnt. Dafür kommen seiner Meinung nach Marinesoldaten nicht in Frage. Für die verriet er uns andere eigene Pläne ...«

Graham mußte lächeln, als er sie erfuhr. »Ein gerissenes Kerlchen. Er mag offenbar britische Rotröcke, die mit Minié-Gewehren auf seinen Wallanlagen patrouillieren. Erwartet er einen Angriff?«

»Ich glaube nicht. Was meinst du, kommst du ohne Cochrane aus?«

»Natürlich. Und Thompson ist erste Wahl. Aber wolltest du nicht drei Männer mitnehmen? Wer ist der dritte?«

»Ich hatte an Blythe gedacht, bin mir aber noch nicht ganz sicher. Wen schlägst du vor?«

Graham dachte nach. »Du weißt, du wirst O'Leary das Herz brechen, wenn du ihn nicht mitnimmst.«

»Das schafft er mit seinem Bein nicht.« Phillip zog einen dikken Fischerpullover über den Kopf, und seine Stimme klang einen Augenblick sehr dumpf. »Die Berge haben's verdammt in sich, sagt mir Roberts.«

»Und wie willst du das mit deinem Bein schaffen, mein lieber Phillip?« fragte Graham. Seine Worte klangen leicht, doch er schaute dabei sehr ernst aus. »Meinst du, du wirst den Strapazen gewachsen sein?«

»Mit meinem Bein habe ich keine Probleme mehr. Es ist gut verheilt«, versicherte Phillip. Er zog einen Wachmantel an, den ältesten, den er finden konnte, und knöpfte ihn entschlossen zu. »Mein Befehl lautet, mit Serfir Pascha persönlich Kontakt aufzunehmen und ihn so rechtzeitig hierher zu bringen, daß er den türkischen Kommandanten trifft. Wie hieß er noch? Mustafa Pascha, der am oder vor dem achtzehnten dieses Monats hier eintreffen wird. Es ist leider verdammt dumm, daß der in die Berge verschwunden ist, aber ich muß ihm nachsetzen. Wir haben keine Zeit zu warten, bis er aus eigenem Antrieb zurückkehrt, nicht wahr?«

»Ich würde gern an deiner Stelle gehen«, bot Graham an.

»Das ist ein gutes Angebot, aber danke.« Phillip legte seinem Graham brüderlich die Hand auf die Schulter. »Du hast im Bergsteigen nicht mehr Erfahrung als ich, und jemand anderem kann ich dieses Schiff nicht anvertrauen.«

Graham nickte bedauernd. »Nun gut. Soll ich Cochrane Bescheid sagen, daß er dich begleiten soll?«

»Ja, bitte«, stimmte Phillip zu. »Und auch dem Gehilfen des Stückmeisters Thompson und dann wohl auch Blythe – es sei denn, du hast einen besseren Vorschlag.«

»Erikson«, erinnerte Graham. »Er ist Norweger, Vollmatrose. Intelligent und sehr gebildet, gehört zur Mannschaft der *Lancaster*. Ich könnte mir denken, daß er einige Erfahrung im Bergsteigen hat. Soll ich mich drum kümmern?«

»Laß Higgins das machen, kümmere du dich um Cochrane. Wir werden in weniger als einer halben Stunde aufbrechen – Higgins, sind Sie da?« Der Steward erschien auf seinen Ruf hin, und Phillip schickte ihn auf die Suche nach den beiden Seeleuten. »Sie brauchen die wärmste Kleidung, die sie haben, und Stiefel. Wir nehmen Verpflegung für drei Tage mit, nein vier, sicherheitshalber. Kümmern Sie sich bitte darum. Und kriegen Sie raus, ob Erikson Erfahrung im Bergsteigen hat. Wenn ja, nehmen wir ihn mit.«

»Aye, aye, Sir!« Der Steward verschwand mit seinen Aufträgen, und Phillip nahm die Befehle aus der verschlossenen Schublade, in der er sie aufbewahrt hatte. Er las noch einmal Kapitän Jones Bericht, sorgfältiger als vorher, legte dann alle Papiere in sein persönliches Logbuch und verschloß die Schublade wieder. Er steckte den Schlüssel ein, um ihn Graham zu geben. Seine Pistole lag ebenfalls in der Schublade, doch er ließ sie dort. Ein Minié-Gewehr, entschied er, würde ihm mehr nützen. Und er würde sein Fernglas mitnehmen. Zehn Minuten später saß er im Heck seines Bootes, Cochrane neben sich, und war unterwegs zurück zum hölzernen Fischer-Kai.

3

Obwohl Najib Bey darauf bestanden hatte, daß sie alle früh aufbrechen sollten, warteten sie fast eine halbe Stunde am Kai: Phillip, Anthony Cochrane und die beiden aus der Mannschaft der *Huntress* ausgesuchten Männer, Thompson, Gehilfe des Stückmeisters, und der drahtige, blonde norwegische Vollmatrose Einar Erikson. Doch dann erschienen zu Phillips Erleichterung eines halbes Dutzend Tscherkessen, die vier Ponys für die Lasten und die versprochenen Mäntel aus Schaffell mitbrachten. Als die Munitionskiste auf eines der Ponys geschnallt worden war und jeder Mann ein Minié-Gewehr bekommen hatte, erschienen – geführt von Roberts – sechs oder sieben weitere Männer. Roberts erklärte fröhlich, daß sich Dafir ihnen anschließen würde.

»Sie haben meinen Männern ausgezeichnete Quartiere gegeben, Sir«, erklärte der Offizier der Marinesoldaten. »Und mit den tscherkessischen *redifs* kommen sie gut klar. Ich habe Aslam erst mal als Dolmetscher dort gelassen. Der Bey, sagte er, wird ihn die Küste entlang schicken mit der Nachricht des Admirals. Und er bat mich, Ihnen zu sagen, Sir, daß möglicherweise Mustafa Pascha auf seinem Weg hierher selber in Redoute-Kaleh Station macht, denn die Garnison dort ist türkisch und wird von einem seiner Offiziere befehligt.«

Phillip dankte ihm und schickte ihn mit Greys Boot zurück an Bord mit dem Befehl für Graham, er könne so bald wie möglich nach Soukoum segeln. Er ärgerte sich, daß von Dafir immer noch nichts zu sehen war. Die *Huntress* war schon Anker auf gegangen, da endlich erschien der junge hübsche Sohn des Bey ganz ohne Hast auf einem kräftigen Pony. Der Junge lächelte, doch er entschuldigte sich nicht. Er drehte den Kopf seines zottigen Ponys in Richtung auf die fernen Berge, hob lässig die Hand und lud damit die wartenden Männer ein, ihm zu folgen.

Bald lagen die Ansammlung der hölzernen und steinernen Häuser und die Moschee mit der bronzefarbenen Kuppel, die die Stadt bildeten, hinter ihnen, und Dafir schlug ein scharfes Tempo an. Als einziger der Männer war er beritten. Zuerst kam man sehr leicht voran, und Phillip machte der Anstieg über dichte, mit Gras bewachsene Hänge sogar Spaß. Die Sonne wärmte seinen Rücken, und er genoß den Duft von Jasmin und Rosen, den die sanfte Brise mit sich trug. Um die Mittagszeit gingen sie durch einen angenehmen Wald, folgten einem flachen Fluß, neben dem wilde Blumen und blühende Büsche jeder Art durcheinander wuchsen. Als die Tscherkessen den Fluß erreichten, hielten sie nur kurz an, um mit dem klaren, kalten Wasser ihren Durst zu stillen. Dann marschierten sie gleichmäßig weiter und aßen etwas, das wie schwarzes Brot mit Zwiebeln aussah. Sie hatten es aus ihren Taschen genommen und kauten es beim Aufstieg. Bald wurde das Licht unter hellgrünen Eichen- und Lindenblättern, die ihnen Schatten gespendet hatten, abgelöst durch das dunklere Grün von Tannen und Pinien. Der Fluß wurde felsig, und der Pfad, der ihm folgte, sichtlich steiler. Es wurde auch sehr viel kälter, und Phillip war nicht überrascht, als er einen Kamm überquerte und plötzlich im Schnee lief. Der war trocken und hart, und sie kamen gut voran. Die berittene Gestalt ihres Führers war immer ein gutes Stück voraus. Er geleitete sie quer über eine tiefe Bodensenke, von der aus man nichts anderes als einen Kamm überhängender Felsen sehen konnte.

»Halten die eigentlich nie an, Sir?« wollte Cochrane mißmutig wissen.

Phillip, der für den Aufstieg alle Atemluft brauchte, zuckte als Antwort nur mit den Schultern. Als sie die Höhe des Kamms erreicht hatten, entdeckten sie einen furchteinflößenden, steil ansteigenden Gipfel, dessen Spitze in Wolken verborgen war. Links schien eine baumbewachsene Spalte um den Teil des Gipfels herum zu führen. Dafir ritt mit seinem Pony auf den Gipfel zu, und Cochrane sagte entsetzt: »Um Himmels willen? Sollen wir da etwa hinauf steigen, Sir?«

Phillip hielt an, um nach Luft zu schnappen.

Erikson kam neben ihm zum Stehen und sagte beruhigend: »So schlimm, wie es aussieht, ist es nicht, Sir!« Er hielt die Hand über die Augen und blickt sich um. »Nein, bestimmt nicht. Da ist ein Pfad, sehen Sie ihn, Sir?«

Dankbar für die Pause nahm Phillip sein Fernglas aus der Tasche. Er entdeckte den Pfad dort, wohin der norwegische Seemann gedeutet hatte, einen engen, sich windenden Pfad, den vermutlich nur Bergziegen hatten treten können. »Können sie die Ponys da hoch bringen?« wollte er ungläubig wissen. »Der Weg sieht kaum breiter als ein Fuß aus.«

Erikson lächelte. Er war in seinem Element, mit sicherem Tritt, zuverlässig und ganz und gar zu Hause in dieser Umgebung, stellte Phillip erfreut fest, und er war Graham dankbar, daß er den Mann als viertes Mitglied der Gruppe vorgeschlagen hatte. Wie Cochrane und er selbst stolperte Thompson immer häufiger, obwohl er entschlossen voran schritt, und japste nach Luft. Er sagte nichts, als auch er nach oben starrte, aber der Ausdruck in seinem wettergegerbten Gesicht verriet doch einige Furcht.

»Der Pfad ist mehr als einen Fuß breit«, sagte Erikson ruhig. »Im Gebirge täuschen Entfernungen, die Schlucht ist weiter entfernt, als Sie meinen. Wir müßten schon Glück haben, wenn wir ihren Einstieg vor Anbruch der Nacht erreichten.«

Seine Voraussage erwies sich als wahr. Als es dunkel wurde, war die Gruppe noch immer weit von der Schlucht entfernt. Die vier Seeleute, die achteraus gefallen waren, mußten die letzte Viertelmeile in fast vollständiger Dunkelheit zurücklegen.

Nur das leichte Flackern eines Feuers führte sie, das die Tscherkessen beim Halt entzündet hatten. Als sie schließlich zu ihnen stießen, entdeckte Phillip, daß Dafir eine tiefe Höhle als Lagerplatz gewählt hatte. Steine schützten den Eingang vor dem Wind. Sie waren offensichtlich von Menschen aufgeschichtet worden. Dafir war also sicherlich schon früher hier gewesen.

Innen war der Höhlengrund trocken, und es gab genügend Feuerholz, das am hinteren Ende säuberlich gestapelt war. Von dort holten die Männer Nachschub für die Flammen. Im flakkernden Licht lud der Sohn des Bey sie mit Zeichen ein, Platz zu nehmen, und das taten sie dankbar. Sie streckten die kalten Hände dem Feuer entgegen und murmelten und stöhnten zufrieden. Ein Topf Wasser kochte bereits auf dem Feuer. Als Thompson, der in seinem Rucksack die britische Verpflegung trug, auspacken wollte, schüttelte Dafir entschlossen den Kopf. Einer seiner Männer, der bei den angeleinten Ponys gehockt hatte, kehrte mit einem großen Stück Fleisch ans Feuer zurück, das er auf ein Stück grünes Holz spießte und über die Flamme hielt.

»Vermutlich Ziege«, stellte Cochrane ohne Begeisterung fest. Aber als das Fleisch über dem primitiven Grill brutzelte und sprühte und einen äußert appetitanregenden Duft verbreitete, änderte sich sein Ausdruck. »Wissen Sie, Sir«, erklärte er Phillip ernst, »diese Gebirgsluft macht einem einen höllischen Appetit. Nach allem glaube ich doch, daß die Ziege einiges mehr zu bieten hat als unser gekochtes Salzfleisch.«

»Das kann ich mir gut vorstellen«, stimmte Phillip ebenso ernsthaft zu.

Seit dem Frühstück hatte er nichts mehr gegessen, und als das Fleisch durchgebraten war, nahm er gern eine große Portion, die der Koch mit einem langen, gebogenen Dolch abgeschnitten hatte. Die Briten folgten dem Beispiel ihrer Gastgeber, aßen ebenfalls mit den Fingern und tranken zum Abschluß starken und sehr süßen türkischen Kaffee. Danach postierte Dafir einen Mann am Eingang der Höhle, wickelte sich in seinen

Schaffellmantel und legte sich auf die Erde. Alle seine Männer folgten seinem Beispiel und fragend sah Cochrane zu Phillip hinüber.

»Gehen wir abwechselnd Wache, Sir?« wollte er wissen, »oder ist das nicht nötig?«

»Ich glaube, es ist nicht nötig, Mr. Cochrane«, antwortete Phillip. »Die Tscherkessen kennen sich hier aus, und wir sind in ihren Händen. Angesichts des Aufstiegs morgen sollten wir versuchen, soviel Schlaf wie möglich zu bekommen.« Wie Dafir wickelte er seinen Mantel aus Schaffell eng um sich, streckte sich auf dem Felsengrund aus und war fast sofort eingeschlafen.

Am anderen Morgen waren die Tscherkessen früh auf den Beinen, nahmen ein karges Frühstück mit Schwarzbrot und Ziegenkäse zu sich und nur ein paar Schlucke des eiskalten Wassers aus dem Fluß. Gezwungenermaßen mußten die Seeleute auf den dampfenden Kakao oder Kaffee verzichten, an den sie gewöhnt waren, weil man das Feuer hatte ausgehen lassen. Das Flußwasser war für alle, Phillip eingeschlossen, ein magerer Ersatz und machte ihre Rationen ungenießbar. Kurz nach Tageslicht verließen sie die Höhle, und Dafir führte sie, wie Erikson vorausgesagt hatte, auf einen schwer zu beschreitenden Pfad, der sich im Zickzack die steile Flanke der Schlucht emporwand und bald im grauen Frühnebel verschwand, der den Gipfel verbarg. Es war sehr kalt, der Pfad sehr schlüpfrig. Erstaunt stellte Phillip fest, daß die andere Seite der Schlucht dicht mit Schnee bedeckt war. Doch diese Seite war, bis auf ein paar Flecken, praktisch schneefrei.

»Das kommt vom vorherrschenden Wind, Sir«, erklärte Erikson in seinem korrekten gepflegten Englisch. »Er verhindert, daß der Schnee auf dieser Seite liegen bleibt. Diese Männer hier sind sehr gute Bergsteiger, besonders der junge da. Allzuviele würden es nicht wagen, auf diesem Pfad zu reiten, aber er tut's und wie gut!«

Phillip beobachtete Dafir und bewunderte seinen Umgang

mit dem Pferd. Er schien keine Eile zu haben, doch er zögerte nie und war bald allen so weit voraus, daß der Nebel ihn verbarg. Er wurde nur dann hoch über ihnen sichtbar, wenn der Pfad eine Kehre machte. Manchmal mußten die Männer, die die Ponys führten, diese ziehen, weil sie unwillig auf dem nassen Fels rutschten. Dafir ließ seinem Pferd seinen Willen, das Tier fand seinen eigenen Weg und stolperte kaum. Weiter oben verwandelte sich der Fluß, der ihnen das unwillkommene Frühstücksgetränk gespendet hatte, zu einem rauschenden, reißenden Bach, gespeist von einem Wasserfall aus einer Felsspalte, 50 oder 60 Fuß hoch neben ihnen auf der rechten Seite. Von seinem Standpunkt aus konnte Phillip keinen Weg sehen, dieses Hindernis zu umgehen. Doch in einem Loch in den Wolken erschien plötzlich Dafir jenseits des springenden Wassers. Also trottete er weiter, überzeugt, daß es irgendwo eine Brücke oder eine andere Möglichkeit gab, das Wasser zu überqueren. Es gab sie, und erschreckt und ungläubig hielt er die Luft an, als er sie entdeckte – vier gewaltige Steine, die wie Stufen unmittelbar über dem Wasserfall lagen.

»Mein Gott«, sagte auch Cochrane ungläubig, als er anhielt, »der ist doch bestimmt nicht über sie geritten, Sir?«

»Scheinbar doch, ich habe ihn nicht absteigen sehen.«

Phillip ging langsam weiter und bereite sich auf das vor, was für ihn eine Prüfung sein würde. Selbst für jemanden zu Fuß war die Überquerung gefährlich genug. Die Felsen waren naßglatt, und die Entfernung variierte von etwa einem Fuß bis zu mehr als einem Meter. Sie zu Pferd zu überqueren, wie Dafir, verlangte eiserne Nerven und eine fehlerfreie Einschätzung. Die Tscherkessen grinsten fröhlich und machten mit Zeichen deutlich, was sie von der Tat ihres jungen Anführers hielten. Als Phillip ihnen ein paar Augenblick später folgte und in den Abgrund mit dem reißenden Wasser blickte, schauderte ihn. Höhen machten ihm selten etwas aus, seine Ausbildung in der Marine hatte dafür seit seinen Tagen als Kadett Sorge getragen, aber ... Sicher auf der anderen Seite, traf er Eriksons Blick.

Trocken bemerkte der Norweger: »Ich bin froh, daß der Junge da auf unserer Seite ist.«

Selbst Thompson, der bisher die neuen fremden Verbündeten immer etwas mißtrauisch beobachtet hatte, wiederholte seine Worte ungewöhnlich beredsam, während er zusah, wie die Ponys mit dem Gepäck hinüber manövriert wurden.

»Es sind gute Männer, Sir – verdammt gute, alle zusammen. Wie Erikson sagt, hab' ich sie auch lieber auf unserer Seite als gegen uns, und das ist gewißlich wahr.« Er wechselte sein Gewehr von der einen auf die andere Schulter und wischte sich mit seiner großen Pranke trotz der nebligen Kühle den Schweiß von der Stirn. »Wie weit schätzen Sie, haben wir's noch, Sir?«

Phillip zog seine Uhr aus der Tasche. Hier oben in den Wolken, die die Sonne nicht durchdrang, war die Zeit schwer zu raten, und es überraschte ihn, daß die Zeiger erst auf zehn Uhr fünfzehn zeigten. Die Muskeln seiner Beine waren steif, sein ganzer Körper schmerzte – er hatte angenommen, sie wären wenigstens sechs oder sieben Stunden den Ziegenpfad emporgeklettert statt dieser paar ... Auch er wischte sich erschöpft über die Stirn.

»Ich nehme an, wir haben etwa drei Viertel unseres Weges hinter uns«, antwortete er. »In drei oder vier Stunden müßten wir eigentlich im Lager des Paschas sein, aber das rate ich nur, es kann ebenso falsch sein.«

Anthony Cochrane hatte sich die verkrampften Beinmuskeln massiert und richtete sich zögernd auf, als das letzte Pony mit dem Gepäck über die Stufen geschubst und gezogen wurde und die Tscherkessen sich auf den Weitermarsch vorbereiteten. »Ich nehme an, Sie haben recht, Sir«, sagte er voller Mitgefühl. »Ich muß Ihnen sagen, ich bin fast erledigt. Dabei war ich anfangs ganz schön wütend, daß sie keine Pferde für uns hatten.« Er seufzte. »Jetzt kann ich nur sagen, Gott sei Dank nicht!«

Phillip lachte kurz und zwang sich, den scheinbar endlosen Aufstieg fortzusetzen. Immer noch in den Wolken erreichten sie etwa eine Stunde später den Kamm des Berges. Phillip entdeckte zu seiner Überraschung Dafir, der angehalten hatte. Als der erste seiner Männer ihn erreicht hatte, rutschte er elegant aus dem Sattel und warf dem Führer des ersten Lastponys die Zügel zu. Sofort begannen die Tscherkessen einen Teil der Ladung von den Ponys abzuschnallen, einschließlich der Munitionskiste, die sie öffneten und deren Inhalt sie unter einem halben Dutzend eigener Leute verteilten.

Phillip stieß atemlos und erschöpft zu ihnen und wollten dagegen protestieren, daß sie seine ganze Munition aufgeteilt hatten, aber Dafir, der seine Absicht zu erraten schien, packte ihn am Arm und führte ihn ein paar Schritte nach vorn. Er hielt ihn fest und deutete nach unten. Phillip mußte einen Entsetzensschrei unterdrücken. Unter ihnen dehnte sich eine jäh abfallende Felswand aus, sehr viel steiler als die, die sie emporgeklettert waren. Der Einstieg war wegen der feuchten drehenden Nebel nicht zu erkennen. Doch Phillip brauchte den Stein nicht, den Dafir fast verächtlich nach unten geworfen hatte, um ihm zu zeigen, wie tief es hinunter ging – praktisch senkrecht.

»Erikson ...«

Der Norweger schien von allen von der *Huntress* noch die meisten Kräfte zu besitzen und erschien sofort. Er schaute mit wachen, schmalen, blauen Augen nach unten.

»Was halten Sie davon?« wollte Phillip wissen.

»Nun, Sir, sie sind klug, wenn sie nicht versuchen, die Ponys mitzunehmen.« Erikson klang ganz sachlich. »Bei mir zu Hause würde man für diesen Abstieg Seile benutzen, aber ... nun ja, dies ist ihr Land. Also überlassen wir uns den Einheimischen und warten ab, wie sie es angehen.«

Dies war offensichtlich ein guter Rat. Die Tscherkessen bereiteten sich still und sorgfältig vor, und Erikson trat zu ihnen. Irgendwie konnte er mit ihnen kommunizieren, zumeist mit Hilfe von Grunztönen und vielen Gesten, aber das gelang ihm ganz gut. Er kehrte zurück und meldete Phillip, daß doch Seile benutzt werden würden.

»Der Weg nach unten ist ziemlich deutlich, Sir«, sagte er.

»Man muß nur wissen, wo man Halt für Hände oder Füße findet und wo es Büsche und Felsen zum Belegen gibt.« Nachdenklich fügte er dann hinzu: »Ich glaube dennoch, daß dies eine Abkürzung ist. Es muß einen leichteren Weg geben, wenn der Pascha berittene Truppen in diese Berge verlegt hat. Wenn ich mir diesen Dafir so ansehe, dann würde es mich nicht überraschen, wenn wir einen ganz anderen Weg als die Soldaten des Paschas eingeschlagen hätten, seit wir Jelenik verlassen haben. Aber wir haben immerhin eine ganz schöne Entfernung hinter uns gebracht, Sir, und auch in einem guten Tempo – also müssen wir uns deswegen keine Vorwürfe machen.«

»Sie sprechen nur für sich, Vollmatrose Erikson«, brummte Phillip und warf sich schnaufend auf die Erde. »Ich habe 1000 Gründe, mich zu beschweren, vor allem, weil meine Beine sich in Pudding verwandelt haben und ich kaum noch Luft kriege.«

»Das macht die Höhe, Sir«, versicherte Erikson. »Die Männer sind an die dünne Luft hier oben gewöhnt, Sie nicht.« Er hockte sich nieder, begann Cochranes Beine zu massieren und knetete mit geübten Griffen die steifen Muskeln. »Sie kommen ganz schnell wieder zu Kräften, wenn wir erstmal wieder auf 2000 oder 3000 Fuß abgestiegen sind.«

»Aber nicht, wenn ich da runter muß«, wehrte Cochrane ab und schaute nach unten.

Ein Tscherkesse hatte ein Seil locker um den Bauch gewunden und sich einen Spitzhammer in den Gürtel gesteckt. Locker trat er über den Rand des Absturzes. Das Seil, das um einen Felsen belegt war, wurde von zwei anderen langsam gelockert. Der Schlag seines eifrig benutzten Hammers drang nach oben zu denen, die am Rand der Klippe warteten.

Erikson lächelte. Mit ganzer Überzeugung sagte er: »Dies wird der leichteste Teil der ganzen Reise sein, Sir. Die Männer hier wissen genau, was sie tun und sind hier schon früher mal abgestiegen, da bin ich mir ganz sicher.«

Wieder einmal sollte er mit seiner Vorhersage recht behalten – jedenfalls anfangs. Die Tscherkessen ließen sich und ihre britischen Verbündeten auf einen Vorsprung der Wand hinab. Und von da wiederholten sie den Vorgang, indem sie die Seile sorgfältig belegten, die sie hinter sich her gezogen hatten. Als letzter kam, wie erwartet, Dafir nach unten mit nur einer Hand am Seil. Er hatte darauf bestanden, daß Erikson sich in der ersten schwierigen Phase des Abstiegs mit dem Seil sichern sollte. Alles wurde sehr viel leichter, als sie sich dem Fuß der Felswand näherten und nicht mehr auf Eis oder Schneeflecken auf dem Weg nach unten achten mußten. Bei den letzten 70 oder 80 Fuß konnten sie auf die Seile verzichten, denn Bäume und Büsche wuchsen aus Felsspalten und boten vielfältigen Halt für Hand und Fuß. Auch die Sicht wurde besser, als sie die Nebel über sich gelassen hatten, und als sie endlich wieder ins Sonnenlicht kamen, rannten drei oder vier Tscherkessen voraus und lachten und tobten wie kleine Jungen, die unerwartet aus der Schule frei bekommen hatten.

Und dann glitt ohne Vorwarnung der so sichere Dafir auf einem losen Stein aus und rutschte einige Meter hilflos, bis er auf Phillip stieß, der direkt unter ihm auf dem Felsen lag. Glücklicherweise hatte Phillip festen Halt, denn beide Füße und der rechte Arm waren um den Stamm einer festen jungen Pinie geklammert, die über seinem Kopf wuchs. Doch der Schlag warf ihn fast aus dem Halt. Dafir griff nach seiner Schulter und klammerte sich mit aller Kraft seines jungen drahtigen Körpers an ihn. Irgendwie gelang es, den Absturz abzufangen. Phillip reagierte eher instinktiv als überlegt. Er machte den linken Arm frei, legte ihn um die Mitte des Jungen und klammerte sich mit beiden Knien, so fest er konnte, an den Felsen. Zwar war der Sohn des Beys leicht, doch sein Gewicht riß Phillips Arm fast aus dem Gelenk, als sie beide dort hingen und zusammen abzustürzen drohten. Der Stamm der jungen Pinie bog sich so weit über, daß es fast an ein Wunder grenzte, daß er nicht ausriß oder abbrach.

Dafir hatte keinen einzigen Laut von sich gegeben. Nur sein Gesicht war totenbleich, und einen Moment lang sah Phillip

Todesangst in seinem Blick. Dann fand der Junge mit einem seiner suchenden Füße Halt, drehte seinen Körper herum, klammerte sich mit beiden Händen an den Fels, und es gelang ihm, sein Gleichgewicht wiederzufinden. Phillip war nun weniger gefährdet. Das Ganze war in wenigen Sekunden abgelaufen. Als Dafir dann laut und wütend in seiner Muttersprache fluchte, spürte Phillip einen scharfen, plötzlichen Schmerz und wußte, daß die Wunde an seinem rechten Schenkel sich wieder geöffnet hatte. Der Junge ahnte nichts von dieser Verletzung, während Phillip den Rest des Abstiegs zurücklegte, ohne sich umzuschauen. Der wache Erikson eilte ihm zu Hilfe.

»Das hätte schiefgehen können, Sir!« sagte er vorsichtig. »Ich dachte, er reißt Sie mit sich nach unten. Erholen Sie sich erst mal, bis Sie wieder Luft haben, und dann helfe ich Ihnen. Sie sind doch nicht verletzt, Sir?«

Phillip schüttelte den Kopf. »Ich habe mein Bein gezerrt, glaube ich, aber das heißt nichts«, wich er aus. Dennoch war er dankbar für Eriksons sicheren Griff, mit dem der ihm abwärts half, wo Cochrane bereits wartend stand.

»Alles in Ordnung, Sir?« wollte sein Stellvertreter wissen und sah ihn besorgt an. »Ich habe zwar nicht gesehen, was geschehen ist, aber Thompson sagte mir, Dafir hätte Sie fast in den Himmel geschickt. Verdammter Narr, solch einen Abstieg ohne Seil zu wagen. Das heißt, das Unglück versuchen, und das tut er schon seit unserem Aufbruch. Will er uns denn unbedingt beeindrucken?«

»Er ist reichlich jung«, verteidigte Phillip ihn. Er fühlte sich seltsam erleichtert, und als Cochrane ihm immer noch besorgt nahelegte, sich zu setzen, widersprach er nicht.

»Hier kann man sich gut erholen, Sir, und die Tscherkessen sind noch nicht soweit, aufzubrechen. Ich frage mich, wie weit es noch bis zum Lager des Paschas ist.«

Phillip ließ sich vorsichtig in das moosige Gras nieder und blickte sich um. Er sah, daß sie sich jetzt in einem schmalen Tal befanden, das zwar von Bergen eingefaßt, aber schneefrei war.

Obwohl keine Zeichen menschlicher Besiedlung zu entdecken waren, deutete in der Nähe eine Herde friedlich grasender Ziegen darauf hin, daß das Tal nicht gänzlich leer sein konnte. Wie Cochrane gesagt hatte, war dies ein angenehmer Ort, und Phillip begrüßte wie jeder andere die Gelegenheit, sich zu erholen und vor dem Aufbruch neue Kräfte zu sammeln. Dafir und seine Männer schossen die Leinen auf und verteilten die Lasten neu. Auch sie setzten sich, schienen aber nur auf ein Zeichen zu warten, denn keiner sah aus, als brauche er Erholung. Doch Phillip sah keinen Grund zur Eile. Statt dessen legte er sich zurück, den Kopf auf die verschränkten Hände gebettet, und ließ seine Muskeln sich entspannen. Er genoß den warmen Sonnenschein. Jetzt tat sein Bein nicht mehr so sehr weh, der scharfe Schmerz war einem dumpfen Klopfen gewichen ... vielleicht war es ja wirklich nur angekratzt. Er seufzte, erinnerte sich an Grahams Warnung und unternahm absichtlich keinen Versuch herauszufinden, ob die Wunde sich geöffnet hatte oder nicht. Neben ihm folgte Cochrane seinem Beispiel und legte sich der Länge nach auf den Bauch, das Kinn auf seine Hände gestützt.

»Hier ist es schön, nicht wahr, Sir?« sagte er glücklich. Weil er jetzt mühelos wieder Luft bekam, erholte er sich zusehends und sprach munter über die Reise und die seltsamen neuen Kameraden. »Wenn sie so gut kämpfen, wie sie auf diese Berge klettern oder absteigen, glaube ich kaum, daß die Moskowiter Anapa oder Soujak sehr viel länger werden halten können.«

Phillip hörte ihm nur mit halbem Ohr zu und spürte den überwältigenden Wunsch nach Schlaf. Die Leichtigkeit in seinem Kopf verschwand langsam, und als Dafir das Zeichen gab, es sei Zeit zum Aufbruch, erhob er sich gern und lehnte Cochranes Hilfe ab. Die kurze Rast hatte ihm seine normalen Kräfte wenigstens teilweise wieder gebracht, und auch die anderen Männer sahen zufriedener drein als noch vor ein paar Stunden auf dem windumtosten Gipfel. Selbst der schweigsame Thompson versuchte sich in Witzen mit den älteren Tscherkessen und grinste, als sie ihn nicht verstanden. Doch alle lachten mit gleicher Herzlichkeit.

Thompson vertraute Erikson an: »Das sind schon die richtigen Typen. Verstehen kein Wort Englisch und lachen sich fast zu Tode. Für Fremde sind sie eigentlich gar keine so schlechten Kerle, oder?«

»Ich bin auch ein Fremder«, wies Erikson ihn mit gespielter Unterwürfigkeit zurecht. »Hast du das vergessen, Stückmeistergehilfe?«

»Hör doch auf, Junge«, beschwichtigte der große Mann ihn. »Du hast Erziehung, und du sprichst Englisch viel besser als ich ... und dann gehörst du ja auch zu uns, klar!« Er nahm Erikson den Gurt des Extragewehres, das sein Kamerad für ihn getragen hatte, von der Schulter. »Ich schlepp' das jetzt mal weiter. Und deines auch, wenn du willst, bis wir wieder auf terra firma sind. Wir haben sicher noch weit zu laufen. Ich sehe nirgendwo Zeichen von einem Lager. Du etwa?«

»Ich ehrlicherweise auch nicht«, bemerkte Anthony Cochrane mit leiser Stimme und paßte seine Schritte denen Phillips an.

»Die werden nicht in Zelten leben, Mr. Cochrane«, erinnerte Phillip ihn.

»Nein, natürlich nicht – wie dämlich von mir. Ich dachte tatsächlich, sie könnten es. Aber wo hausen sie dann – in Höhlen oder unter offenem Himmel?«

»Beides wäre möglich. Den Berichten habe ich entnommen, daß diese Leute schon seit vielen Jahren ihren eigenen Krieg gegen die Russen führen. Sie können gegen ausgebildete und disziplinierte Truppen, die von Artillerie unterstützt werden, natürlich keine Schlacht schlagen, aber sie überfallen und plündern, nehmen Versorgungszüge aus, was Serfir Pascha offenbar auch jetzt gerade vorhat, und verschwinden dann in die Berge, um Bestrafungen zu entgehen.«

»Das scheint eine ziemlich wirksame Taktik zu sein«, bemerkte Cochrane.

Phillip hob die Schultern. »Wirksam schon, aber nicht entscheidend, Mr. Cochrane. Ihr Problem scheint das Mißtrauen gegenüber den Türken als Verbündeten zu sein – mit gutem Grund, wie der Admiral meint. Und weil die alten Stammeskämpfe noch über Generationen im Gedächtnis sind, können sie sich gegen einen gemeinsamen Gegner nicht verbünden. Nur ein Führer vom Kaliber Schamyls, der ihr oberster Häuptling ist, kann sie zusammenhalten. Aber auch Serfir Pascha wird allgemein anerkannt, ebenso wie Emin Bey, einer von Schamyls Leutnants. Ich habe die *Huntress* nach Soukoum-Kaleh geschickt, damit sie ihn abholt.«

»Mit dem Ziel, sie alle zu vereinigen, Sir?«

»Ja, deswegen und um ein Treffen mit dem türkischen Kommandeur in Batoum zu arrangieren, Mustafa Pascha. Er ist jetzt in der Lage, ihnen beachtliche Hilfen anzubieten. Nach Meinung des Admirals ist er einer der gewieftesten türkischen Generäle und ...«

Phillip unterbrach sich, als irgendwo von links der scharfe Knall eines Gewehrschusses zu hören war. Instinktiv griff er nach seinem eigenen Minié-Gewehr, ließ es aber wieder sinken, als er sah, wie Dafir einen Schuß in die Luft abgab, dann eilends loslief und, so laut er konnte, schrie. Aus dem Versteck eines Schutthügels etwa eine Viertelmeile vor ihnen erschienen an die 20 lederbekleidete tscherkessische Reiter und gaben ihren Pferden die Sporen, um dem laufenden Jungen entgegenzugaloppieren. Die eigenen Männer liefen ihrem jungen Anführer nach und standen bald im Zentrum einer wild redenden Gruppe, die offensichtlich Nachrichten und Grüße von Freunden austauschte und, wie Phillip den Gesten in die Richtung seiner Begleiter entnahm, auch ihre Anwesenheit erklärte. Die Minié-Gewehre und Patronen, die Dafirs Männer trugen, erregten große Aufmerksamkeit und wurden genau untersucht, ehe die Gruppe, als habe sie ihren Mangel an Höflichkeit bemerkt, herüber trottete, um die Neuankömmlinge verspätet zu begrüßen.

Ein gutaussehender graubärtiger Mann, der den Trupp zu kommandieren schien, hielt eine kurze Ansprache, die Phillip nur mit einer feierlichen Verbeugung beantworten konnte, weil er kein einziges Wort verstanden hatte. Doch die Worte klangen freundlich, und als der Graubärtige auf sein Pferd deutete, und als Phillip wieder nickte, half ihm der Anführer in den Sattel.

»Serfir Pascha?« fragte er, und der bärtige Mund verzog sich zu einem breiten Lächeln, als der Mann mit seinem Gewehr in die Richtung winkte, aus der er gekommen war und dann hinter Phillip in den Sattel glitt.

Auch die anderen stiegen wieder auf die Pferde, jeder mit einem Extramann oder Gepäckstücken am Sattelknopf. Nach einer leise geführten Unterredung mit Phillips Begleitung erhielt Dafir ein Pferd für sich allein. Von zwei Reitern des Graubarts begleitet, preschte er in wildem Galopp davon, offensichtlich entschlossen, als erster die Nachricht über die Ankömmlinge im Lager des Paschas zu melden.

»Der hat's ja wieder mächtig eilig, wie immer«, bemerkte Cochrane trocken. »Hätten wir ihn ziehen lassen sollen, Sir?«

»Jetzt können wir ihn bestimmt nicht mehr aufhalten, Mr. Cochrane«, stellte Phillip nüchtern fest. »Langsam wünsche ich mir, ich hätte Aslam doch nicht nachgegeben, ihn zurückgelassen – es ist schon verdammt komisch, sich mit den Leuten hier nicht verständigen zu können.«

Er hoffte, daß wenigstens Najib Beys Information in bezug auf die sprachlichen Kräfte des polnischen Offiziers stimmten. Falls nicht, müßte er jemand anderen im Lager finden, der sein eigenes Schul-Französisch übersetzen könnte.

Nach 15 Minuten scharfen Reitens erreichten sie das Lager. Als sie ankamen, spürte Phillip herbe Enttäuschung, denn der Platz war fast verlassen. Er sprang aus dem Sattel und sah sich um. Wie er erwartet hatte, gab es keine Zelte, nur ein paar verstreute Scheunen und Hütten um ein altes steinernes Bauernhaus herum. Man konnte nur annehmen, daß dies bis vor kurzem Serfir Paschas Hauptquartier gewesen war. Etwa ein Dutzend tscherkessischer Schützen standen draußen herum und schienen das Haus zu bewachen. Falls es dort Frauen gab, sah man nichts von ihnen. Vielleicht hielten sie sich drinnen auf – Muslime, erinnerte er sich, hielten ihre Frauen in Harems. Hier und da entdeckte Phillip Asche von ehemaligen Lagerfeuern, ein paar glühten noch. Daraus schloß er, daß das Lager bis vor kurzem noch besetzt gewesen sein mußte, wenn auch durch wesentlich weniger Männer, als er angenommen hatte – höchstens 500 oder 600. Als er sich an Cochrane wandte, fand er seine eigene Enttäuschung im Gesicht des jüngeren Mannes wieder.

»Die Vögel scheinen ausgeflogen, Sir. Aber wohin und warum?« Phillip seufzte. »Ich nehme an, sie sind dabei, die Falle für den Überfall auf den russischen Nachschub zu stellen. Wir sind sicher zu spät gekommen. Wo ist Dafir? Sehen Sie ihn irgendwo?«

»Ich werde ihn suchen, Sir«, bot Cochrane an und ging in Begleitung Thompsons auf das Bauernhaus zu.

Erikson versuchte mit gewohnter Initiative sich durch Zeichen mit dem graubärtigen Führer der Patrouille zu verständigen. Phillip überquerte den Platz und trat zu ihnen.

»Können Sie irgend etwas Vernünftiges in Erfahrung bringen?« fragte er.

»Nun, Sir ...« Erikson hob resignierend die Schultern. »Sie bieten uns etwas zu essen an. Ich habe nach Serfir Pascha gefragt, aber sie nicken nur und grinsen, und der alte Graubart hier legt immer wieder sein Gewehr an und tut, als ziele und schieße er. Das tut er bestimmt nur, damit ich ihm zeige, wie das Minié-Gewehr funktioniert, Sir. Dafür interessiert er sich sehr.«

»Dann zeigen Sie ihm doch, wie's geht«, schlug Phillip vor. »Wir brauchen ihn vielleicht als Führer zu Serfir Pascha, wenn wir hier niemanden finden, der Befehlsgewalt hat ... und danach sieht es fast aus!«

»Aye, aye, Sir!« Der blonde Seemann griff nach einem der Minié-Gewehre. Eifrig umringten ihn seine Begleiter. Auf sein

Zeichen hin setzte einer von ihnen ein paar Steine als Ziel aufeinander. »Hier, leg die oben rauf«, rief Erikson ihm nach und warf ihm eine Tonpfeife hinterher, die braun von Rauch und Tabaksaft war. Unter dem Lachen der anderen fing der Mann sie auf, plazierte sie senkrecht auf der Spitze des Steinhaufens und schob dann den Stiel fest zwischen die Steine. Erikson entfernte sich und maß dabei die Entfernung sorgfältig. Das Lachen und die allgemeine Aufregung lockte ein paar Wächter vom Bauernhaus an, die herüber kamen und sich unter die Zuschauer mischten. Phillip überließ sie dem Schauspiel und ging beunruhigt weg.

Cochrane und Thompson hatten das Bauernhaus hinter sich gelassen, wie er sah, und erweiterten ihre Suche jetzt. Doch er schloß sich ihnen nicht an. Er war besorgt und unruhig und irgendwie enttäuscht. Sie waren von so weit her gekommen und mit solchen Anstrengungen, daß er hier nicht faul warten wollte, bis der Pascha von seinem Überfall zurückkehrte. Das konnte Tage dauern, weil der Mann je nach Ergebnis des Überfalls auf den Nachschub seinen Plan ändern konnte. Phillip seufzte. Anapa war knapp 50 Meilen von Jelenik an der Küste entfernt und Soujak-Kaleh etwa 16, wie aus den Karten zu ersehen war. Das war ein gewaltiges abzudeckendes Gebiet, wenn man die umgebenden Bergzüge mit einschloß – und viel Zeit hatte Phillip nicht übrig. Er zog seine Uhr aus der Tasche, und seine Unruhe schwand ein wenig, als er sah, daß es noch nicht zwölf Uhr dreißig war. Wenn er aufbrach, um Serfir Pascha zu suchen, müßte er es bei Tageslicht tun und vor Dunkelheit mit ihm zurückkehren ... das ließ ihm ein bißchen Luft. Die warme Asche der Lagerfeuer war ein Zeichen dafür, daß Serfir Pascha vor kaum mehr als einer Stunde aufgebrochen war. Eine kleine berittene Gruppe, die ihm hinterher jagte, müßte die Truppe des Paschas bald einholen können, denn sicher waren nicht alle seiner Männer beritten.

»Sir – Commander Hazard!« Cochrane rief ihn von der Tür einer Hütte, etwa 50 Schritte entfernt an. Es klang drängend, und Phillip eilte zu ihm hinüber. »Was ist, Mr. Cochrane? Haben Sie Dafir gefunden?«

»Nein, Sir, der kleine Teufel scheint uns verlassen zu haben.« Cochrane deutete auf die Hütte hinter sich. »Ich habe hier einen verwundeten Offizier gefunden, der Englisch spricht. Er sagt, er sei Pole, Sir, und Kavallerieoffizier in türkischen Diensten, also nehme ich an, Sie wollen mit ihm sprechen.«

»Und ob!« rief Phillip und konnte seine Erleichterung kaum verbergen. »Vielleicht kann er uns sagen, was hier vorgeht und wo wir Serfir Pascha finden können. Ist er schwer verwundet?«

Cochrane schüttelte den Kopf. »Ich glaube es nicht, Sir. Er trägt den rechten Arm in der Schlinge und scheint gut bei einander zu sein und will unbedingt reden. Und noch was: Man deckt da im Bauernhaus den Tisch für uns, soweit ich das bei den Bewachern feststellen konnte. Es riecht sehr gut, was meinen Sie ...«

»Natürlich«, stimmte Phillip zu. »Essen Sie, wenn Sie Gelegenheit dazu finden, Mr. Cochrane. Nehmen Sie Thompson mit und Erikson, wenn der seine Vorstellung mit dem Minié-Gewehr beendet hat. Ich komme nach, sobald ich mit dem polnischen Offizier gesprochen habe. Haben Sie mir gesagt, wie er heißt?«

»Gorak, Sir, Jan Gorak, und er ist Oberst, sagt er. Verzeihen Sie, Sir, werden wir hinter dem Pascha her setzen, wenn der Bursche uns sagt, wo er ist?«

»Ich fürchte ja«, antwortete Phillip, »das müssen wir wohl. Mit oder ohne Dafir. Aber halten Sie die Augen offen, falls er wieder auftauchen sollte.«

»Aye, aye, Sir!« bestätigte Cochrane und fügte mit leichtem Grinsen hinzu: »Ich hoffe, wir kommen noch pünktlich zu der Veranstaltung, ich meine natürlich den Überfall. Ich werde mich mal um ein paar Pferde kümmern, oder? Bei Ihnen weiß ich's nicht, aber ich jedenfalls habe keine Lust, bei einem Kavallerie-Angriff zu zweit im Sattel zu sitzen.«

»Wir sind nicht hier, um an Überfällen teilzunehmen, Mr. Cochrane«, wies Phillip ihn zurecht. »Oder an Kavallerie-Angriffen, wenn ich bitten darf. Wir sind hier, um Serfir Pascha nach Jelenik zu bringen – und zu keinem anderen Zweck. Aber sorgen Sie dennoch für Pferde, eins pro Mann, wenn Sie's schaffen. Wenn wir's noch weit haben, machen Pferde den Weg etwas bequemer.«

»Aye, aye, Sir!« Cochrane verschwand, ohne daß die Zurechtweisung ihn getroffen hätte.

Phillip mußte lächeln und klopfte an die Tür. Der junge Anthony Cochrane ist in vielerlei Hinsicht im letzten Jahr sehr gereift, dachte er. Nichts erinnerte mehr an den unglücklichen Jungen, den der verstorbene Kapitän North so sadistisch schikaniert hatte. Jetzt hatte er sein Selbstbewußtsein gefunden ...

»Herein!« bat eine tiefe Stimme mit fremdem Akzent.

Als Phillip eintrat, mußte er den Kopf in der niedrigen Türöffnung senken.

»Sie sind also Kapitän Hazard? Ich freue mich, Sie begrüßen zu können.«

»Commander Hazard, Sir, von Ihrer Britannischen Majestät Schiff *Huntress*«, verbesserte Phillip. In der Hütte war es dunkel, und nach dem hellen Sonnenlicht draußen mußten sich seine Augen erst daran gewöhnen. »Und Sie sind Oberst Gorak, nehme ich an?«

»Kazim Bey bei meinen türkischen Freunden, Commander, aber für Sie Jan Gorak. Bitte, nehmen Sie doch Platz!«

Phillip setzte sich. Er sah jetzt den polnischen Obersten genauer, einen kleinen, weißhaarigen Mann, mit einem erstaunlich jungen, doch irgendwie kummervollen Gesicht, das ein gewaltiger Kavalleristenbart zierte und ein Paar sauber beschnittene weiße Koteletten. Er war augenscheinlich gerade dabei, sich anzuziehen, denn seine dunkelblaue Uniformjacke mit den vielen Knöpfen war noch nicht geschlossen. Die Schlinge, in der er seinen rechten Arm trug, behinderte ihn offensichtlich, und er schien Schwierigkeiten zu haben, in seine hohen Reitstiefel zu schlüpfen. Doch als Phillip ihm helfen wollte, schüttelte er den Kopf.

»Nein, nein, ich muß lernen, damit selbst fertig zu werden. So ...« Atemlos, doch triumphierend stand er jetzt in seinen Stiefeln. »Man schafft's, wenn man's wirklich will.«

Er sprach fließend und mit vielen Redewendungen, doch sein Akzent war eine seltsame Mischung aus Slawisch und Irisch, worüber Phillip sich wunderte. Der kleine Mann spürte das und erklärte lächelnd, daß sein Vater zwar Pole gewesen sei, doch seine Mutter aus Cork in Irland stamme. Mit großem Stolz erklärte er: »Mein Vater war einer der bekannten Kavallerie-Kommandeure unter Napoleon Bonaparte. Er kämpfte in Rußland und fiel in Waterloo. Wir sind Berufssoldaten. Mit siebzehn trat ich in den Dienst der Österreicher. Dort traf ich den Mann, dem ich seither immer gefolgt bin – Richard Debaufre Guyon. Er ist Engländer, irischer Abstammung. Sein Vater war Offizier in Ihrer Königlichen Marine. Bei den Türken ist er als Kourshid Pascha bekannt, Generalleutnant ... vielleicht haben Sie von ihm gehört?«

»In der Tat, Sir!« versicherte Phillip. »Mein Admiral hat oft von ihm gesprochen und immer in den höchsten Tönen. Er hat doch in Kleinasien all die Siege erfochten, oder? Er und der Häuptling der Tscherkessen, Schamyl?«

Der kleine polnische Oberst strahlte ihn wegen dieser Anerkennung stolz an. »Er hat für die Türken viele Siege geholt – oder sagen wir besser trotz der Türken. Denn die Paschas des Landes intrigieren ständig gegen ihn, ignorieren seinen Rat und heben seine Befehle auf, obwohl er Chef des Stabes ist und auserwählt wurde, den Militärrat in Kars zu führen. Sie sind eben eifersüchtig auf ihn, verstehen Sie? Das ist schlimm – er würde alles erreichen, wenn Sie ihn unterstützten und loyal zu ihm hielten, wie es sich gehörte. Er ist ein brillanter Stratege und der tapferste Mann, dem ich bisher das Glück hatte zu begegnen. Ich habe mit ihm in Ungarn in der Kossuth-Rebellion von 1848 gekämpft, und ich war mit ihm bei Komorn, als er an der Spitze eines einzigen Trupps Husaren durch die österreichischen Linien brach ...« Oberst Gorak seufzte bei seinen Erinnerungen und plötzlich strahlten seine dunklen Augen hell. »Und mit ihm bin ich in die Türkei geflohen, wo auch Kossuth und Bem Zuflucht gesucht haben. Als er sich in den Dienst des Sultans stellte, tat ich das auch. Sein Ruhm war so groß, daß die Pforte nicht darauf bestand, daß er zum Islam übertreten müsse, als er damit zögerte. Er war der erste Christ, der je den Rang eines Generals in der türkischen Armee bekleidete, ohne seinem Glauben abzuschwören. Und in der Tat ... aber ich langweile Sie mit meinen Erinnerungen, Commander Hazard.«

»Das tun Sie ganz und gar nicht, Sir«, antwortete Phillip ehrlich.

»Wie auch immer. Lassen Sie uns von heute reden. Ich nehme an, Sie sind nicht ohne guten Grund hierher gekommen. Darf ich ihn erfahren?«

Phillip erklärte seinen Auftrag, und der kleine polnische Oberst nickte eifrig zustimmend, als er von den Plänen des Admirals berichtete, einen zweiten Versuch zu unternehmen, ein Marinegeschwader ins Asowsche Meer zu schicken.

»Ausgezeichnet«, sagte er begeistert. »Das ist die beste Strategie, die man entwickeln kann. Wenn erst einmal die Hauptnachschublinien für die Armee der Tchernaja und für Sewastopol unterbunden sind, wird Prinz Gortchakoff gezwungen sein, seine Truppen aus der Stadt zu ziehen. Und die Zusammenarbeit mit den Tscherkessen ... Ich bin sicher, daß sie gern angeboten wird, vorausgesetzt, die Türken liefern, was sie versprochen haben. Natürlich müssen sie sich mit Zarif Mustafa Pascha treffen, den sie sehr respektieren. Er ist ein großer Soldat und ist – anders als viele seiner Kameraden – noch nie vor seiner Pflicht geflohen. Sie sagten, er will nach Jelenik kommen?«

»Ja, innerhalb der nächsten acht Tage, Oberst Gorak«, bestätigte Phillip. »Darum muß ich Serfir Pascha unverzüglich sprechen. Mein Befehl lautet, er möge mit mir zurückkehren und ...«

»Er wird den Plan Ihres Admirals erfüllen«, sagte der kleine Oberst mit großer Überzeugung. »Der ist ganz nach seinem Herzen. Diese Tscherkessen sind sehr tapfer, Commander, sie kämpfen seit mehr als 30 Jahren gegen die russischen Unterdrücker ...« Es klopfte leise an der Hüttentür, und er unterbrach sich. »Endlich bringt man uns etwas zu essen«, kündigte er zufrieden an.

Als Antwort auf seinen Ruf trat ein Junge von etwa zwölf Jahren ein, der zwei irdene Behälter an einem Joch über schmalen, gebeugten Schultern trug.

»Sie werden nach Ihrer anstrengenden Reise ganz sicher hungrig sein, Commander Hazard. Aber auch wenn Sie's nicht sind, wird Ihnen hier jemand wieder Appetit machen. Es ist Selina, die Freude meines Herzens.«

Phillip hörte Sandalen über den hölzernen Boden der Hütte sich nähern und sah hoch. Der Oberst würde eine Frau von hier haben, wie so manche Exileuropäer in türkischen Diensten. »In der Tat, Sir ...« wollte er sagen, doch die Worte blieben ihm im Mund stecken, als er das Mädchen sah, das auf sie zu schritt. Es war ein junges Mädchen von so außerordentlicher Schönheit, daß es Phillip den Atem verschlug.

Selina war sanft und schlank, höchstens 17 oder 18 Jahre alt und trug keine dieser alles verhüllenden *Yaskmaks* oder einen unförmigen Mantel, der ihre Schönheit vor den männlichen Augen verbarg. Ihr Gesicht war oval mit überaus schönen Zügen und heller Haut. Befangen und verwirrt starrte Phillip sie an, als sie einen Tisch holte, den sie vor den beiden Männern plazierte. Dabei blickte er in ein Paar große, dunkle Augen, die – bis auf einige bernsteinfarbene Punkte – einem Reh oder einem anderen kleinen Wildtier gehören könnten. Doch in ihrer glanzvollen Tiefe glomm kein Schimmer von Furcht, nur etwas Neugier, die sich in Freundlichkeit verwandelte, während sie ihn ansah und keinen Hehl daraus machte, daß sie mochte, was sie sah.

»Selina, mein liebes Herz, laß mich dir Commander Hazard

vorstellen von der britischen Marine«, sagte Oberst Gorak ganz formell.

Er benutzte Französisch, offenbar die Sprache, die zwischen ihnen üblich war, doch Phillip hörte ihn kaum. Er erhob sich, die Hand des Mädchens berührte seine zur Begrüßung, und dann bat sie ihn lächelnd, wieder Platz zu nehmen. Er tat es, doch er sah sie weiter wie verzaubert an, als sie durch den kaum beleuchteten Raum schritt.

Die langen Jahre harter, kompromißloser Disziplin, der er unterworfen war, hatten ihn gelehrt, seine persönlichen Gefühle unter strenger Kontrolle zu halten und sie niemals öffentlich zu zeigen. Doch jetzt war er kurz davor, seine Gefühle zu verraten. Er spürte, wie sein Herzschlag schneller wurde und wie das Blut ihm verräterisch in die Wangen schoß – und war über diese urtümlichen Reaktionen fast entsetzt. Ich bin kein dummer Junge mehr, sagte er sich ärgerlich. Lieber Himmel, ich habe manch schöne Frau gekannt, habe Mademoiselle Sophie geliebt, für die ich ... Der Oberst sprach jetzt zu ihm, der Zauber schien gebrochen, und abrupt kehrte Phillip in die Wirklichkeit zurück. Er riß sich zusammen und wandte sich mit einer gemurmelten Entschuldigung wieder dem Mann zu, den zu sprechen er gekommen war.

»Verzeihen Sie, Sir ... Was sagten Sie?«

»Es war nicht wichtig«, versicherte der Oberst ihm. Doch er klang jetzt kühl, stellte Phillip überrascht fest, und der Mann runzelte die Stirn, als wäre ihm die momentane Abwesenheit seines Besuchers nicht entgangen. »Ich hoffe, Sie werden das Ziegenfleisch goutieren, Commander – es ist alles, was wir haben. Der Wein ist einfach, aber er schmeckt, wie ich meine.« Er nickte mit dem Kopf, und das Mädchen, das er Selina gerufen hatte, brachte zwei dampfende Schüsseln von einem Tablett, setzte sie auf den rohen Holztisch und legte beiden je einen Hornlöffel und ein Messer vor. Sie goß ihnen Wein ein und ließ sich dann auf die Knie nieder, um das Fleisch des Obersten sorgfältig klein zu schneiden, so daß er es mit nur einer Hand essen konnte. Er lächelte sie liebevoll an und streichelte mit der unverletzten Hand ihren sanft geneigten Kopf.

»Selina ist mein kostbarster Besitz«, sagte er sehr ernst. »Sie tröstet mich in meinem Exil, und ich wüßte nicht, was ich ohne sie täte. Ich habe bemerkt, daß sie Ihnen gefällt – sie ist schön, nicht wahr?«

»Sie ist in der Tat sehr schön, Sir«, sagte Phillip und unterdrückte mit Mühe alle Gefühle. Dieses Mädchen, dachte er plötzlich mit einigem Widerwillen, dieses junge, schöne Wesen und der alte weißhaarige Mann, den sie nach eigenen Angaben über den Verlust seiner Heimat tröstete ... Er ergriff sein Messer, aber er konnte sich nicht dazu bringen, das Essen zu berühren, das ihm in solcher Fülle serviert worden war. Das Mädchen war errötet, hatte offensichtlich verstanden, was er gesagt hatte, und überrascht rief Phillip aus: »Spricht sie Englisch, Sir? Das wußte ich ja gar nicht ...«

»O ja, nicht ganz so gut wie Französisch und natürlich Osmanli, aber doch ziemlich gut. Hier sind nicht nur Wilde, Commander Hazard, selbst wenn wir die europäische Zivilisation hinter uns gelassen haben«, antwortete der Oberst würdevoll.

»Natürlich nicht, Sir.« Phillip nahm einen Schluck Wein, wütend über sein fehlendes Taktgefühl. »Ich wollte nichts unterstellen ... ich sehe nur, daß sie sehr jung ist und ...«

»Selina ist 18«, sagte der Oberst. »Als ich sie vor zwei Jahren aus der Klosterschule von Erzeroum nahm, lernte sie so gut reiten wie ein Mann, lernte klettern und ihren Weg in diesen Bergen finden, lernte mit viel Gefühl Wunden zu verbinden ... also alles, was man in unserer Lage können muß. Der Krieg hat Nomaden aus uns gemacht und Exilanten, verstehen Sie!«

»Ja, ich merke das. Aber ...« Er war entsetzt. Zwei Jahre lebte das Mädchen, das aus gutem Hause stammte und in einer Klosterschule erzogen worden war, schon in dieser Umgebung ... Er verschluckte die Frage, die er eigentlich stellen wollte, um seinen Gastgeber nicht zu brüskieren.

Doch der schien zu ahnen, was er wissen wollte und antwortete mit einem knappen Lächeln: »Ob sie hier sicher ist, wollen Sie wissen? Bei mir ist sie sicherer aufgehoben als in irgendeiner Stadt, die mal von Türken und mal von Russen besetzt wird, auf mein Wort! Ich würde jeden Mann töten, der sie entehren will, Commander Hazard.« Er hob seinen verbundenen Arm hoch. »Ihretwegen habe ich fast meinen Säbelarm verloren. Das stimmt doch, Selina?«

Das Mädchen errötete noch mehr. Sie murmelte etwas in einer Sprache, die Phillip nicht verstand, und zog sich dann zu seiner heimlichen Erleichterung zurück und nahm das kleine Tablett mit.

»Sind Sie erst kürzlich verwundet worden, Sir?« wollte er wissen, froh, endlich ein anderes Gesprächsthema zu haben.

Der Oberst nickte. »In Akhaltzick hätte mir ein Kosak fast diesen Arm abgehauen, ich war mit General Guyon im Winter 1853 dort. Das war eine Schlacht, mein lieber junger Freund!« Er lachte und machte sich mit gutem Appetit wieder an sein Essen. »Ich würde Ihnen das gern alles erzählen, aber Sie sind ja nicht hier, um Prahlereien über alte Kampagnen zu hören oder das Loblied General Guyons.«

»In der Tat nicht, Sir. Wie ich Ihnen sagte, bin ich hier, um Serfir Pascha nach Jelenik zu bitten. Wenn Sie mir also sagen könnten, wo ich ihn finden, dann ...«!

»Serfir und seine Tscherkessen kämpfen«, fuhr der Oberst fort, als habe er Phillips Worte überhört. »Diese Wunde, nach der Sie sich so freundlich erkundigten, stammt von einer russischen Musketenkugel, zwei Wochen ... nein, fast drei Wochen her. Ich konnte gerade eben meinen rechten Arm wieder etwas gebrauchen, da hatte ich erneut Pech.« Er nahm einen großen Schluck Wein. »Im Vergleich mit den Kampagnen von Schamyl und General Gyon sind das hier nur Scharmützel ... wir setzen dem Feind nach und lassen ihn nicht zur Ruhe kommen. Das alles nicht in dem Maße, das sich Ihr Admiral wünschen mag, aber wir haben Erfolg.« Jetzt beschrieb er diese Kampfesart lebhaft und ausführlich. Mit wachsender Ungeduld stocherte

Phillip in seinem Ziegenfleisch herum und wartete auf eine Gelegenheit, endlich seine Frage loszuwerden, wie er und seine Gruppe am besten Serfir Pascha treffen könnten. Ihm war klar, wie die Zeit verrann. Cochrane würde sich fragen, wo er bliebe ... Er sah unauffällig auf die Uhr. Er brauchte Oberst Goraks Hilfe, wenn er den Pascha finden wollte, aber in dessen Stimmung konnte man den Oberst nicht hetzen ...

Schließlich bot sich die erwünschte Gelegenheit. Der Gastgeber füllte die tönernen Becher wieder mit Wein und begann, vom Überfall auf den russischen Versorgungszug auf dem Weg nach Soujak zu berichten. Offenbar hatte er an der Planung mitgewirkt. »Ohne diesen verdammten Arm wäre ich nicht hier«, sagte er bedauernd. »Es ist die größte Operation, die Serfir bisher unternommen hat, und ich glaube nicht, daß er sie unterbrechen wird, egal was Sie ihm bieten. Warum warten Sie hier nicht auf seine Rückkehr? Hier haben Sie's bequem, und Sie sind herzlich willkommen, das versichere ich Ihnen. Sie ...«

»Mein Befehl lautet, bei der ersten möglichen Gelegenheit Kontakt mit Seiner Exzellenz aufzunehmen«, unterbrach Phillip ihn schnell. »Wie lange, glauben Sie, wird er weg sein?«

Der polnische Oberst zuckte mit den Schultern. »Vielleicht zwei oder drei Tage. Sicher nicht länger, es sei denn, unsere Spione haben uns falsch informiert über den Zeitpunkt, zu dem der Wagenzug Taman verläßt.«

»Spione, Sir?« fragte Phillip.

»Natürlich ... Wir haben überall Spione, in Kertsch, in Jenikale, in Taganrog, ja sogar in Anapa. Meist sind sie ziemlich verläßlich. Gelegentlich ist mal eine Information falsch, aber dann hat man sie meistens bestochen. Es ist möglich, daß die Information über den Versorgungszug nicht stimmt, aber dann ...«

»Meinen Sie, es gibt überhaupt keinen Wagenzug?«

»Nein, nein. Einen Wagenzug gibt es bestimmt. Soujak hat kaum noch Nahrungsmittel und leidet an Wassermangel. Aber er könnte zu einem späteren Zeitpunkt kommen oder auf anderem Wege, als man uns gesagt hat.«

»Wenn die Informationen nicht stimmen«, fragte Phillip beharrlich weiter, »was wird Serfir Pascha dann Ihrer Meinung nach tun? Glauben Sie, daß er hierher zurückkehrt?«

Der Oberst dachte nach und schüttelte den Kopf. »Er wird höchstwahrscheinlich warten – oder eine andere Falle stellen, wenn er herausbekommen kann, welchen Weg der Versorgungszug dann benutzen wird.«

»Und das könnte länger als drei Tage dauern?«

»Vielleicht. Das weiß man nie. Seine Truppe ist überaus beweglich, verstehen Sie und ...«

»Und weil sie das ist, wird man sie nur schwer finden, wenn sie sich erst mal von ihrer vereinbarten Position entfernt hat«, schätzte Phillip laut die Lage. Er erfuhr Zustimmung und wollte dann wissen: »Wissen Sie, wo er sich zur Zeit aufhält?«

»Ich weiß, wo Serfir Pascha heute abend sein Lager aufschlagen wird, ja. Aber ...« Der kleine Oberst suchte nach Argumenten. »Es wäre überaus unklug von Ihnen, ihn zu verfolgen. Sie sind ein Giaour, ein Ungläubiger. Serfirs Männer könnten Sie für einen Russen halten und ...«

»Das Risiko muß ich eingehen.« Phillip hatte sich entschlossen und erhob sich. »Ich muß die Nachricht meines Admirals überbringen, Oberst, und ich bin Ihnen für jede Hilfe dankbar, die Sie mir geben können.«

Oberst Gorak seufzte. »Welche Hilfe wohl, mein stürmischer Freund? Sie brauchen zunächst Pferde, aber wie viele?«

»Vier, Sir. Das heißt, bei mir sind ein Offizier und zwei Matrosen. Und dann noch ein Dutzend Männer von Najib Bey. Ich habe eine Kiste mit Minié-Gewehren und Munition. Sir ...« Phillip sah seinen Gastgeber erwartungsvoll an. »Wenn Sie mir einen Führer und vielleicht auch einen Dolmetscher mitgeben könnten, könnte ich sofort aufbrechen, obwohl ein Dolmetscher vielleicht überflüssig ist, denn ...«

»Sprechen Sie denn Osmanli?«

»Nein, Sir, nur Französisch. Aber Najib sagte mir, daß Serfir eine Tochter bei sich hat, eine Christin, wie ich hoffe, die Französisch und etwas Englisch spricht.«

»Sie ist sogar hier im Lager. Aber sie spricht kein Englisch, und ihr Französisch ist dürftig, Sie können sie also als Dolmetscherin nicht gebrauchen. Und dann ist sie auch noch Muslimin und dürfte Sie niemals begleiten.« Der Oberst runzelte die Stirn. »Haben Sie keinen Führer mitgebracht, Commander? Hat Najib Ihnen keinen mitgegeben?«

»Sein Sohn Dafir war unser Führer, Sir«, antwortete Phillip. »Leider verließ er uns, als wir auf Ihre berittene Patrouille stießen, und seither haben wir ihn nicht mehr gesehen. Er griff sich ein Pferd und preschte davon – ich habe keine Ahnung, wohin. Meine Männer suchen ihn ...«

»Dafir, der Furchtlose?« Das Stirnrunzeln verschwand, und der Oberst mußte laut lachen und warf dabei den Kopf zurück. »Der junge Mann ist noch ungeduldiger als Sie, mein junger Freund. Inzwischen ist er sicher schon fast bei Serfir Pascha, weil er bei dem Überfall mitmachen will. Es ist schade, daß er nicht auf Sie gewartet hat ... er könnte mir einige Unannehmlichkeiten sparen.«

»Unannehmlichkeiten – Ihnen?«

Langsam und umständlich erhob sich der alte Mann. »Ich selbst werde Sie zu Serfir Pascha führen, weil Sie so unvernünftig sind und hier nicht auf seine Rückkehr warten wollen. Niemand sonst kann Ihr Führer und Dolmetscher sein ... außer Selina. Sie ist keine Muslimin, dennoch kann ich nicht gestatten, daß sie Sie allein begleitet.« Mit einer Handbewegung wischte er Phillips Protest weg. »Auf einem Pferd kann ich sitzen, also zerbrechen Sie sich meinetwegen nicht den Kopf. Ich werde den Ritt auch überstehen, obwohl er sicher kein Vergnügen werden wird. Serfir wird beglückt sein, wenn ich ihm helfe, daß er an die Minié-Gewehre kommt. Also, damit ist alles klar. Hier ist mein Mantel, bitte helfen Sie mir hinein. Ja, der Schaffellmantel ... Danke!«

Phillip half ihm in das schwere Kleidungsstück. »Das ist sehr freundlich von Ihnen, Sir. Aber sind Sie dazu ganz bestimmt auch in der Lage? Sie haben ...«

»Ihr Engländer habt doch ein Sprichwort, nicht wahr? Einem geschenkten Gaul guckt man nicht ins Maul.« Der kleine Oberst schob seinen verbundenen Arm unter den Fellmantel und lächelte, als Phillip ihn zuknöpfte. »Rufen Sie jetzt Ihre Matrosen zusammen, Commander Hazard, und ich suche die Pferde aus. Wir müssen sofort aufbrechen, wenn wir unser Ziel vor der Dunkelheit erreichen wollen.«

Er stampfte aus der Hütte, und Phillip folgte ihm.

4

Ein Trupp von zwölf Männern verließ eine halbe Stunde später das Basislager von Serfir Pascha, alle beritten. Die Gewehre und die Munition waren auf zwei Lastponys geschnürt.

Zu Phillips Überraschung begleitete Selina sie. Sie war so eng in einen Schaffellmantel gehüllt und trug ihre Fellmütze so tief über den Kopf gezogen, daß er sie zuerst gar nicht erkannte. Anfangs hatte er etwas gegen ihre Anwesenheit, doch aus der Ablehnung wurde schnell Bewunderung, als er sie an der Spitze des Trupps neben dem Oberst reiten sah. Sie beherrschte ihr Pferd so gut wie ein Mann. Und erheblich besser als er selbst, mußte Phillip neidlos zugeben, als sein Pferd über einen losen Felsbrocken stolperte und er sich vor einem ärgerlichen Sturz nur dadurch rettete, daß er sich verzweifelt in die Mähne klammerte.

Anthony Cochrane trieb sein Pferd neben das von Phillip und grinste über das Mißgeschick. Er deutete auf die kleine, auffallende Gestalt neben dem Oberst und bemerkte nachdenklich: »Dafir muß sich Mühe geben, daß er seinen Ruhm nicht an das Kerlchen da vorn abtreten muß, oder was meinen Sie, Sir?«

»Das Kerlchen, Mr. Cochrane«, sagte Phillip, an das Grinsen von eben denkend, »ist eine junge und sehr schöne Frau. Das sollten Sie sich merken!«

»Eine Frau?« Cochrane schien sprachlos. »Unterwegs mit uns? Sie trägt ein Gewehr wie wir? Das kann ich nicht glauben, Sir. Warum ...«

»Ich sage die Wahrheit. Sie heißt Selina, wurde in einem Konvent in Erzeroum erzogen und spricht Englisch, Französisch, Osmanli, wahrscheinlich auch Polnisch, und ist Christin. Nach Auskunft ihres Mannes ist sie eine erfahrene Krankenschwester und hat mit ihm an allen Kampagnen der letzten zwei Jahre teilgenommen. Sie ist ...«

»Ihr Mann, Sir?« unterbrach ihn Cochrane. »Sie meinen doch nicht etwa den Oberst, Oberst Gorak? Um Himmels willen, der ist alt genug, um ihr Vater zu sein. Ich habe gehört, daß die Türken gern junge Frauen haben, aber er ist doch Europäer, Pole, wie er mir sagte!«

»Ja, Pole.« Phillip zögerte und fragte sich, ob er die falschen Schlüsse gezogen hatte.

Der Oberst hatte nicht ausdrücklich gesagt, daß das Mädchen seine Frau war. Er hatte sie nur als Freude seines Herzens beschrieben und als seinen wertvollsten Besitz. Beides konnte gleichermaßen einer Tochter wie einer Frau gelten ... Cochrane hatte in der Tat recht, Gorak war alt genug, um Vater einer achtzehnjährigen Tochter zu sein.

»Also ist er wahrscheinlich ihr Vater, Mr. Cochrane«, gestand er zu. Bei dem Gedanken spürte er einen Kloß in der Kehle. Den behielt er, als sie Stunde um Stunde weiter ritten, obwohl Phillip sich Mühe gab, ihn loszuwerden. Er erinnerte sich an das Gespräch mit dem jungen Roberts und die eindeutige Warnung, die er der Mannschaft auf den Weg mitgegeben hatte, und sein Entschluß stand fest. Er hatte kein Recht, an eine Frau zu denken, und schon gar nicht an eine, die er nur flüchtig und unter Umständen wie diesen kennengelernt hatte. Er hatte seine Pflicht zu tun, und sobald sein Auftrag erfüllt war, müßte er auf sein Schiff zurückkehren, wie auch Roberts zurückkehren müßte – zu neuen Aufgaben.

Es wurde kälter, je höher sie kletterten. Der Pfad, dem sie folgten, war etwas breiter als der, über den Dafir sie gestern zum Lager geführt hatte. Doch Phillip hing zu sehr seinen eigenen Gedanken nach, als daß er sich darüber den Kopf zerbrach.

Er ließ seinem Pferd lockere Zügel, das sich seinen eigenen Weg suchte und kein einziges Mal mehr stolperte. Der Oberst gab ein scharfes Tempo vor, hockte nach vorn gebeugt in seinem Sattel und sah sich selten nach den Männern um. Alle Farbe war aus Goraks Gesicht gewichen, bemerkte Phillip, als sie wieder einmal hielten, und er fürchtete, daß der tapfere alte Mann seine Kräfte überschätzt hätte oder an Schmerzen von seiner Wunde litt. Also fragte er. Die Antwort war nur ein knappes Kopfschütteln und ein sofortiger Aufbruch. Phillip fragte nicht wieder nach, auch nicht, als der Oberst ein bißchen später zurückfiel, bleicher als zuvor aussah und Selina die Führung überließ. Sie senkte das Tempo ein wenig, ohne Zweifel, um den Oberst zu schonen. Dennoch wurde es ein schwieriger Ritt, der an den Nerven zerrte. Die letzten beiden Stunden, als das Licht schwächer wurde, verlangten der kleinen Gruppe alles ab.

Erikson, der, wie er zugab, noch nie auf einem Pferd geritten war, war grau vor Erschöpfung. Cochrane gab zu, an Höhenangst und Atembeschwerden zu leiden. Phillip fühlte sich zwar auf dem Pferd wohler als zu Fuß, doch auch er spürte jetzt wieder stechende Schmerzen in seiner Beinwunde. Selbst der große, stoische Thompson sah erledigt aus, obwohl er nicht klagte. Er sprach kaum und saß auf seinem dahintrottenden Pferd wie eine Statue. Phillip machte sich Sorgen um seine Gruppe und noch mehr um Oberst Gorak. Also bat er Selina um eine kurze Rast, aber sie schüttelte den Kopf und deutete auf den rasch dunkler werdenden Himmel.

»Wir werden bald absteigen, Commander Hazard«, rief sie ihm über die Schulter zu. Ihr Englisch kam zögernd, aber ohne störenden Akzent. »Wir müssen weiter, solange es noch hell ist. Wir sollten nicht die Nacht über hier bleiben. Hier wird es sehr kalt, weil wir uns in sehr großer Höhe aufhalten, verstehen Sie!«

Dann erreichten sie eine Stelle, an der der Pfad breiter wurde. Sofort zügelte sie ihr Pferd und wartete, bis Phillip neben ihr war. Da erst merkte er, daß sie nicht nur ihr Pferd, sondern auch das des Obersten führte. Der alte Mann saß sehr gerade in seinem Sattel, doch er schien kaum noch zu atmen. Er hielt die Augen geschlossen und war totenblaß. Voller Sorge sah Phillip auf ihn.

»Müßten wir seinetwegen nicht anhalten?«

»Er hat mir gesagt, wir müssen weiter. Wir sollen weiter, egal was mit ihm geschieht!«

»Aber er ist sehr krank«, warf Phillip ein. »Können wir nicht irgend etwas für ihn tun?«

»Er war schon krank, als wir aufbrachen«, antwortete Selina. »Ich habe ihm gesagt, er solle diesen Ritt nicht mitmachen, weil er dazu die Kraft nicht mehr hätte. Aber er wollte nicht auf mich hören. Ihretwegen hat er sein Krankenlager verlassen, Commander Hazard – weil Sie etwas von ihm wollten. Haben Sie nicht gemerkt, wie schwach und hilflos er war?« Mit dunklen Augen sah sie ihn vorwurfsvoll an.

Phillip war unglücklich, weil er den Vorwurf verdient hatte.

»Es tut mir sehr leid«, begann er. »Das habe ich nicht geahnt. Ich dachte, er wäre nur am Arm verletzt. Mein Auftrag ist eilig, darum ...«

»Wie auch immer«, antwortete sie resigniert.

»Machen Sie sich keinen Vorwurf, Commander Hazard.« Der Oberst richtete sich auf und suchte am Sattel nach einer Flasche. Selina glitt rasch zu Boden, löste die Flasche und hielt sie ihm an die Lippen. Durstig trank er und winkte sie beiseite. Dabei sprach er ungeduldig Französisch mit ihr. »Ich werde erfüllen, was ich versprochen habe. Bitte weiter, Selina.«

Gehorsam neigte sie den Kopf. »Sehr gut, Papa, wenn du es unbedingt willst!«

Phillip hörte ihre Antwort, doch was sie bedeutete, wurde ihm erst klar, als sie wieder weiter ritten, einer hinter dem anderen her. Er wußte jetzt, daß er sich geirrt hatte. Das Wissen tat ihm gut. Das Mädchen, dessen Schönheit ihn so beeindruckt hatte, war also die Tochter, nicht die Frau des alten Oberst.

Doch er sagte dazu nichts. Cochrane war völlig verstummt und interessierte sich wohl nur für seine eigenen Unbequemlichkeiten. In der hereinbrechenden Dunkelheit verging auch Phillip jede Heiterkeit. Was bedeutete das schon, sagte er sich, ihm müßte es egal sein, ob sie die Tochter oder die Frau des Polen war. In ein oder zwei Tagen würde er nach Jelenik zurückkehren und die Chancen, sie je wieder zu sehen, waren äußerst gering.

Ein eisiger Nordostwind peitschte ihnen entgegen, als sie die Höhe des Passes erreichten. Sie änderten die Richtung, um den Abstieg in ein felsiges Tal zu beginnen, von dem Phillip wenig oder gar nichts im schwächer werdenden Licht sehen konnte. Er spürte, wie die Kälte ihm trotz des schweren Mantels aus Schaffell, in den er sich fest gehüllt hatte, bis ins Mark drang. Doch Selina führte die Gruppe ohne Zögern weiter, ihr schienen weder die Höhe noch die Kälte etwas auszumachen. Auf ihren Wunsch stieg einer der Tscherkessen aus dem Sattel, reichte die Zügel seines eigenen Pferdes einem Kumpan und stieg hinter dem Oberst aufs Pferd, der über den zottigen Nakken des Pferdes gesunken war und kaum noch bei Bewußtsein schien.

Im Tal gab es kein Zeichen für ein Lager, keine flackernden Biwakfeuer, und Phillip fragte sich beunruhigt, als sein Pferd den Abhang hinunter glitt, wie weit sie noch zu reiten hätten. Er behielt die Frage für sich, aber Selina lenkte ihr Pferd neben seines, als habe sie seine Unruhe gespürt. Sie zeigte weit nach unten. Dort konnte man so etwas wie eine Straße erkennen, die sich nach Westen in Richtung Küste wand.

»Diesen Weg nehmen gewöhnlich die russischen Versorgungskonvois«, erklärte sie. »Serfir Pascha wird sein Lager oberhalb der Straße haben, auf beiden Seiten von ihr ...« Sie streckte den Arm aus und deutete zuerst auf einen dicht bewachsenen Flecken Wald, etwa eine Meile rechts von ihnen, und dann auf etwas, was Phillip für eine Schlucht oder eine Erdfalte hielt, die rechtwinklig von ihm wegführte. »Die Männer schlafen auf der nackten Erde, jeder mit seinem Gewehr im Arm. Die Pferde sind ganz in der Nähe angebunden. Man entzündet kein Feuer. Die Russen sind vorsichtig geworden, müssen Sie wissen, denn sie sind oft genug angegriffen worden. Seit kurzem schicken sie Kosakenpatrouillen voraus, die die Straße absuchen müssen, schon Tage ehe der Versorgungszug kommt. Unsere Männer bleiben in ihren Verstecken und lassen sie passieren. Denn wenn die Patrouillen nicht zurückkehren und die Straße für frei erklären, wird kein Nachschub geschickt.«

»Also muß Serfir Pascha lange warten?« wollte Phillip wissen.

Zu seiner großen Erleichterung schüttelte das Mädchen den Kopf. »Nein«, antwortete sie nur und trieb ihr Pferd mit den Knien voran. »Er hat seine eigenen Späher und bezahlte Spione in den moskowitischen Garnisonen. Er sammelt seine Streitmacht erst dann zu einem Überfall, wenn er einigermaßen sicher ist, daß der Wagenzug innerhalb von zwei bis drei Tagen passieren wird. In diesen Bergen ist es kalt, selbst im Sommer, Commander Hazard – zu kalt für Männer, um auf nackter Erde zu schlafen ohne Biwakfeuer. Oft müssen sie oberhalb der Schneegrenze warten, um den Patrouillen nicht aufzufallen.« Dann berichtete sie von tscherkessischen Überfällen auf einsame Garnisonen und flüchtige Gefechten mit russischen Truppen, die eigentlich die rebellischen Bergvölker unterwerfen sollten. Sie besetzten die Dörfer und hielten sie dann, um den Widerstand zu schwächen.

Selinas Kenntnisse in militärischer Taktik überraschten Phillip, doch dann mußte er an sein Gespräch mit Oberst Gorak denken. Wahrscheinlich hatte der alte Mann niemanden sonst, mit dem er reden konnte, und hatte ihr deshalb jeden Kampf, an dem er teilgenommen hatte, haargenau berichtet.

»Sie sprechen mit großem Wissen, Mademoiselle«, sagte Phillip. »Wahrscheinlich hat Ihr Vater alle Einzelheiten seiner Kampagnen berichtet!«

Selina drehte sich um, sah ihn an, und ihre Lippen öffneten

sich zu einem seltsamen Lächeln aus Mitleid und Amüsement, als beweise seine Aussage mangelnde Intelligenz. »Nein«, sagte sie ruhig, »ich spreche aus – wie sagt man auf Englisch – aus eigenem Wissen, aus Erfahrung, Commander Hazard!«

»Aber Sie meinen damit doch nicht etwa ...« Phillip war verblüfft und starrte in ihr schönes Gesicht, das unter der hohen Fellmütze immer noch ein Bild von Schönheit und Unschuld zu sein schien. »Sie meinen doch sicher nicht, daß Sie an diesen Überfällen und Scharmützeln teilgenommen haben?«

Sie senkte den Kopf. »Ja, doch, an vielen. Seit mein Vater nach Tscherkessien kam, hat er mich immer bei sich gehabt!«

»Aber ... er nimmt Sie auf diese Guerilla-Operationen mit?« Phillip konnte es kaum glauben. »Warum läßt er sie nicht irgendwo zurück, wo Sie sicher sind, Mademoiselle?«

Selina sah auf. In dem schwindenden Licht konnte er von ihrem Gesicht nicht viel erkennen, konnte in ihren Zügen nicht lesen, aber ihre Stimme klang rauh und schmerzlich, als sie sagte: »Sicher, Commander Hazard? In einem unbewachten Dorf, in dem nur Frauen, Kinder und ein paar alte Männer zurückgeblieben sind? Wissen Sie, was Kosaken anstellen, wenn sie ein solches Dorf besetzen?«

»Nein, ich ... Nein, ich weiß es nicht. Sie ...«

Es schien, als habe sie ihn nicht gehört. »Sie bekommen die Erlaubnis zu rauben und zu plündern, zu vergewaltigen und zu morden, und wenn sie das erledigt haben, vernichten sie alle Beweise für ihre Untaten. Sie setzen jedes Haus, das noch steht, in Brand. Vor nicht ganz zwei Jahren starb meine Mutter in Bayazid ... unter solchen Umständen. Mein Vater war bei den Truppen von General Guyon, die in die Stadt einzogen, als Bubatoffs Truppen sie verlassen hatten, auf dem Wege nach Erzeroum, wo ich zur Schule ging, bis er mich, Gott sei Dank, dort wegholte. In die Stadt, in der meine Mutter starb, bin ich nicht gekommen, und auch dafür bin ich dankbar. Ich war in Kars, dem größten türkischen Heerlager, wo ich das war, was Sie als ›sicher‹ zu bezeichnen beliebten. Aber mein Vater nahm mich fort, sobald er konnte, und hat mich seitdem nicht von seiner Seite gelassen.«

»Ich verstehe«, antwortete Phillip lahm.

»Wirklich?« fragte sie und jetzt klang ihre Stimme sehr sanft. »Vielleicht werden Sie es begreifen und verstehen, wenn Sie ein bißchen bei uns bleiben, Commander Hazard. Dies ist ein grausamer und blutiger Krieg, und wenn die Türken ein Dorf oder eine Stadt mit christlichen Einwohnern einnehmen, dann verhalten sie sich nicht besser als die Russen, glauben Sie mir. Sie ...«

Der Mann, der ihren Vater vor sich im Sattel hielt, rief plötzlich laut nach ihr. Selina riß sofort ihr Pferd herum und eilte zu ihm. Phillip hörte zwar ihre Stimmen, doch er konnte nicht verstehen, was sie sagten, also zügelte er sein eigenes Pferd und wartete voller Sorge. Jetzt war es nicht mehr so kalt, sie mußten inzwischen ziemlich weit abgestiegen sein. Von seinem erschöpften Pferd aus konnte er gerade die Gruppe erkennen, die sich um den Oberst gesammelt hatte. Cochrane gehörte dazu, und Phillip war nicht überrascht, als dieser zu ihm kam und sagte, daß Selina einen Halt angeordnet habe.

»Der arme alte Oberst ist in keinem guten Zustand, Sir«, meldete sein Stellvertreter. »Es ist klar, daß er nicht weiter reiten kann. Und übrigens ist das Mädchen seine Tochter, Sir – ich hörte, wie sie ihn Papa nannte.«

»Ja«, antwortete Phillip knapp. »Ich auch. Wissen Sie, wo wir die Nacht verbringen werden?«

»Das Mädchen, Selina meine ich, sprach von einer Höhle. Sie ist losgeritten, um sie zu suchen, glaube ich. Ich muß sagen, Sir, daß ich Schlaf gebrauchen kann.«

»Wie fühlen Sie sich, Mr. Cochrane?« Phillip sah ihn besorgt an, als er die erschöpfte Stimme hörte. Doch das Gesicht war nur ein heller Schimmer in der Dunkelheit.

»Sehr viel besser als früher, Sir«, gab Cochrane zu. »Die Höhe machte mir zu schaffen – ich hatte Schwierigkeiten beim Atmen.«

»Und Thompson und Erikson?«

»Die sind auch erschöpft, Sir. Sie freuen sich sicher auch auf ein paar Stunden Schlaf.«

»Commander Hazard ...« Selina hatte sich wie ein Schatten genähert, »ich habe eine Stelle gefunden, wo wir die Nacht über geschützt bleiben können. Führen Sie bitte Ihre Pferde und folgen Sie mir ... aber seien Sie achtsam, es geht sehr steil bergab.«

Der langsame, vorsichtige Abstieg mit den Pferden brachte sie vor eine schmale Felsenöffnung, die man kaum Höhle nennen konnte. Aber sie war so tief und bot ganz hinten so viel Schutz, daß Selina entschied, ein kleines Feuer könne angezündet werden. Während alle anderen trockenes Holz suchten, half Phillip ihr, ihren Vater in die Höhle zu tragen. Der alte Mann erholte sich ein wenig, als das Feuer hell brannte und die willkommene Wärme die kalte Feuchtigkeit aus der Höhle vertrieb. Aufmerksam wie immer kniete Selina neben ihrem Vater und ließ ihn immer wieder aus der Flasche trinken und prüfte sorgfältig die Bandage um den verletzten Arm. Dann warf sie zwei Fellmäntel über seinen gekrümmten Körper und bat ihn zu schlafen.

Als der Oberst die Augen schloß, sagte sie zu Phillip: »Er ist eigentlich gar kein alter Mann, aber er ist so oft so schwer verwundet worden, daß ihn seine Kräfte verlassen, obwohl er das nicht zugeben will.«

»Es tut mir aufrichtig leid, daß ich ihn solchen Strapazen ausgesetzt habe, Mademoiselle«, entschuldigte Phillip sich. »Aber es war seine Entscheidung, uns zu begleiten – mein Wort darauf. Ich habe ihn nicht darum gebeten!«

»Das weiß ich.« Sie lächelte. »Mein Vater hat es mir selbst gesagt. Er wird wieder zu Kräften kommen, wenn er ausgeschlafen und gegessen hat.« Sie deutete nach drüben, wo zwei ihrer tscherkessischen Begleiter eifrig Fleisch über dem Feuer drehten. »Unser Essen braucht nicht viel Zeit zum Garwerden. Ich habe inzwischen zwei Männer ins Lager von Serfir Pascha geschickt, die ihm berichten sollen, daß Sie hier sind. Wenn er noch heute nacht mit Ihnen reden will, werde ich Sie hinführen ... aber den Weg müssen wir zu Fuß bewältigen. Es ist auf dem Pferd hier nachts zu gefährlich, und die Tiere sind im übrigen sehr erschöpft.«

»Und Sie doch sicherlich auch, Mademoiselle?« wollte Phillip wissen.

Doch sie schüttelte nur den Kopf. Ihr dunkles Haar, jetzt von der Mütze befreit, fiel wie ein glänzender Wasserfall auf ihre Schultern. Im warmen Licht des Feuers raubte ihre Schönheit ihm wieder den Atem.

Sie sah ihn ernst an und beantwortete dann seine Frage: »Ich bin an lange Märsche in den Bergen gewöhnt. Aber Sie nicht und Ihre Seeleute auch nicht. Warum schlafen Sie nicht? Am besten dicht am Feuer. Ich wecke Sie, wenn das Fleisch gar ist.«

Dankbar nahm Phillip ihren Rat an. Doch ihm schien, als habe er nur eben die Augen geschlossen, als jemand ihn an der Schulter schüttelte und zurück in die Wirklichkeit holte. Er richtete sich auf, rieb sich die Augen und sah Dafir neben sich, der ihn freundlich angrinste.

»Der Bote ist wieder zurück«, sagte Selina auf Englisch. Sie klang tadelnd. »Es scheint, er hat die Nachricht von Ihrer Anwesenheit an Serfir Pascha bereits übermittelt. Der Pascha möchte, so schnell es geht, mit Ihnen sprechen. Er hat darum gebeten, daß Sie die Gewehre und die Munition mitbringen, damit man sie schon für den Überfall einsetzen kann. Wahrscheinlich hat Dafir von ihrer Überlegenheit über unsere eigenen Waffen geprahlt.« Sie sah ihn unsicher an. »Fühlen Sie sich stark genug, den Marsch fortzusetzen? Lange haben Sie nicht geschlafen und ...«

Phillip zwang sich aufzustehen. »Ich kann aufbrechen, wann immer Sie wünschen, Mademoiselle.«

Eigentlich sollte er sich erleichtert fühlen, daß sein Auftrag schon so bald erfolgreich beendet sein würde. Doch statt dessen fühlte er nur großes Bedauern. Morgen um diese Zeit war er sicher schon wieder auf dem Weg zurück nach Jelenik, und Selina ...

Als habe sie ihn laut sprechen gehört, legte sie ihm sanft die Hand auf den Arm. »Wir werden erst etwas essen«, sagte sie. »Dafir hat Männer mitgebracht, die die Gewehre tragen werden. Ich komme als Dolmetscher mit, damit Sie alles, was Sie sagen wollen, mit dem Pascha besprechen können. Mein Vater wird hier bis zum Morgen ruhen.«

Sie nahmen das karge Mahl ein und schwiegen dabei die meiste Zeit. Der Oberst, der schon vor ihnen gegessen zu haben schien, war in tiefen Schlaf gesunken, und Selina gab sich große Mühe, ihn nicht zu wecken.

»Lassen Sie Ihre Seeleute hier bei ihm«, riet sie. »Es ist nicht mehr sehr weit zu Serfir Paschas Lager – wir werden hierher zurückkommen, nachdem Sie mit ihm gesprochen haben.«

Cochrane sah Phillip an. »Ich will unbedingt mit, Sir«, bot er an, »wenn Sie mich mitnehmen wollen.«

»Nein«, entschied Phillip. »Bleiben Sie hier, Mr. Cochrane und kümmern Sie sich um Oberst Gorak. Ich nehme Erikson mit, der die Gewehre vorführen wird – falls Sie genug Puste haben, Erikson, mein Freund!«

Sofort war der Norweger hellwach. »Ich bin bei Kräften und komme mit, solange es nicht zu Pferd ist, Sir. Ich bewege mich besser zu Fuß, glauben Sie's mir!«

Zehn Minuten später brach die kleine Gruppe auf. Dafir führte sie. Ein kurzer Aufstieg, bei dem ein eisiger Wind wehte, brachte sie an den Rand einer steilen, baumbewachsenen Schlucht. Dafir führte sie sicher an der geschützten Seite nach unten, eilte wie ein Geist von Baumgruppe zu Baumgruppe und hielt nur gelegentlich an, um zu lauschen. Während sie in der Höhle gerastet hatten, war der Mond aufgegangen. Jetzt kam er hinter einer Wolke hervor und tauchte die ganze Umgebung in ein fahles, silbernes Licht. Das Gehen wurde leichter. Phillip hatte sich anfangs sehr steif gefühlt, doch der kurze Schlaf und das Essen hatten ihm neue Kraft verliehen. Er spürte keine

Schwierigkeiten, mit den anderen Schritt zu halten. Er fühlte sich jetzt sicherer und wollte gerade mit Selina sprechen, die vor ihm ging, als sie sich plötzlich umdrehte, einen Finger auf dem Mund. Sie bedeutete ihm, sich neben ihr niederzuhocken. Alle anderen taten es auch. Selina deutete nach vorn, und ihre Lippen formten stumm ein einziges Wort: Kosaken!

Phillip starrte in die Richtung, in die sie gezeigt hatte, und entdeckte nichts als einen tiefen Schatten unterhalb der Baumlinie. Plötzlich bewegte sich der Schatten, löste sich in viele einzelne Schatten auf, und Phillip hörte das Klicken von Stahl. Ein Pferd wieherte, eine wütende Stimme rief etwas, das wie ein Befehl klang. Die Sprache verstand Phillip nicht. Das Wiehern verstummte, dann erklang leiser, aber deutlicher Hufschlag, wurde schwächer und verstummte plötzlich ganz. Dafir stand auf und ging weiter.

Selina flüsterte Phillip ins Ohr: »Sie sind verschwunden. Unsere Männer haben den Befehl, sie ungehindert durch die Linien passieren zu lassen, wie ich Ihnen gesagt habe. Sie beobachten sie, aber sie greifen sie nicht an.« Sie berührte seinen Arm. »Kommen Sie, es ist nicht mehr weit.«

50 Schritte weiter sprang ein Mann ihnen in den Weg, das Gewehr im Anschlag. Dafir flüsterte mit ihm, der andere trat zur Seite, Dafir winkte, und sie gingen weiter. Phillip entdeckte zwei weitere Schützen, die halb verborgen auf beiden Seiten des Wegs hinter Bäumen standen. Noch zweimal trafen sie auf solche Posten, und jedesmal geschah das gleiche. Schließlich gelangten sie auf eine baumlose Lichtung, auf der viele riesige Steine wie hingeworfen lagen. Das Ganze war eine wie von Menschen geschaffene perfekte Verteidigungsanlage.

»Wir sind da«, sagte Selina und lächelte, als Phillip sich suchend umschaute, weil er weder die Menschen noch die Pferde entdecken konnte, die er im Hauptquartier der Tscherkessen erwartet hatte. Wieder schien Selina seine Gedanken zu lesen und zeigte auf einen großen Haufen Steine links in der Lichtung. Dahinter stieg der Fels ziemlich ungebrochen bis auf 60 oder 70 Fuß Höhe. »Die Felsen verbergen untereinander verbundene Höhlen«, erklärte sie und führte ihn auf die Steine zu. »Sie sind viele hundert Jahre alt und waren früher Verstecke von Wolfsrudeln und Bergbären. Wir gebrauchen sie jetzt für die gleichen Zwecke, die Tiere müssen anderswo Schutz suchen. Überall hier in den Bergen gibt es solche Höhlen, die die Russen niemals absuchen, weil sie meinen, dort würden nur wilde Tiere hausen. Aber unsere Leute haben diese Nester sicher und bewohnbar gemacht, wie Sie gleich sehen werden. Das war Serfirs Idee, die er von Schamyl übernommen hat.«

Ein Mann stand in der plumpen Kleidung eines Ziegenhirten mit dem Rücken vor einer Öffnung des Felsens. Dafir sprach ihn an, und dann rollten die beiden einen der sorgfältig ausbalancierten Findlinge ohne Anstrengung zur Seite, und eine Öffnung wurde frei, die ein Mann auf einem Pferd leicht passieren konnte. Sie schloß sich hinter ihnen wieder, und Dafir führte seine Schützlinge eine feuchte, enge Passage entlang, deren Wände mit Moos und Flechten bewachsen waren. Der Weg schien blind zu enden, doch ein zweiter Posten stemmte sich mit der Schulter gegen die Felswand, und auch die gab nach und ließ sie in eine gewaltige Höhle eintreten, die bequem 60 oder 70 Männer aufnehmen konnte, oder auch dreimal so viele, falls sie eng zusammenrückten. Hier drinnen war es warm und trocken, Fackeln brannten in regelmäßigen Abständen an den Wänden. Phillip sah sich überrascht um und entdeckte, daß es hier so geschäftig zuging wie in einem Hauptquartier vor einer Schlacht. Nur ein paar Männer schliefen in ihre Mäntel gerollt, die anderen reinigten und richteten ihre Gewehre, prüften und faßten Munition, füllten Satteltaschen und Beutel, und am anderen Ende der Höhle, wo mehr als 20 Pferde angebunden waren, ging es besonders lebhaft zu.

»Dahinten ist der Pascha«, sagte Selina und deutete auf einen kleinen Mann mit dunklem Gesicht unbestimmbaren Alters, der mit gekreuzten Beinen inmitten einer Gruppe von etwa einem halben Dutzend Männern saß, auf die er ruhig einredete.

Er fiel anfangs gar nicht auf, aber als Dafir seine Aufmerksamkeit auf die Ankömmlinge richtete und sich erhob, um sie zu begrüßen, zeigte er eine natürliche Würde und elegante Gebärden, die ihn deutlich von seiner Umgebung trennten. Er war der geborene Führer, dem seine Männer sofort gehorchten. In deutlichem Gegensatz zu türkischen Offizieren mit seinem Rang legte er auf Zeremonien keinerlei Wert. Seine Kleidung glich der seiner Männer. Er trug eine Cherkaska der Kosaken mit ledernen Patronenhaltern vor der Brust, anstelle der Mäntel aus Schaffell oder Ziegenhaaren, in die sich die meisten anderen gehüllt hatten. Auch seine Waffen waren vom Feinsten. Der Dolch und die Pistolen in seinem Gürtel zeigten Einlagen von Gold und Silber, und zusätzlich trug er einen langen Krummsäbel mit einem juwelenbesetzten Griff, der offensichtlich ein kleines Vermögen wert war.

Er hörte sich ohne Kommentar Phillips Meldung an, die Selina übersetzte. Dann überlegte er einen Augenblick und stellte schnell eine Reihe von Fragen zu Admiral Lyons Plänen für eine zweite Expedition nach Kertsch, bei dem ein Geschwader der Alliierten ins Asowsche Meer eindringen sollte. Er wollte auch exakt wissen, wieviel Unterstützung Mustafa Pascha den tscherkessischen Stämmen bot. Phillip beantwortete alle diese Fragen, so gut er konnte. Serfirs schnelles und gründliches Verständnis der Pläne des Admirals und ihrer Folgen im Zusammenhang mit der allgemeinen Lage weckte Phillips Bewunderung. Hier saß kein gewöhnlicher Häuptling eines räuberischen Bergvolkes, stellte er erleichtert fest, sondern ein erfahrener militärischer Befehlshaber mit Mut und einem klugen Kopf, auf dessen Zusagen man sich vermutlich verlassen konnte – einer, der erst dann sein Wort geben würde, wenn er sicher wäre, es auch halten zu können. Serfir erkundigte sich genau nach der versprochenen türkischen Hilfe, seine Fragen klangen skeptisch, und Selina übersetzte auch seine Zweifel an der Sache und erklärte dabei, daß die türkische Hilfe bisher nur selten den tscherkessischen Erwartungen entsprochen hätte.

Das Mädchen fuhr fort: »Serfir Pascha möchte wissen, ob Ihnen bekannt ist, daß wir schon oft Zarif Mustafa Pascha gebeten haben, uns zu besuchen, um aus erster Hand zu erfahren, was wir brauchen. Aber diese Wünsche wurden bisher ignoriert. Er fragt, ob Sie garantieren können, daß Mustafa Pascha persönlich nach Jelenik kommt?«

»Sagen Sie ihm bitte, daß mein Admiral überzeugt ist, daß er kommen wird«, antwortete Phillip. »Ein türkische Dampfer wird ihn von Batoum bringen, und zwei britische Kriegsschiffe werden – zusätzlich zu meinem eigenen – in Jelenik sein. Noch vor oder genau am achtzehnten dieses Monats. Wenn Seine Exzellenz mit mir dorthin zurückkehrt, um mit Mustafa Pascha und den anderen tscherkessischen Häuptlingen zu konferieren, dann bin ich sicher, daß er eine Garantie für die Zusammenarbeit mit den Türken erhalten wird, die ihn zufriedenstellt.«

Selina übersetzte, und Phillip sah, wie sich das dunkle Gesicht des Paschas etwas entspannte. Der stellte aber dennoch einige weitere vorsichtige Fragen und zögerte immer noch eine Entscheidung für sich hinaus. Dann sagte Selina: »Serfir Pascha möchte, daß ich Ihnen sage, daß er gern mit Ihrem Admiral und der englischen Marine zusammenarbeiten würde. Er schätzt, daß eine Streitmacht zwischen 20000 bis 30000 Tscherkessen ausgehoben werden könnte, um die russischen Stützpunkte in Anapa, Joujak und im Kubangebiet anzugreifen. Er glaubt, sie kann in drei Wochen aufgestellt werden, vielleicht in kürzerer Zeit. Er sagt, tscherkessische Offiziere, die im Kuban in russische Dienste gezwungen wurden, würden sich zusammen mit ihnen erheben und sie bei dem Versuch unterstützen, die Unterdrücker zu vertreiben. Wenn der Aufstand der Tscherkessen zur gleichen Zeit stattfindet wie der Angriff Ihres Admirals auf Kertsch und das Eindringen des Marinegeschwaders ins Asowsche Meer, dann ist Serfir Pascha vom Erfolg überzeugt. Er ...«

Sie hielt gehorsam inne, als Serfir Pascha die Hand hob. Er sprach leise und ernst auf sie ein. Phillip wartete und versuchte aus seinem Gesichtsausdruck zu entnehmen, was gesagt wurde. Es war sicherlich etwas Wichtiges, denn seine Unterführer um ihn herum hörten mit gespannter Aufmerksamkeit zu. Als er geendet hatte, ließen sich noch zwei oder drei andere hören, die auf Selina einsprachen, die nickte und verstanden hatte.

»Nun, Mademoiselle?« drängelte Phillip. »Was sagt der Pascha?«

Selina drehte sich zu ihm und sah ihn ernst an. »Er fragte, ob Sie nach Ihrer Rückkehr nach Jelenik Ihrem Admiral den Wunsch übermitteln werden, Schiffe zu schicken, die Anapa und Soujak beschießen können. Er sagt, unsere eigenen Streitkräfte haben keine Kanonen, und wenn sie befestigte Orte angreifen, dann brauchen sie Verstärkung durch Artillerie, oder sie werfen Leben sinnlos weg. Er wird die Türken um Feldkanonen bitten und um ausgebildete Kanoniere, die sie bedienen können. Er würde sich besser fühlen, wenn er sicher sein könnte, daß englische Schiffe in der Nähe wären, ihm zu helfen, falls es nötig wird.«

Phillip lächelte in ihre gespannten Gesichter. Er erinnerte sich an die letzten Befehle des Admirals, ehe er die *Royal Albert* in der Bucht von Kertsch verlassen hatte. »Wenn Sie in der Lage sind und glauben, daß es nötig ist, um die Tscherkessen zu überzeugen«, hatte Admiral Lyons gesagt, »dann nehmen Sie ein paar Häuptlinge mit und feuern ein paar Breitseiten auf die Batterien von Anapa ...«

»Ich werde den Wunsch Seiner Exzellenz übermitteln«, versprach er. »Ich glaube fest daran, daß er erfüllt wird. Wenn er mich in den nächsten zwei oder drei Tagen nach Jelenik begleitet, werde ich ihn an Bord meines eigenen Schiffs nehmen und versuchen, die Batterien von Anapa außer Gefecht zu schießen.«

Selina übersetzte, was Phillip gesagt hatte, und laute Zustimmung folgte diesen Worten. Zufrieden glänzten Serfir Paschas dunkle Augen.

Das Mädchen wandte sich wieder an Phillip und erklärte Serfir Paschas Zustimmung. »Der Pascha wird Sie nach Jelenik begleiten, Commander Hazard. Er sagt, daß nach den Informationen seiner Späher der russische Wagenzug versuchen wird, morgen vor dem Mittag das Hamri-Tal zu durchqueren. Wenn es eine Verzögerung geben sollte, dann wahrscheinlich nur um höchstens 24 Stunden. Also bittet er Sie, hier zu warten, bis der geplante Überfall erfolgreich beendet ist.«

Phillip nickte. »Sagen Sie ihm bitte, Mademoiselle, daß ich warten werde. Und sagen Sie ihm bitte auch, daß wir uns unter seinen Befehl stellen, wenn meine Männer und ich ihm morgen irgendwie nützen können.«

Selina wiederholte. Der Pascha schlug Phillip freundschaftlich auf die Schulter und sprach lange auf ihn ein.

»Er sagt, ich soll Ihnen danken«, erklärte Selina jetzt lächelnd. »Betrachten Sie sich bitte als sein Ehrengast. Er ist Ihnen für Ihr Kommen dankbar und verspricht, daß Sie und Ihre Seeleute morgen einen sicheren Platz haben werden, um zu beobachten, wie Tscherkessen Krieg führen. Wenn er seinerseits Ihr Gast an Bord Ihres Schiffes ist, wird er Sie um die gleiche Gefälligkeit bitten.«

»Ich werde ihm gern den Wunsch erfüllen.«

»Und noch etwas«, bat Selina. »Serfir fragte, ob Sie ihm die Gewehre hier lassen, die Sie mitgebracht haben. Er hat einige Scharfschützen, die sie morgen ausprobieren wollen.«

»Sie sind ein Geschenk meines Admirals, Mademoiselle. Ich bin sicher, daß die Männer sie nützlich finden.« Phillip schaute Erikson erwartungsvoll an, der aufsprang und Haltung annahm.

»Ich habe Ihnen die Grundbegriffe beigebracht, Sir. Sie werden mit den Gewehren keine Probleme haben.«

»Gut. Wir behalten unsere eigenen mit 50 Schuß pro Mann. Alle anderen gehen an die Scharfschützen des Paschas.«

Serfir Pascha begleitete sie bis zum Eingang der Höhle und verabschiedete sich dort sehr würdevoll von ihnen.

»Er wird uns benachrichtigen, sobald der Wagenzug in Sicht ist«, sagte Selina. »Wenn es meinem Vater morgen früh nicht besser geht, wird Serfir Pascha ihn hierher holen lassen, damit er in Sicherheit zu Kräften kommen kann.«

Unter der vorsichtigen Führung Dafirs kehrten sie auf demselben Weg zurück, auf dem sie gekommen waren. Die übrigen Männer der kleinen Gruppe schliefen in dem Versteck, mit Ausnahme eines Postens, der den Eingang bewachte, das Gewehr über dem Knie.

»Wir sollten ihrem Beispiel folgen, Commander Hazard«, riet Selina und wehrte seinen Dank ab. »Einer unserer Männer bleibt als Wache, und ich kümmere mich um meinen Vater, also ...« Sie lächelte ihn warmherzig an, und, obwohl er müde und erschöpft war, fühlte er sein Herz schneller schlagen. Im schwachen Licht des ausgehenden Feuers sah er, wie sie neben ihrem Vater kniete. Er beobachtete sie weiter, indem er vorgab zu schlafen, bis das Feuer schließlich erlosch und seine schweren Lider sich schlossen.

5

Phillip erwachte, als jemand ihn sanft schüttelte. Er hatte gut geträumt, einen glücklichen, goldenen Traum, von dem er sich kaum trennen wollte, denn Selina kam darin vor. Einen Augenblick lang sah er sich benommen um, erkannte seine Umgebung fast nicht, und das schöne Gesicht, das zu ihm herunter schaute, schien noch Teil des Traumes zu sein.

»Selina«, murmelte er, »oh, Selina, ich ...«

»Ich habe Sie so lange wie möglich schlafen lassen, Commander Hazard«, erklärte Selina ihm entschuldigend. Sie drückte ihm einen Becher Wein in die Hand und drängte ihn, diesen zu leeren. »Die anderen sind alle schon auf den Beinen. Serfir Pascha hat melden lassen, daß der Versorgungszug gesichtet wurde. Wenn wir nicht sofort unsere Stellung einnehmen, müssen wir hier warten, bis der Überfall vorbei ist. Denn der Pascha erlaubt niemandem, sich zu bewegen, sobald der Feind das Tal betreten hat.«

Phillip richtete sich auf, ihre Worte hatten ihn vollends wach werden lassen. Er rieb sich seine zwei Tage alten Stoppeln und entschied bedauernd, daß keine Zeit war, sie zu entfernen.

»Wir haben nur Trinkwasser«, sagte Selina. »Es hat sich niemand rasiert.«

»In Ordnung. Dann bin ich in ein paar Minuten soweit.« Er erhob sich und streckte seine verkrampften Glieder. Seine Erinnerung meldete sich wieder, und er wollte wissen: »Wie geht es Ihrem Vater, Mademoiselle?«

»Er ist fast wieder er selbst, Gott sei Dank.« Sie seufzte. »Ich weiß eigentlich gar nicht, ob ich darüber froh sein soll. Denn er besteht darauf, mit uns zu reiten. Es wäre viel klüger für ihn, hier zu rasten. Doch wir sind in keiner Gefahr. Serfir hat Männer zu unserer Begleitung geschickt. Wir werden die ... Vorgänge von diesem Ende des Tals aus beobachten.«

Sie entschuldigte sich, und Phillip begann eine flüchtige Morgentoilette. Als er aus der dunklen Höhle trat, fand er, daß die Sonne bereits aufgegangen war. Die Männer saßen schon im Sattel oder stiegen gerade auf, unter ihnen Oberst Gorak, der ihn fröhlich grüßte und alle Fragen nach dem Wohlergehen mit einer ungeduldigen Handbewegung wegwischte.

»Machen Sie sich um mich keine Sorgen – mir geht es ausgezeichnet, Commander. Steigen Sie bitte in den Sattel und lassen Sie uns aufbrechen.«

Er sah in der Tat fast wieder aus wie früher, wie Selina gesagt hatte. Als Phillip im Sattel saß, gab der Oberst der kleinen Kavalkade den Befehl zum Aufbruch.

Anthony Cochrane zügelte sein Pferd, damit Phillip neben ihn kam. »Ich habe erfahren, Sir«, sagte er, »daß Ihre gestrige Unterredung mit dem Pascha überaus erfolgreich war – stimmt das?«

»Ja, das war sie, Mr. Cochrane. Er hat vor allem zugestimmt, mit uns zurück nach Jelenik zu kommen«. Phillip berichtete kurz, was zwischen ihm und dem Pascha besprochen worden war, und beschrieb dann ausführlich das Hauptquartier in den Bergen.

»Diese Tscherkessen scheinen ziemlich gut organisiert zu sein, Sir!« meinte sein Stellvertreter.

»Das sind sie in der Tat. Aber denken Sie daran, was der Oberst mir sagte. Sie führen seit 30 Jahren diese Art Krieg gegen die Russen.«

Cochrane nickte nachdenklich. »Ja, die Russen brauchen Jahr für Jahr 20000 Mann, um Tscherkessien auch nur formell zu kontrollieren. Ganz beachtliche Leute hier, nicht wahr? Ich hoffe, sie gewinnen ihre Unabhängigkeit. Sie verdienen sie gewiß, bei Gott. Beachtliche Leute. Der alte Oberst ist ein verdammt zäher Bursche, nicht wahr? Gestern abend, als Sie weggeritten waren, habe ich mir verdammte Sorgen um ihn gemacht. Er lag da wie tot, und ich stand immer wieder auf, um seinen Herzschlag zu kontrollieren, um sicher zu sein, daß er noch lebte. Und sehen Sie ihn jetzt an! Jetzt führt er uns in die Schlacht!«

»Wir sind bei diesem Gefecht nur Zuschauer«, sagte Phillip. »Als Ehrengäste von Serfir Pascha.« Mit einem leichten Grinsen fügte er dann hinzu: »Wir müssen Seiner Exzellenz die gleiche Ehre gewähren, wenn wir ihn an Bord der *Huntress* haben und ein paar Schüsse auf die Batterien von Anapa abgeben werden.«

»Werden wir das, Sir?« Cochranes Augen blitzten plötzlich vor deutlichem Vergnügen. Er deutete nach vorne. »Sehen Sie, wer uns noch führt? Ich kann mir kaum vorstellen, daß der junge Dafir zufrieden ist, nur den Zuschauer zu spielen, was meinen Sie?«

Aber es schien, als habe Dafir seine Befehle und außerdem einen so gesunden Respekt vor dem Pascha, daß er alle beherzigen würde. Er führte sie an den Waldrand am Talhang und hieß sie absteigen. Sie ließen die Pferde versteckt zwischen den Bäumen zurück, mit zwei Tscherkessen als Wache. Dann führte Dafir sie eine steilen Abhang hinauf bis zu einer Höhe, die etwa 70 oder 80 Fuß steil nach unten bis zur Talsohle abfiel. Es war ein ausgezeichneter Beobachtungspunkt, durch Felsen gut gedeckt, von wo aus man eine Kurve der schmalen Straße durch den Paß überblicken konnte. Man hatte in beide Richtungen ungehinderte Sicht und den weiteren Vorteil, daß die Stelle hier oben nur über den Weg erreicht werden konnte, den sie selbst gekommen waren. Phillip legte sich der Länge lang geschützt hinter einen Felsen, nahm das Fernglas ans Auge und studierte mit wachsender Neugier die Szene unter sich.

Direkt ihm gegenüber auf der anderen Seite der Straße ging es in ruppigen Kämmen bergauf und dann abwärts in einen dichten Baumbestand rechts, der bis an die Straße reichte. Soweit Phillip sehen konnte, bewegte sich im ganzen Tal nichts. Als er mit dem Glas die andere Seite genau absuchte, konnte er keinen einzigen tscherkessischen Schützen entdecken. Auch als er den Wald sehr genau absuchte, fand er nichts. Hinter ihm stellte Oberst Gorak befriedigt fest: »Sie würden doch sicher Ihren Versorgungszug durch den Paß schicken, Commander, wenn Sie ihn zu führen hätten!«

Phillip drehte sich um und setzte das Glas ab. »Nein, Sir, ich glaube nicht. Das scheint mir hier ein ganz natürlicher Platz für einen Überfall. Und weil man das vorhersehen könnte, würde ich wahrscheinlich eine berittene Patrouille vorausschicken. Wenn ich ein paar Männer übrig hätte, würde ich einen Spähtrupp in die Bäume dort setzten, ehe ich mich diesem Punkt nähern würde.«

»Die Russen werden eine berittene Patrouille schicken – sie haben seit zwei oder drei Tagen hier draußen Patrouillen, alle meldeten nichts Auffälliges.« Der Oberst lächelte. »Das macht Serfir perfekt.«

»Ist der Versorgungszug groß, Sir?«

»Das kommt drauf an. Manchmal sind es 15 bis 20 Wagen, manchmal doppelt so viele. Sie sind immer gut geschützt, Kavallerie als Vorhut und Nachhut und Infanterie zwischen den Wagen.« Steif ließ der alte Mann sich auf die Erde nieder und lag jetzt neben Phillip. »Dieser Wagenzug müßte ziemlich groß sein. Soujak braucht dringend Nachschub, und weil das so ist, wird man unbedingt versuchen, durchzukommen.«

»Und Sie meinen, das passiert heute, Sir?« wollte Phillip wissen.

»Serfir meint das, mein junger Freund.« Der Oberst deutete auf die tiefen Schründe gegenüber ihrem Aussichtspunkt. »Fast hinter jedem Felsen und in jeder Spalte da drüben verbirgt sich ein Mann. Sie liegen dort mit dem Gewehr im Anschlag seit Tagesanbruch. Und ohne sich zu verraten, werden sie mit unglaublicher Geduld Stunde um Stunde weiter dort liegen bleiben, bis die Wagen in Sicht kommen, oder bis man sie zurückruft.«

Das also waren die Männer, von denen Selina erzählt hatte, erinnerte sich Phillip. Sie lagen auf der nackten Erde, ohne ein Feuer zu entzünden.

»Was ist ihre Taktik beim Überfall, Sir?« wollte er wissen.

»Die einfachste«, antwortete Oberst Gorak, und er klang, als wolle er sich dafür entschuldigen. »Sie haben keine Ahnung von Strategie und wissen nicht, was zum Beispiel eine zurückgenommene Flanke ist, und Artillerie haben sie auch nicht. Sie sind schwer zu disziplinieren, jedenfalls nach unseren europäischen Maßstäben. Es wird Ihnen nie gelingen, Tscherkessen unter feindlichem Feuer vorgehen zu lassen oder – wie Ihre bewundernswerten britischen Truppen – ein Quadrat zu formen. Aber auf seine Weise kämpft der Tscherkesse mit ungeheurem Mut, versichere ich Ihnen. Sein Instinkt läßt ihn um Beute kämpfen. Am liebsten greift er zu Pferd an, schnappt sich, was er finden kann, und verschwindet, so schnell er kann, mit seinem Raubgut. Wenn er einen Rückschlag erleidet, sucht er sein Heil in der Flucht, nicht aus Feigheit, sondern aus der Überlegung heraus, daß der, der kämpft und flieht, auch am nächsten Tag noch kämpfen kann. Haben die Engländer nicht so einen Spruch?« Er seufzte. »Serfir hat seinen handverlesenen Leuten wenigstens die Grundbegriffe von Disziplin beigebracht, wie Sie bald sehen werden. Aber so ganz kann man nach europäischen Standards bei ihnen nie sicher sein. Sie neigen dazu, immer die Taktik zu wiederholen, mit der sie einmal Erfolg hatten.«

»Und was wäre eine solche Taktik, Sir?« drängelte Phillip.

Der Oberst stützte sich auf einen Ellenbogen und deutete nach unten. »Die Kurve in der Straße da unten wird die Wagen langsamer werden lassen«, sagte er. »Die Männer auf der anderen Seite werden große Felsen herabrollen lassen, um den Wagenzug in zwei Teile zu teilen. Die Schützen, die oben überall am Hang postiert sind, werden dann das Feuer auf die Truppen eröffnen, die die Wagen schützen. Die müssen dann Deckung nehmen. Die Männer dort oben sind ausgezeichnete Schützen und bilden kein Ziel für die russische Gegenwehr, weil sie so gut versteckt sind. Die besten Schützen nehmen die Kavallerie-Eskorte unter Feuer und verhindern so, daß die Kosaken dem Wagenzug helfen können. Sollte es dennoch schlecht aussehen, dann rollen sie weitere Steine nach unten. Vielleicht springen dann auch ein paar Männer in den Sattel und greifen von oben aus an, um die Eskorte wegzulocken. Wenn das Durcheinander genügend groß ist, erscheinen weitere tscherkessische Reiter aus ihren Verstecken, greifen an verschiedenen Stellen den Wagenzug an und trennen die Wagen. Das alles hängt natürlich von der Größe des Zuges und der Stärke der Eskorte ab – ist der Wagenzug sehr lang, greift man nur einen Teil an ...« Er verlor sich in militärischen Einzelheiten und fügte dann mit schwachem Lächeln hinzu: »Ihre Taktik ist die Überraschung, verstehen Sie. Wenn Sie auf unerwarteten Widerstand treffen, beenden sie den Angriff. Und preschen davon, ohne wenigstens ein paar Munitionswagen zu zerstören – wie wir das tun würden. Wie auch immer, heute ist die Eskorte verhältnismäßig klein, melden Serfirs Spione. Baron Wrangel, Kommandant in Kertsch, erwartet offenbar sehr bald einen Angriff Ihres Generals und sammelt seine Kräfte ... Aber es ist doch eigentlich närrisch, bei genauerem Hinsehen, einen Versorgungszug auf den Weg zu bringen, den man nicht richtig schützen kann – oder was meinen Sie?«

»Ich bin Ihrer Ansicht, Sir«, stimmte Phillip zu. Er zögerte und runzelte die Stirn. »Kann man den Berichten der Spione wirklich glauben?«

Der Oberst nickte. »Meistens kann man's. Manchmal haben die Spione gemeldet, was die Russen gemeldet haben wollten – doch im großen und ganzen sind sie sehr nützlich, und ihre Informationen sind immer zumindest teilweise korrekt.« Er redete weiter, ließ sich weiter über Spione und die tscherkessische

Art der Kriegführung aus, und Phillip hörte ihm zu, setzte nur ab und an das Fernglas an, um das Tal abzusuchen. Als er sich umsah, entdeckte er Thompson und Erikson links von sich liegend. Sie beobachteten die Straße, ihr Minié-Gewehr neben sich. Cochrane sprach leise mit Selina und zwei ihrer tscherkessischen Begleiter. Dafir war wie erwartet verschwunden – wahrscheinlich um sich näher an der Stelle zu verstecken, an der der Kampf wahrscheinlich stattfinden würde.

Phillip sah wieder zu Selina hinüber, fast gegen seinen Willen. Und beobachtete, wie schnell sich ihr Gesichtsausdruck immer wieder änderte. Selten hatte er Frauen getroffen, die unter Umständen wie diesen so schön aussahen. Sie lachte jetzt, amüsierte sich über irgend etwas, das Cochrane wohl gesagt hatte. Ihr Gelächter war heiter und unbeschwert, ihr Kopf mit der hohen Fellmütze zurückgeworfen. Ihr schöner Hals war sichtbar. Ihre Bekleidung war wenig attraktiv, um es vorsichtig auszudrükken, aber irgendwie gelang es ihr, unter dem Schaffellmantel fraulich auszusehen, so frisch und erholt, als habe sie gerade in irgendeinem Bergsee gebadet, während alle anderen ... Er rieb sich mürrisch das Kinn.

»Meine kleine Selina gefällt Ihnen, nicht wahr?« bemerkte der Oberst und unterbrach Phillips Gedanken.

»Sie ist ...« Phillip verstummte, weil ihm plötzlich klar wurde, daß er mehr sagen wollte, als opportun war. »Sie hat mich vollständig überrascht«, gab er schließlich und ehrlich zu. »Sie müssen sich glücklich preisen, eine so schöne und intelligente Tochter zu haben, Sir!«

Der alte Mann lächelte zufrieden. »Wie hat sie gestern abend ihre Aufgabe als Übersetzerin erledigt?«

»Überaus bewundernswert, Sir. Niemand hätte es besser gekonnt, versichere ich Ihnen. Ihr Englisch ist perfekt.«

»Das sollte es auch, mein lieber Hazard, Ihre Mutter war Engländerin, wissen Sie, eine Schwester von General Guyon.«

»Das wußte ich nicht, Sir.« Phillip war überrascht. »Ich dachte immer ...«

»Sie meinten, sie hat Englisch in einer amerikanischen Klosterschule gelernt? Nein, mein Freund, das tat sie auf dem Schoß ihrer Mutter. Und ich hatte mit meiner Frau eben solches Glück. Sie ist leider tot.« Der Oberst erläuterte nicht, wie sie gestorben war. In einer plötzlichen Wendung des Gesprächs wollte er wissen, ob Phillip verheiratet sei. Phillip errötete und schüttelte den Kopf. Der Oberst klang bedauernd, als er fortfuhr: »Sie sind klug. In Kriegszeiten ist es besser, wenn man keine familiären Bindungen hat. Ich beneide Sie ehrlich. Mißverstehen Sie mich nicht, ich war glücklich verheiratet. Als meine Frau noch lebte, habe ich keinen Mann auf der Welt beneidet. Aber um Selinas willen wünsche ich mir, nicht im Exil leben zu müssen und für einen orientalische Macht zu fechten, die einen wilden Krieg führt. Als Tochter ist sie äußerst loyal und mutig. Kein Mann könnte von seiner Tochter mehr verlangen, als Selina mir gegeben hat ... aber dies hier ist kein Leben für sie, Hazard, oder? Nein, sie beschwert sich nicht, sie bleibt beharrlich dabei, glücklich zu sein und nur in meiner Nähe leben zu wollen ... aber wenn mir etwas geschieht, wird sie ganz allein sein. Das ist mein Alptraum. Sie hat sonst niemanden, außer ihrem Onkel. Aber Guyon ist noch tiefer als ich in diesen Krieg verwickelt.«

Phillip schwieg, weil ihm die rechten Worte fehlten. Bis zu diesem Augenblick hatte er über Selinas ungewöhnliche und gefährdete Lage nicht nachgedacht, er hatte sie aber wahrgenommen, und er hatte sich Mühe geben müssen, möglichst nicht daran zu denken. Er mußte sich jetzt eingestehen, daß das der feige Versuch war, sich nicht in Gefühle zu verstricken. Nach dem, was ihr Vater ihm jetzt gestanden hatte, begann sein Gewissen ihn ernstlich zu plagen. Er war Oberst Gorak verpflichtet und war auch Selina dankbar. Diese Schuld würde er gern, wenn es irgend möglich war, abtragen ... aber wie war das möglich? Welche Hilfe konnte er bieten? Da kam ihm eine Idee.

»Oberst, ich könnte eine Passage nach Konstantinopel für

Selina arrangieren«, begann er, »auf einem unserer Transporter, wenn ...«

»Danke, Hazard«, unterbrach der Oberst ihn. »Das ist nicht das Problem. Die Türken würden sie schon zum Bosporus bringen, wenn ich sie darum bitte. Aber Selina kann nicht alleine reisen, verstehen Sie! Ich müßte sie begleiten, aber meine Pflicht hält mich hier.« Er lächelte plötzlich. »Wenn die Pläne Ihres Admirals gelingen und die Tscherkessen den Feind mit Zarif Mustafas Hilfe aus Anapa und Soujak vertreiben, dann ist meine Aufgabe hier beendet. Ich könnte eine Zeitlang nach Konstantinopel gehen, sagen wir, lange genug, um Selina zu verheiraten und dann ...«

»Sie verheiraten, Sir?« fragte Phillip verblüfft. Unwillkürlich sah er zu Selina hinüber. Ihr schönes, ernstes Gesicht ließ bittere und völlig unbegreifliche Wut in ihm aufsteigen. »Aber doch wohl nicht ...«

»Das überrascht Sie?« fragte der Oberst streng. »Hofft nicht jeder Vater für seine Tochter auf eine ehrbare Ehe mit einem guten Ehemann?«

»Natürlich, Sir, aber ...«

»Ich verstehe nicht, warum Sie das so überrascht, Commander Hazard. Sie haben selber gesagt, Selina sei ein schönes und kluges Mädchen. Jeder Mann wäre glücklich, sie zu besitzen. Glauben Sie mir, ich habe schon viele Angebote um ihre Hand bekommen.« Noch immer klang der Oberst ernst.

Phillips Ärger schwand, als er spürte, daß er den Oberst unabsichtlich beleidigt haben könnte.

»Es überrascht mich eigentlich nicht, Sir. Ich denke sogar ...«

»Da gab es einen, den ich gern als ihren Ehemann gesehen hätte«, fuhr der alte Mann fort, ohne sich um den Einwurf zu kümmern. »Es war ein junger irischer Offizier, Hauptmann Patrick O'Hay, Pionier in der Armee der Ostindischen Gesellschaft. Im letzten Jahr hat er sich bei der Eroberung von Guirgevo besonders ausgezeichnet!«

»Und warum haben Sie die Hand Ihrer Tochter Hauptmann O'Hay nicht gegeben, Sir?«

»Aus dem einfachen Grund, weil Selina das nicht wollte«, antwortete der Oberst mit einem schiefen Lächeln. »Sie ist ein gutes, gehorsames Kind, aber ihr Kopf steckt voller Sentimentalitäten. Ich hätte vielleicht darauf bestehen sollen, doch es war zu kurz nach dem Tod ihrer Mutter. Ich hatte die Kraft nicht und war einsam und in meiner Einsamkeit egoistisch. Ich habe mir ihre Klagen angehört und habe ihr erlaubt, hierher zu kommen – und das war ein großer Fehler, denke ich.« Er seufzte und fuhr fort, mehr in einem Selbstgespräch als an Phillip gewandt: »Sie sieht nur diese Tscherkessen und hat deren Anliegen zu ihrer eigenen Sache gemacht, was man verstehen muß, aber es ist natürlich gefährlich. Ich wünsche mir meine christliche Tochter nicht in einem muslimischen Harem, Commander Hazard. Also habe ich ihr klar gemacht, daß sie einen Mann ihres eigenen Glaubens zu wählen hat und mir erlauben muß, einen zu finden. Aber weil sie unverschleiert herumgeht und mich auf all diesen Streifzügen begleitet, fürchte ich in meinem Herzen immer, daß sie ihre Augen auf einen Tscherkessen heften könnte ... oder einer seine Augen auf sie. Natürlich behandeln sie sie mit allem nötigen Respekt, keiner würde sie auch nur anrühren, aber ...«

Thompson unterbrach. »Sir, ich glaube, da kommen sie!«

Seine Stimme war bemerkenswert ruhig, aber als er auf die Straße deutete, zitterte seine Hand etwas. Phillip hatte sofort das Glas am Auge. Zuerst konnte er nur eine kleine Staubwolke erkennen, die sich über der Straße erhob. Dann sah er einen Trupp Reiter, der in gleichmäßigem Trab dahin zog.

Phillip reichte Oberst Gorak das Glas. »Die Kavallerie-Patrouille, Sir!«

»Ja«, bestätigte der Oberst. »Und keine große. Sie wird passieren dürfen, ohne daß man einen einzigen Schuß auf sie abgibt.«

Cochrane schob sich neben Phillip und hob sein eigenes Glas

an die Augen. »Ich schätze etwa 15 bis 20 Reiter, was meinen Sie, Sir?«

»22«, warf scharfäugig Thompson ein.

Erikson und er hatten ihr Gewehr schon in Anschlag gebracht, als Phillip sie knapp zurechtwies. »Nicht ohne Befehl feuern, verstanden! Die Patrouille darf passieren!«

»Aye, aye, Sir!« bestätigte Thompson. »Wir greifen nur das Ziel auf.«

Schweigend warteten sie, und Phillip spürte, wie seine Spannung wuchs, als die Reiter sich näherten. Es waren Kosaken in tiefgrauen Mänteln, mit Lanzen bewaffnet, auf struppigen, ungestriegelten Pferden. Sie ritten zu zweit nebeneinander auf der Straße und schickten keinen Späher voraus, der den Hain vor ihnen als mögliche Gefahrenquelle absuchen sollte, die er von seinem Beobachtungspunkt hier oben sofort erkannt hatte. Entweder erwarteten sie keinen Überfall, oder sie waren überzeugt, daß die Eskorte der Wagen jeden Angriff abwehren würde ... falls die Wagen ihnen überhaupt durch den Paß folgen würden. Sie ritten so stolz, ja überheblich mit aufgestellten Lanzen. Phillip hatte plötzlich eine Vorahnung, spürte verblüfft, daß hier nicht alles stimmen konnte. Er setzte das Glas an sein Auge und suchte sorgfältig die Straße ab und entdeckte etwa fünf Minuten später eine zweite und größere Staubwolke.

Selina nahm seine Entdeckung vorweg. Ihre Stimme klang ruhig und ohne Zittern. »Das ist der Wagenzug. Ich kann ihn sehen.«

»Gut«, antwortete ihr Vater, wechselte seine Stellung und streckte seine Hand aus. »Darf ich mir Ihr Glas leihen, Hazard? Danke!« Er beobachtete die sich nähernde Staubwolke einige Minuten lang und gab dann das Glas zurück.

»Ja, es ist wirklich der Wagenzug, und ich glaube, es ist ein großer!«

»Sir!« Erikson deutete nach links. »Die Kosaken-Patrouille ... Da! Sie haben angehalten, genau hinter der Kurve. Warum, Sir?«

Er hat recht, dachte Phillip und fühlte instinktiv, daß hier irgend etwas nicht in Ordnung war. Auch der Oberst beobachtete die Szene besorgt, als die grau bemäntelten Reiter absaßen, ihre Pferde ein paar hundert Meter hinter der Kurve unter Bewachung zurückließen und den felsenübersäten Abhang hinauf kletterten. Jeder Kosak trug den Karabiner, den er aus der Satteltasche gezogen hatte. In einem Halbkreis liegend nahmen sie Deckung und warteten mit Blick auf die Straße. Ihre Position war gut. Obwohl sie den tscherkessischen Schützen den Rücken zuwandten, waren sie durch den Felsenüberhang geschützt und konnten nur unter Feuer genommen werden, wenn die Tscherkessen ihr Versteck verließen und den Abhang herunter kamen. Der Oberst berührte seinen Arm, und Phillip, der die Entfernung zwischen sich und den abgesessenen Kosaken schätzte, ahnte, was der Oberst ihm sagen wollte und nickte.

»Wir könnten sie erledigen, Sir, ohne Angst vor Querschlägern, wenn die Tscherkessen in ihrer Stellung bleiben.«

»Das werden Sie«, versicherte ihm Oberst Gorak. »Doch ich frage mich, warum die Patrouille das hier getan hat ... Es muß einen Grund geben!«

Phillip hatte sich genau dieselbe Frage gestellt. »Vielleicht ist das nur eine Vorsichtsmaßnahme des Anführers gegen einen möglichen Angriff«, sagte Phillip laut. »Der Ort lädt zu einem Überfall ein, und wer die Straße kennt, wird er hier besonders vorsichtig sein.«

»Ja«, gab der polnische Oberst zu. »Das ist ohne Zweifel so, ich verhielte mich auch so.« Und dann erleichtert: »Der Kosakenoffizier meldet gerade dem Konvoi, daß die Straße frei ist!«

Aus schmalen Augen beobachtete Phillip den Anführer des Vorauskommandos, der zurück auf die Straße in die Kurve ritt. Er hatte eine Ordonnanz neben sich. Die beiden blieben unbeweglich mit ihren Pferden stehen, bis sie den Wagenzug sich nähern sahen. Der kommandierende Offizier zog seinen Säbel und wirbelte ihn heftig über seinem Kopf hin und her. Das Sonnenlicht spiegelte sich auf der nackten Klinge. Aus der Ferne kam ein kurzes Glitzern vom Wagenzug, als dort ein Offizier ganz vorn seinen Säbel zog. Der Wagenzug bewegte sich langsam und würde in 10 bis 15 Minuten die Kurve erreichen, rechnete sich Phillip aus.

Er wandte sich an Cochrane und sagte leise: »Eigentlich sind wir Nichtkombattanten, Mr. Cochrane, aber ich denke, wenn die Kosaken Probleme machen, sollten wir eingreifen.«

Cochrane nickte, ohne zu zögern.

»Gut. Also sagen Sie es Erikson und Thompson weiter. Sie sollen sich verteilen und Schußpositionen einnehmen. Der Feuerbefehl kommt von mir. Sagen Sie, sie sollen auf Querschläger achten. Die Tscherkessen sind da oben auf dem Berg, und ich möchte keinen von ihnen treffen. Also niedrig zielen und nur schießen, wenn man ein deutliches Ziel hat.«

»Aye, aye, Sir!«

Cochrane kroch davon, um die Befehle den beiden Matrosen weiterzugeben. Als die ihre neuen Plätze einnahmen, hörte Phillip hinter sich ein Rascheln. Selina war auf Cochranes Platz neben ihm gerutscht und hielt in ihren kleinen Händen entschlossen ihr langes, altmodisches Steinschloß-Gewehr. Phillip gefiel ganz und gar nicht, wie gekonnt sie mit dem Gewehr umging, und als sie ihn beruhigend anlächelte, schüttelte er nur den Kopf. Er konnte sich mit dem Gedanken nicht anfreunden, daß sie an etwas teilnehmen würde, das ganz sicher Gewalt bedeutete.

»Sie nicht, Selina«, flüsterte er rauh, »wir sind auch ohne Sie genügend Leute.«

»Aber ich schieße sehr gut«, sagte sie.

»Das hat damit nichts zu tun. Kampf und Krieg sind nichts für Frauen.«

Sie sah ihn überrascht und ein bißchen naiv an. »In Tscherkessien muß jeder kämpfen, Commander Hazard. Nicht nur Frauen, auch Kinder!«

»Wie auch immer, ich würde mich freuen, wenn Sie an diesem Gefecht nicht teilnähmen«, antwortete Phillip entschlossen. »Legen Sie das Gewehr zur Seite.«

Sie gehorchte und zuckte dabei mit den Schultern. Sie begriff offensichtlich seine Einstellung nicht, aber wollte ihm natürlich den Gefallen tun. »Also gut. Aber dann lassen Sie mich, wie sagt man, für Sie den Beobachter spielen. Geben Sie mir Ihr Glas.«

Sie hockte sich hin, gehorsam, aber nicht unterwürfig, und hielt die Hand ausgestreckt.

»Einen Augenblick noch«, sagte Phillip. »Ich möchte mir den Wagenzug noch einmal ansehen.«

Als er das Glas auf den Wagenzug richtete, der sich langsam bewegte, mußte er plötzlich an seine Mutter und an seine Schwestern denken. Er fragte sich, was die wohl sagen würden, wenn sie ihn hier mit einem Mädchen wie Selina an seiner Seite sehen könnten – einem Mädchen, das er überreden mußte, das Gewehr nicht zu benutzen, mit dem sie Feinde verwunden oder gar töten wollte. Seine Mutter, die gerne Gäste von Stand und mit den feinsten Manieren in ihrem Damenzimmer in Kensington zum Tee einzuladen pflegte, würde seine Begleiterin nie akzeptieren. Sie würde niemals eine Frau verstehen, die nach eigenen Worten mehr als bereit war, aktiv an der Zerstörung eines russischen Wagenzuges mitzuhelfen. Aus demselben Grunde verstand er selbst nicht, was Selina Gorak für ihn so attraktiv machte, und doch ... Der Oberst packte seinen Arm, und Phillip schob alle Gedanken an Selina zur Seite, konzentrierte sich ganz auf den Wagenzug.

Er sah jetzt, daß jeder Karren von vier Pferden gezogen wurde, ausgenommen der erste, ein gewaltiges, offensichtlich schwer beladenes Fahrzeug, das sechs kräftige Pferde vorgespannt hatte. Insgesamt waren es 31, nein – er zählte noch einmal nach – 32 Wagen. Vier berittene Führer ritten voraus, Infanteristen in grauen Mänteln trotten neben den Wagen und zwischen ihnen her. Die lange Reihe der Wagen zog sich, der letzte kam gerade in Sicht, als der erste bereits die Kurve der

Straße erreichte. Der Kosakenoffizier, der dort gewartet hatte, winkte wieder mit seinem Säbel als Zeichen, daß der Weg frei war, und ritt dann davon, die vier Führer hinter sich. Phillip richtete sein Glas auf den ersten Wagen und fragte sich, was auf ihm befördert wurde, da er so viel schwerer als die anderen zu sein schien. Er entdeckte, daß die Pferde schwitzten und der Kutscher sie mit der Peitsche bearbeiten mußte. Die Räder rieben sich tief in die staubtrockene Oberfläche der Straße und ließen deutliche Spuren zurück. Irgend etwas war an diesen Spuren anders, merkte er, sah noch mal mit dem Glas hin und konnte sich nicht erklären, was es war. Dann dämmerte ihm etwas, und er spürte einen Knoten im Magen. Er konnte sich natürlich irren, aber ... Er gab dem Oberst sein Glas und sagte drängelnd: »Sehen Sie sich den ersten Wagen an, Sir, er hat ein Extrapaar Räder und ein Extrapaar Pferde. Er ist außerordentlich schwer beladen. Bitte, sehen Sie ihn sich genau an. Ich würde mich nicht wundern, wenn auf ihm ein Feldgeschütz verborgen wäre – ein 9-Pfünder oder ein 12-Pfünder, wenn man davon ausgeht, wie die Pferde sich anstrengen. Wenn das so ist ...« Er vollendete den Satz nicht.

Doch Oberst Gorak tat es, nach genauem Hinsehen, als er das Glas aus der Hand legte. »Sie haben recht, Hazard«, sagte er grimmig. »Serfirs Reiter werden in Stücke gerissen, wenn sie vorn ihren Angriff versuchen.« Er hob wieder das Glas. »Sie haben recht. Die Extraräder gehören nicht zum Wagen. Lieber Gott im Himmel, die Russen müssen gewarnt worden sein – Sie erwarten den Überfall und ...«

»Können wir Serfir irgendwie warnen?« unterbrach Phillip ihn. »Ihm irgendein Signal geben? Seine Reiter warten im Schatten der Bäume, denke ich, also haben sie den Wagen noch gar nicht richtig wahrgenommen.«

Der Oberst schüttelte den Kopf. »Wenn wir ihnen von hier ein Zeichen geben, werden sie es so gut wie sicher als Ermutigung auffassen. Es gibt nur eine Möglichkeit, den Angriff zu verhindern – ich selbst muß Serfir warnen.« Er deutete hinter sich in die Schlucht, in der sie ihre Pferde zurückgelassen hatten. Als Selina etwas sagen wollte, brachte er sie mit einer brüsken Handbewegung zum Schweigen. »Er würde dir nicht glauben, Liebling.«

»Wir könnten von hier aus die Kanoniere abschießen, Sir«, sagte Phillip. »Wir sind zu fünft mit Gewehren«, unbewußt hatte er Selina mit eingerechnet. »Wir könnten verhindern, daß sie die Kanone abfeuern und ...«

Der Donner fallender Felsen übertönte seine Stimme. Er drehte sich um und war überrascht, welche Masse von Steinen und loser Erde auf der Seite gegenüber ihrem Beobachtungspunkt zu Tal stürzte – zum richtigen Zeitpunkt und fast perfekt gezielt. Die Masse, die beim Fallen schneller wurde, riß Bäume und Büsche aus, die im Wege standen, raste nach unten in einer erstickenden Staubwolke quer über die Straße, umfing den fünften und den sechsten Wagen und schnitt so den Wagenzug von seinem Kopf ab – und von dem Feldgeschütz, falls es das war, was der erste Wagen verbarg. War es das einzige? Wenn die Russen vor einem Überfall gewarnt worden waren, dann gab es sicher noch mehrere, die auf ähnliche Art am Ende des langen Zuges getarnt waren.

Phillip griff nach dem Glas und ließ es wieder sinken. Der Staub, der sich aus der künstlichen Lawine erhoben hatte, verhinderte die Sicht. Man konnte lediglich Männer erkennen, die in Deckung rannten. Als Musketenfeuer vom Berg gegenüber zu hören war, wußte Phillip, daß das Gefecht tatsächlich begonnen hatte. So laut er konnte, rief er Cochrane zu, auf den ersten Wagen zu zielen. Einen Grund mußte er nicht nennen, denn als er brüllte, erschien die Mündung der Kanone hinten auf dem Wagen, gezogen von einem Dutzend Infanteristen in grauen Mänteln, die den Wagen kippten, um ihre Waffe schneller einsetzen zu können. Die Pferde waren ausgespannt worden und trabten davon. Aus den anderen Wagen kletterten die Kanoniere. Sie unterschieden sich von den bisher sichtbar gewesenen Männern durch grüne Uniformen und sammelten sich um die Kanone, als die Pferde wieder herangeführt wurden, um die schwere Last auf den richtigen Platz zu ziehen.

»Feuer«, rief Phillip laut, »auf die Kanoniere zielen. Schießen, wenn ihr ein Ziel habt.« Er zielte mit seinem eigenen Minié-Gewehr auf eine der grünen Uniformen und hörte vier weitere Gewehre fast wie eine Salve krachen. Aber die Distanz war sehr groß, und nur einer der grün Uniformierten stolperte von der Kanone und hielt sich einen zerschmetterten Arm. Den Russen gelang es, einen Schrapnellschuß zu feuern, wie Phillip erregt beobachtete. Sie zielten haargenau auf die Bäume links neben den hier liegenden. Er hörte, wie Selina ihr langes Gewehr lud und mit belegter Stimme sagte: »Die wissen genau, wo unsere Leute warten. Wir sind verraten worden ...« Sie zog sich den Gewehrkolben an die Schulter, zielte sorgfältig und drückte ab. »Zu niedrig«, stellte sie voller Bedauern fest.

Die qualmende Feldkanone feuerte ein zweitesmal Schrapnell in ihr Ziel, und die Kanoniere wischten den Lauf aus und begannen, neu zu laden.

Phillip meinte, in der Ferne zu seiner Rechten das Feuern einer weiteren Kanone zu hören. Er zielte auf einen der grün Uniformierten und ihm war klar, daß mindestens zwei Kanonen im Wagenzug sein mußten ... oder noch mehr. Er drückte den Abzug seines Minié-Gewehrs und genoß die kurze und brutale Erkenntnis, daß der Mann, auf den er gezielt hatte, auf den Kanonenlauf stürzte und dort liegen blieb. Zwei seiner Kameraden warfen ihn in den Staub der Straße, einer griff sich den Rammer, den der Gefallene gerade benutzen wollte, und rammte eine neue Ladung fest. Phillip sah, wie schnell und glatt das alles ablief. Sie hatten ihre Kanone feuerbereit, ehe er sein Gewehr neu laden konnte. Lieber Gott, dachte er, wenn sie noch zwei oder drei so gut trainierte Mannschaften an ihren Kanonen haben wie diese, werden die Tscherkessen ausgelöscht. Aber Serfir hatte doch inzwischen merken müssen, wen er vor sich hatte! Er mußte die Kanonen hören, selbst wenn er sie nicht sehen konnte und ... Phillip holte tief Luft. Hatte der

Oberst nicht gesagt, daß die Tscherkessen, sobald sie auf unerwarteten Widerstand stießen, ihren Angriff nicht fortsetzten, sondern ihn normalerweise abbrachen und flohen – in die Sicherheit ihrer Verstecke in den Bergen?

Er suchte den Oberst, und Selina sagte, als habe sie seine Gedanken erraten: »Mein Vater ist auf dem Weg zu Serfir ... er reitet so schnell, wie man nur kann.« Sie hatte bei diesen Worten nicht zur Seite geblickt, und das Krachen ihres Gewehrs verstärkte ihre Worte seltsam scharf. »Hach!« sagte sie, hob sich auf die Ellbogen und sah nach unten in den Rauch und Staub. »Endlich habe ich ihren Offizier getroffen. Jetzt wird nichts mehr so gut funktionieren.«

Sie hatte recht. Jedenfalls beim erstenmal, stellte Phillip fest, und sie würde vielleicht auch beim zweitenmal recht behalten haben. Er mußte an den jungen Henry Durbanville denken, der unter vergleichbaren Umständen einen russischen Angriff mit nur zwei Minié-Gewehren abgewehrt hatte und der auf seine Schießkünste übermäßig stolz gewesen war.

»Da«, rief Selina laut, gar nicht mehr kühl, ihreStimme überschlug sich vor Erregung: »Da, da kommen Sie. Sie greifen vom Berghang an. Dafir führt sie. Oh, der Idiot, sieht er die Kanone nicht?«

Aus dem Schutz der Bäume links neben sich sah Phillip die Männer kommen – 40 oder 50 Tscherkessen auf ihren struppigen Bergponys. Dafir führte sie unverkennbar – mit gezogenem Säbel und wehendem Haar. Sie haben ihr Versteck verlassen, weil die Russen es direkt unter schnelles Feuer genommen haben, dachte Phillip. Sie rasten in halsbrecherischem Tempo den Berg hinunter, in direkter Linie, aber mit großen Zwischenräumen zwischen sich. Sie hatten die Wucht ihres Angriffs gut gewählt, denn die Feldkanonen wurden immer noch ausgewischt und mußten erst noch geladen werden ... Doch wenn die Tscherkessen überleben wollten, durften die Kanoniere auf keinen Fall wieder Schrapnells feuern, schon gar nicht auf so kurze Entfernung.

Phillip brüllte Cochrane etwas zu und sprang auf die Beine, feuerte auf die grünen Gestalten, die unten durcheinanderwirbelten, lud nach und feuerte immer wieder so schnell, wie er es nie für möglich gehalten hätte. Er traf den Richtschützen mit dem ersten Schuß, hörte Thompson Beifall rufen und bemerkte kaum, wie eine Musketenkugel ein paar Fuß unter ihm in die Erde schlug. Im Lärm und Durcheinander war unmöglich festzustellen, wer feuerte oder woher die Schüsse kamen. Dann fielen die Kanoniere einer nach dem anderen, und immer wieder neue Männer nahmen ihre Plätze ein. Sie feuerten wieder. Phillip sah entsetzt, wie mehr als ein Dutzend herangaloppierende Tscherkessen von einem Schrappnellhagel niedergemäht wurden. In Todesqual schrie ein Pferd, der Schrei erhob sich über den Donner der Hufe und das Krachen der Gewehre. Dann waren die Reiter, immer noch von Dafir geführt, zwischen den Kanonieren, hieben sie zusammen und verjagten sie von ihrer Kanone. Einige nahmen sich die grau uniformierten Infanteristen vor, die, sich mit aufgepflanzten Bajonetten nähernd, ihnen den Besitz der Kanone streitig machen wollten. Daraus wurde ein verzweifelter Kampf von Mann zu Mann, niemand gab Pardon, und keiner konnte schießen, ohne seine eigenen Kameraden zu treffen. Phillip rief seinen Männern zu, das Feuer einzustellen und legte sein qualmendes Minié-Gewehr nieder, damit es abkühlen konnte.

Die Kosaken wendeten, von ihrem Offizier geführt, und griffen in das Durcheinander hinein an, wobei sie versuchten, die Tscherkessen von hinten zu überwältigen. Doch Dafir erwartete sie, als habe ein sechster Sinn ihn gewarnt. Sechs oder sieben seiner Kameraden ritten den Kosaken im Gegenangriff entgegen. Sie brachen den Angriff erst ab, als die Sättel der Kosaken leer waren, spannten die reiterlosen Pferde dann vor die Kanonen, galoppierten mit ihrer Beute davon und schossen mit lauten Jubelrufen in die Luft.

»Du lieber Mann, Sir!« rief Cochrane heiser. »Das war ein Bild für die Götter!« Er trat neben Phillip und wischte sich die heiße, pulvergeschwärzte Stirn. Ein Hagel von Schüssen von unten schlug in die Felsen und jagte eine Schauer von Splittern viel zu nahe an ihren Gesichtern vorbei. Eilig warfen sie sich hin.

»Es ist noch nicht vorbei«, warnte Phillip. »Da ist mindestens noch eine Feldkanone am Ende des Zuges, glaube ich. Ich meine, ich habe sie vor kurzem schießen hören. Aber ich kann sie nicht sehen, muß ich zugeben. Wie ist's mit Ihnen?«

Cochrane atmete immer noch schwer und schüttelte den Kopf. Zusammen mit Erikson und Thompson beäugte er die Straße. Noch immer beschossen sich die tscherkessischen Schützen und die Bewacher des Wagenzuges, entweder hinter den Wagen versteckt oder von den Steinen geschützt, die den Wagenzug zweigeteilt hatten. Keine Seite schoß schnell oder erzielte mit den Schüssen große Wirkung. Die Wagen schienen oder waren unbeschädigt, soweit Phillip das feststellen konnte. Er rollte nach rechts und suchte jetzt mit seinem Glas die Straße neben dem Haufen Felsen und Erde ab, doch eine zweite Kanone konnte er nirgendwo entdecken.

»Die muß ich mir eingebildet haben«, sagte Phillip zu Cochrane, der ihm gefolgt war. »Vielleicht war es auch nur ein Echo der Kanone, die Dafir gerade so glänzend erobert hat. Doch ich hätte schwören können ...« Er brach stirnrunzelnd ab. Er war sich ganz und gar nicht sicher, ob er sich den tiefen, hallenden Knall nicht wirklich nur eingebildet hatte. Falls die Russen vor dem Überfall gewarnt worden waren, sagte er sich, und falls sie vorgehabt hatten, das Blatt zu ihren Gunsten zu wenden, indem sie den Guerilleros von Serfir selbst eine Falle stellten, hatten sie doch sicher mehr als eine Feldkanone in den Wagenzug gespannt. Sie hatten sich so viel Mühe gegeben, die Kanone am Kopf des Zuges zu verbergen, und sie hatten die Zahl der Kanoniere, die man für sie brauchte, verdoppelt, also ...

Phillip packte Cochrane beim Arm. »Ich denke, wir müssen sichergehen, daß es hier keine weiteren Kanonen gibt, Mr.

Cochrane. Prüfen Sie bitte Ihre Munition.« Er sah zu den beiden Matrosen. »Wie viele Schüsse haben Sie noch, Thompson?«

»22, Sir«, antwortete der Gehilfe des Stückmeisters wie aus der Pistole geschossen.

»24, Sir«, sagte Erikson.

»Und Sie, Mr. Cochrane?«

»Nur noch 18, tut mir leid, Sir!«

»Ich selbst habe 20 ... also müssen wir unsere Ziele sehr sorgfältig wählen.« Phillip warf sich das Minié-Gewehr über die Schulter und wollte aufbrechen.

»Wir haben noch Munition bei den Pferden, Sir«, meldete Erikson. »Die Tscherkessen, die sie bewachen, haben etwa 50 Schuß Minié-Geschosse pro Mann. Soll ich so viele holen, wie sie mir geben, und Ihnen dann folgen?«

»Ja, bitte, Erikson«, bat Phillip ihn. »Beeilen Sie sich, Sie finden uns auf der Kammhöhe.« Er deutete in die Richtung. »Ich möchte mir gern die letzten Wagen des Versorgungszuges ansehen!«

»Aye, aye, Sir!« Der Norweger war schon den steilen Abhang hinab verschwunden.

Cochrane fragte wie nebenbei: »Und wo ist das Mädchen, die Tochter des Obersts, geblieben?«

Entsetzt blickte Phillip sich um. »Ist sie nicht hier?« Er schalt sich einen verdammten Narren, weil er nicht bemerkt hatte, daß Selina nicht mehr da war. Dreimal verdammter Idiot. Er hätte in ihres Vaters Abwesenheit besser auf sie achten müssen, anstatt über Kanonen nachzudenken, die es vielleicht gar nicht gab. »Haben Sie gesehen, wohin sie verschwunden ist?«

»Nein, tut mir leid, Sir«, sagte Cochrane, »ich ...«

Da unterbrach ihn Thompson gelassen. »Sie ist entschlüpft, als die Tscherkessen gerade die Kanone erobert hatten, Sir. Mir ist das so aus dem Augenwinkel aufgefallen. Aber ich dachte, sie verschwindet nach unten, um die Pferde zu holen. Also habe ich nicht versucht, sie aufzuhalten. Ich kann sie suchen ...« Er rutschte den Hang hinab, fand in der Eile sein Gleichgewicht kaum und rief nach oben: »Ich kann sie sehen, Sir. Sie kommt mit Erikson und einem Tscherkessen zurück.« Atemlos lächelnd kehrte er zu den beiden Wartenden zurück. »Sie muß gemerkt haben, daß uns die Munition ausging, also holte sie uns welche. Sie ist eine helle junge Dame, bei Gott, Sir, und wie sie ihr Gewehr gebraucht! Ich habe selten einen besseren Schützen gesehen, Sir – und das ist die reine Wahrheit!«

Phillip fühle sich überaus erleichtert, als er Selina auf sich zukommen sah, den steilen Abhang so leicht und elegant emporsteigend, wie jemand, dessen zweite Natur solche Aufstiege waren oder geworden waren. Sie brauchte kaum Pausen, und ihre Wangen waren nur einladend rot, als sie ihn ein paar Minuten später erreicht hatte. Er streckte ihr als Willkommen beide Hände entgegen, und es war ihm gleich, was Cochrane oder die anderen aus dieser Geste lesen mochten. Der Tscherkesse neben ihr, ein großer und überraschend schöner junger Mann in grauem Astrachan-Mantel und ebensolcher Mütze, war ein Fremder. Er warf ihm einen Lederbeutel mit Minié-Patronen vor die Füße.

Und das Mädchen stellte, ihren Begleiter anlächelnd, vor: »Dies ist Yusef, Serfirs Sohn, Commander Hazard. Er sagt, mein Vater habe versucht, die Straße zu überqueren, um zu Serfir zu kommen und ihn vor der Kanone zu warnen, aber das war nicht möglich. Die Moskowiter – ich meine natürlich die Russen – haben eine starke Nachhut über mehr als eine halbe Meile entlang der Straße und ...«

»Wo ist Serfir?« fragte Phillip.

Sie deutete nach drüben. »Mit seinen Reitern auf der anderen Seite des Tals zwischen den Bäumen verborgen. Mein Vater ritt weiter und versuchte, die Nachhut zu umgehen, aber Yusef schickte ihm einen Reiter hinterher, der ihn zurückholen sollte. Er sagt, dort gibt es keine Kanone mehr!«

»Keine Kanone mehr? Aber ...«

Selina lächelte den jungen Tscherkessen, der den Kopf geneigt hielt, strahlend an. »Ja, da gab es mal eine zweite Kanone. Die hätte uns diesen Tag kosten können. Aber glücklicherweise flog sie in die Luft, als sie gerade einmal gefeuert hatte. Yusef meint, sie wurde beschädigt, als unsere Männer die Felsbrokken nach unten rollen ließen!«

Wieder einmal fühlte Phillip große Erleichterung. Selina hatte recht, es war ein glücklicher Zufall – jedenfalls für Serfirs Reiter – etwas, das die Russen nicht hatten vorhersehen können. Jetzt, nachdem beide Kanonen ausgefallen waren und die Straße nach vorn versperrt war, hatte der Versorgungszug keine oder nur eine geringe Chance, sein Ziel zu erreichen. Wenn die Eskorte sich nicht tapfer verteidigte oder sich zurückzog, würde der lange Wagenzug kaum seiner Zerstörung entgehen können. Serfir mußte seinen Reitern nur das Zeichen zum Plündern geben. Aber ... Phillip lauschte. Die Eskorte verteidigte sich nicht tapfer. Schüsse fielen jetzt seltener und mit Pausen. Als Phillip seinen Aussichtspunkt wieder erreicht hatte, sah er, daß die Tscherkessen die meisten Schüsse abgaben. Zwar lagen die russischen Infanteristen in einigermaßen guter Deckung, aber sie feuerten nicht zurück, entweder, weil sie keine Munition mehr hatten oder ... Phillip hob das Glas wieder ans Auge.

Natürlich hatten sie einige Verluste erlitten, aber sicherlich nicht so entscheidende, daß sie jeden Kampf aufgaben. Gespannt suchte er mit dem Glas den ganzen langen Wagenzug ab, Wagen für Wagen. Nach der Zahl der offenen Munitionskisten, die überall herumlagen, zu urteilen, bestand keine Gefahr, daß ihnen die Munition ausging. Warum also erwiderten sie das Feuer der Tscherkessen nicht? Und warum versuchten sie nicht, die Wagen zu wenden und auf dem Weg, auf dem sie gekommen waren, zurückzufahren? Die Nachhut, die ihren Rückzug decken könnte, war doch stark genug. Es war aber schwierig, weil alle Wagen vor der Barriere aus Steinen und Erde standen, die den Wagenzug getrennt hatte. Doch außer denen, die getrennt oder begraben worden waren, konnte der Rest gut aus dem Gefahrenbereich bewegt werden ... Phillip verschluckte einen Warnruf, als er sein Glas auf das ferne Ende des Zugs richtete. Selina hatte ihm gesagt, daß die Russen eine starke Nachhut hatten, die vor allem aus Kosaken bestand. Sie zog sich rechts der Straße lang hin, außerhalb der Schußweite der Tscherkessen. Er sah, daß die Reiter nicht abgestiegen waren. Sie hatten sich um den letzten Wagen geschart, als seien sie entschlossen, ihn unbedingt zu verteidigen. Der Wagen war noch nicht in den Engpaß gerollt, in dem der Überfall stattgefunden hatte. Er hätte also eigentlich leicht gewendet und zurück auf sicheres Gebiet gefahren werden können. Doch er bewegte sich langsam auf die Enge zu ... oder spielte ihm seine Einbildung einen Streich? Phillip wischte die Linse seines Glases mit seinem Stoffärmel sauber und setzte es wieder ans Auge. All seine Instinkte sagten ihm, daß hier gerade eine Falle geöffnet wurde. Aber welche?

Jemand bewegte sich neben ihm, und Selinas sanfte Stimme drang in seine Gedanken: »Irgend etwas bedrückt Sie doch, Commander Hazard?«

»Ja«, sagte er. »Vielleicht bin ich zu mißtrauisch. Aber ich glaube, dieser Wagenzug war gar nicht mit Nachschub unterwegs, sondern hat nur den Zweck, Serfirs Guerillakämpfer auszulöschen ...« Er begründete seinen Verdacht mit ein paar Erklärungen und sah, wie sich ihre Augen erschrocken weiteten. »Bitte, sagen Sie dem Sohn des Paschas, was ich Ihnen eben gesagt habe!«

Sie tat es sofort und ohne Zögern. Yusef hörte zu, skeptisch zunächst, doch dann gab Phillip ihm sein Glas, und er konnte selbst erkennen, daß der letzte Wagen und die Kosaken sich dem belagerten Wagenzug näherten. Da änderten sich seine Gesichtszüge, und seine Stimme klang ahnungsvoll, als er Selina antwortete.

Sie übersetzte: »Yusef sagt, er teilt Ihren Verdacht. Aber er weiß nicht, was wir tun können. Wir haben nicht genügend Zeit, einen Reiter mit einer Warnung loszuschicken. Die Reiter da oben werden unruhig. Sie werden bald angreifen, und dann wird niemand sie zurückhalten – es sei denn, sie sehen, daß die

Russen Kanonen haben.« Sie sah ihn an, sachlich und ohne Angst. »Was sollen wir tun, Commander Hazard?«

Er spürte, wie alle auf ihn blickten – Yusef, Selina, Cochrane und die beiden Matrosen. Er zögerte, seine Gedanken überschlugen sich. Etwas mußte geschehen und zwar sofort, das war ihm klar. Aber der Oberst hatte ihm gesagt, daß jedes Zeichen nach drüben als Aufforderung mißverstanden werden würde, also verwarf er die Möglichkeit eines direkten Kontaktes. Wenn Serfirs Reiter schon ungeduldig waren, würden Rufe, Winken oder selbst ein Gewehrschuß sie in einem wilden, ungeordneten Angriff in ihren Tod jagen ... aber, was hatte Selina vor einem Augenblick gerade gesagt? *Sie werden bald angreifen und nichts wird sie aufhalten, es sei denn sie sehen, daß die Russen Kanonen haben* ... Natürlich, das war's, das war alles, was er tun konnte. Phillip und seine Leute mußten die Russen zwingen, ihre Kanonen zu enttarnen, wenn sie welche mit sich führten. Sie waren zu siebt hier oben und dank Selina und Erikson hatten sie ausreichend Minié-Patronen ... Phillip fällte einen Entschluß. Selina erklärte er auf Englisch, was er vorhatte, und lief dann den Kamm entlang, wobei Cochrane hinter ihm her eilte. Sie übersetzte seine Worte Yusef. Der Sohn des Paschas rief etwas, verschwand für kurze Zeit aus ihrem Blickfeld, aber als Phillip sein Minié-Gewehr in Anschlag brachte, sagte Selina, die sich neben ihn an den Felsen warf: »Yusef holt mehr Leute – die Pferdewächter oder wen immer er finden kann. Er sagt, wir sind zu wenige!«

Vielleicht stimmt das, dachte Phillip, aber sie konnten wenigstens versuchen, unter den Feinden Verwirrung zu stiften, wenn schon nichts anderes möglich war. »Schnelles Feuer«, befahl er Cochrane. »Oben in das Verdeck des letzten Wagens. Wenn da eine Kanone ist, räuchern wir die Kanoniere aus.«

Seine Überraschungstaktik erwies sich anfangs als wenig effektiv. Die kleine Gruppe schoß zwar hervorragend, doch erst als Yusef mit weiteren neun oder zehn Landsleuten zu ihnen preschte, hatten sie Glück und unerwarteten Erfolg. Eine Pulverreserve flog in die Luft und zerstörte dabei eine Seite des hölzernen Wagens. Zwar beschädigte sie die Kanone nicht, die unter der Plane verborgen war, aber unter den aufgeregten Rufen der Tscherkessen wurde die Kanone aus den Trümmern gezerrt und von durcheinanderwirbelnden Artilleristen und Kosaken auf offenen Grund gezogen.

Mit bewundernswerter Schnelligkeit eröffnete die Mannschaft das Feuer. Phillip konnte einen verächtlichen Ruf nicht unterdrücken, als ein Hagel Schrapnell die Klippen unter ihm traf. Die Kanoniere waren in Panik und feuerten steil nach oben, ohne die Chance eines Treffers allerdings. Die Position war praktisch unerreichbar. Sie hätten besser auf die andere Seite des Tals auf die größte Gruppe Tscherkessen halten sollen.

Ein Offizier, der mit einem verletzten Bein umher hinkte, versuchte den Fehler seiner Männer auszugleichen, und drosch mit dem flachen Säbel auf sie ein, um sie zur Eile anzutreiben. Die Kanone war gerade neu ausgerichtet, als er durch einen Zufallstreffer fiel, der ihm als Querschläger die Brust zerriß. Die Kanone war jetzt deutlich zu erkennen. Serfirs Reiter konnten sie auf keinen Fall mehr übersehen. Im allgemeinen Durcheinander, das Phillip so nicht vorhergesehen hatte, beobachtete er, wie zwei weitere leichte Feldgeschütze aus ihrer Tarnung gerissen wurden. Aus den anderen Wagen sprangen Männer auf die Straße, grau bemäntelte Infanteristen, Kosaken und hier und da auch ein Artillerist in grüner Uniform. Phillip dämmerte, daß der ganze Wagenzug ein einziges Waffenlager war und daß sich in ihm mindestens so viele Männer verbargen, wie offen neben ihm und vor ihm her marschierten.

Das Feuer vom Hang gegenüber hatte nachgelassen und hörte gänzlich auf, als Kanonenkugeln drüben einschlugen und auch auf der eigenen Seite rechts in den kleinen Hain. Phillip erinnerte sich, was der Oberst gesagt hatte: *Wenn sie auf unerwartet starken Widerstand stoßen, brechen die Tscherkessen ihren Angriff ab und jagen davon, ohne Kriegsmaterial zu zerstören, was wir tun würden. Denn wer kämpft und flieht, lebt weiter und kann am nächsten Tag weiterkämpfen.* Unter den augenblicklichen Umständen war das gar kein schlechtes Prinzip, und Phillip beobachtete russische Infanteristen, die mit aufgepflanzten Bajonetten zum Angriff geordnet den steilen, von Felsen übersäten Hang drüben emporstürmen wollten. Das schien schon jetzt ein vergeblicher Versuch, ihre beweglichen Gegner aufzubringen.

Serfirs Männer hatten keinen Sieg davon getragen. Sie hatten weder irgendeine Beute gemacht noch Land gewonnen, das sie für die langen, kalten Stunden des Wartens auf den Versorgungszug belohnen würde. Andererseits waren sie aber auch nicht in die Falle gerannt, die die Russen für sie aufgestellt hatten. Und es hatte kein Abschlachten gegeben. Phillip lächelte vor sich hin. Als Ergebnis von heute hatte sich die Chance sicher verbessert, daß Serfir die Gelegenheit nutzen würde, die die Türken ihm anboten, den Feind in größerem Maßstab anzugreifen. Er würde also vermutlich ohne längeres Zögern mit ihm nach Jelenik zurückkehren, um mit Mustafa Pascha und den anderen Häuptlingen seines Volkes zu sprechen. Ja, er würde sogar ...

Yusef klopfte ihm mit der Hand auf die Schulter. Auch er lachte und sagte in gebrochenem Französisch, wobei er in Richtung der russischen Infanteristen deutete, die gerade ihren Angriff bergauf starteten: »Die werden niemanden mehr finden. Ihre Kanonen treffen nur noch Bäume. Die Sache ist vorbei.«

Er deutete mit dem Kopf auf die dunklen Hänge hinter ihnen. Das war das Signal zum Aufbruch. Als Phillip sich erhob, um ihm zu folgen, stellte er überrascht fest, daß es bereits wieder dunkel wurde. Er sah Selina fragend an. »Wohin gehen wir? Sollten wir nicht auf Ihren Vater warten?«

Sie schüttelte den Kopf. »Yusef meint, es sei das Beste, wir kehrten in die Höhle zurück, in der Sie letzte Nacht Serfir trafen. Mein Vater hat wahrscheinlich die Straße überquert und ist zu ihm gestoßen, also warten wir auf beide am besten dort, wenn es Ihnen nichts ausmacht. Sie haben zwar einen langen Ritt vor sich, aber sie sollten uns in etwa einer Stunde erreichen.«

»Wir sind ganz in Ihren Händen«, sagte Phillip. »Ich muß versuchen, Serfir zu bewegen, morgen mit mir zu kommen, oder spätestens übermorgen, denn wir haben nicht viel Zeit, Selina. Kann ich dabei auf Ihre Hilfe rechnen?«

»Natürlich«, versprach sie sofort und lächelte ihn sanft und bezaubernd an. »Nach allem, was Sie heute getan haben und angesichts des russischen Vorhabens, nehme ich nicht an, daß Serfir schwer zu bewegen sein wird. Außerdem haben Sie einen weiteren Verbündeten. Yusef ist Ihr neuer Freund. Er wird seine Überzeugungskraft mit Ihrer vereinen, falls nötig. Er und sein Vater sind ganz wild darauf, bei Ihnen an Bord zu sein, wenn Sie Anapa beschießen.«

»Wirklich? Das freut mich sehr.« Phillip fühlte sich froh und erleichtert, als er ihr nach unten folgte, wo die angeleinten Pferde auf sie warteten.

6

Die ganze Gruppe, Tscherkessen wie Briten, war guter Stimmung, als sie in Serfir Paschas Hauptquartier in den Bergen zurückritt.

Trotz aller Müdigkeit herrschte Optimismus. Auch als sich vier weitere tscherkessische Pferdewächter ihnen mit einem Dutzend Pferde an einer Leine anschlossen, fiel Phillip auf, daß niemand sich nach dem Schicksal derer erkundigte, die auf den jetzt reiterlosen Tieren morgens in den Kampf mit dem Feind gezogen waren. Statt dessen lachten und scherzten sie miteinander. Als Erikson beschränkte Freude über die Aussicht äußerte, zu reiten statt zu gehen, gab es eine laute Bemerkung von Thompson, der normalerweise schwieg.

»Auf Pferden zu reiten ist gar nicht so schlimm, mein Junge«, versicherte ihm der Gehilfe des Stückmeisters mit deutlicher Überheblichkeit, »wenn man erst mal eine Ader dafür entwikkelt hat. Ich war Lehrling in einem Rennstall in Newmarket, ehe ich die Marine der Königin eintrat.« Er grinste. »Ich wurde viel zu groß und hatte viel zu viele Pfunde auf den Rippen, um Jockey zu werden. Ich bedaure das zwar nicht, aber einen Derby-Sieger würde ich doch schon ganz gern mal reiten.«

Erikson grinste seinen Kameraden ebenfalls an. »Ich war mal Lehrer, ob du's glaubst oder nicht, Stückmeistergehilfe«, sagte er trocken. »Ein Lehrer, neutral, gut ernährt und ohne jeden Ehrgeiz in einem schönen Gebirgsdorf namens Djupvenshetten!«

Beide mußten lachen, und Thompson sagte, zu Phillip gewandt: »Was das gute Gewicht angeht, Sir ... Glauben Sie, daß wir was zu essen bekommen, wenn wir wieder in der Höhle sind? Ich könnte jetzt sogar Ziegenfleisch verschlingen, obwohl ich ein ganzes Monatssold für eine anständige Portion Steak geben würde, so wahr mir Gott helfe.«

»Ich auch«, pflichtete ihm Cochrane bei. Auch er wandte sich an Phillip. »Was meinen Sie, werden wir morgen zurück zum Schiff aufbrechen, Sir?«

»Ich hoffe es, Mr. Cochrane – vorausgesetzt natürlich, der Pascha ist bereit, uns zu begleiten. Ohne ihn können wir nicht aufbrechen.« Er lächelte alle freundlich an. »Sie haben sich gut geschlagen. Ich verspreche Ihnen, wenn wir an Bord der *Huntress* zurück sind, dann werden Sie alle drei ...«

Donnernde Hufe unterbrachen ihn. Der Lärm kam aus einer baumbestandenen Senke, links von ihnen, kaum breit genug, um als Tal zu gelten. In stillschweigender Übereinkunft ritt die ganze Gruppe vor, um zu sehen, was sich da tat, als Selina aufschrie.

»Sehen Sie nur!« bat sie Phillip aufgeregt, als er auf der Anhöhe vor der Senke neben ihr hielt. »Einer von unseren Reitern – und die Kosaken hetzen ihn. Er muß verwundet sein ...« Sie verstummte fast und schluchzte: »Lieber Gott, mein Vater!«

Yusef ritt neben sie, und sie wandte sich weinend und mit fahlem Gesicht an ihn und sprach, unverständlich für die anderen, auf ihn ein.

In der fallenden Dämmerung konnte man den fliehenden Reiter nicht genau erkennen, aber als er näher kam und aus dem Schatten der Bäume galoppierte, entdeckte Phillip ein Stück zerrissenen weißen Stoffs an seinem rechten Arm, der mal eine Schlinge hätte sein können. Er war sich nicht so sicher wie Selina über die Identität des Mannes, doch dann war er sich im Herzen klar, daß sie sich nicht geirrt haben konnte: Der Reiter war ihr Vater. Der Oberst lehnte sich vor, klammerte sich an die struppige Mähne des Pferdes, und als das tapfere kleine Tier nach oben sprang, schwankte der Oberkörper von einer Seite auf die andere, als mühe er sich verzweifelt, im Sattel zu bleiben.

Weniger als 25 Meter trennten ihn von einer schreienden Gruppe von etwa 40 bis 50 Kosaken, die in einer Linie hinter ihm her jagten. Die Führer hatten bereits ihre Lanzen gesenkt, weil sie das schnelle Ende der Verfolgung offenbar gleich erwarteten. Ganz offensichtlich konnten sie die Jagd zu jedem gewünschten Zeitpunkt beenden, doch sie spielten mit ihrer unglücklichen Beute, jagten den Oberst hierhin und dorthin, ließen ihm etwas mehr Vorsprung oder schnitten ihm mit lauten Rufen den Weg ab und zwangen ihn so, auf seiner Flucht umzukehren. Sie klangen wie ein Rudel bellender Hunde, die ihr Opfer gleich zerreißen würden. Phillips Blut erstarrte, als er das hörte, und während er nach einem Ausweg suchte, irgendeinem, um die Bluthunde von ihrer Beute wegzuführen, damit der alte Oberst entkommen konnte, war ihm klar, daß er keine Zeichen unerhörter Tapferkeit oder Opferbereitschaft von dem Dutzend tscherkessischer Pferdewächter erwarten konnte, die Yusef, des Paschas Sohn, eingesammelt hatte. Sie hatten alle nicht das Kaliber Dafirs. Und hatte der Oberst nicht selbst gesagt, sie würden nie angreifen, wenn sie keine Chance sahen? Jetzt stand alles gegen sie, also kam ein Angriff nicht in Frage ... Dabei sah Yusef aus wie jemand, der einen Angriff führen würde. Doch sie waren viel zu wenige, als daß sie damit Erfolg haben könnten. Aber alle konnten schießen, und vom Hang unter ihnen war die Entfernung nicht groß, und es gab genügend Deckung.

Phillip wandte sich an Cochrane, der hellwach neben ihm hielt. »Sehen Sie die Anhöhe hinter der Baumgruppe rechts, Mr. Cochrane? Nehmen Sie mit, wen Sie können – zu Fuß, lassen Sie nur ein paar Männer bei den Pferden zurück. Verteilen Sie sich alle auf der Anhöhe. Eröffnen Sie das Feuer auf die Kosaken, sobald diese in Reichweite sind. Schießen Sie auf die Pferde der Anführer. Gehen Sie sparsam mit der Munition um, wir können nichts verschenken, jeder Schuß muß sitzen.« Er schob ihm ein paar Patronen in die Tasche und gab ihm seinen eigenen Patronenbeutel. »Nehmen Sie das auch noch mit. Ich will ihn zurückhaben, wenn ich zu Ihnen stoße. Wenn Sie Ihre Stellung erreicht haben, brüllen Sie alle, so laut Sie können. Irgend etwas, es ist ganz egal, und lassen Sie die Tscherkessen mitbrüllen. Es muß sich so anhören, als seien dort viel mehr von uns, verstehen Sie? Also, auf und los – und viel Glück!«

Cochrane war schon aus dem Sattel geglitten und machte sein Gewehr bereit.

»Noch etwas«, sagte Phillip, ehe er ihn gehen ließ, »wenn mir irgend etwas passiert, ist es Ihre Aufgabe, Serfir Pascha nach Jelenik zu schaffen – und sonst gar nichts, Mr. Cochrane.«

Zackig antworte Cochrane »Aye, aye, Sir!« und sammelte seine kleine Kampftruppe. Er verlor keine Zeit, und Erikson und Thompson gingen nicht sehr sanft mit den Tscherkessen um, die zögerten, seine lauten und ihnen unverständlichen Befehle zu befolgen. Um ihnen die Aufgabe zu erleichtern, rief Phillip nach Selina als Dolmetscherin. Sie übersetzte für ihn, und er spürte, wie sie ihr Pferd auf den Rand zu lenken wollte.

»Bleiben Sie hier«, herrschte er sie an. Er war erschrocken, als sie sich umdrehte und ihn anschaute, das blanke Elend in ihrem weißen Gesicht. »Ich brauche Sie hier«, bat er sanft, »Sie müssen Yusef sagen, was er tun soll und die Pferde dort halten ...«

»Pferde!« Voller Wut und Verachtung schleuderte sie ihm das Wort entgegen. »Yusef weiß das besser als Sie. Mein Vater braucht mich, sehen Sie das nicht? Die Kosaken machen sich einen Spaß mit ihm. Sie jagen ihn wie ein Tier! Und Sie glauben, Sie können sie mit Gewehren aufhalten? Er braucht mich ...« Ohne auf eine Antwort zu warten, bewegte sie sich den Hang hinab, und ihr Pferd rutschte über die losen Steine und den Schutt, mit dem er übersät war.

»Nein«, rief Phillip ihr entsetzt nach. »Kommen Sie zurück, Selina, kommen Sie zurück, in Gottes Namen.«

Sie ignorierte sein Rufen, und er hatte keine andere Wahl, als ihr zu folgen. Das Minié-Gewehr, das er gerade vom Rücken genommen hatte, hielt er jetzt in der Hand. Er würde es auf dem Pferderücken wahrscheinlich kaum richtig nutzen können, aber er konnte die Waffe nicht einfach wegwerfen, also warf er sie sich wieder über die Schulter und zwang sein zögerndes Pferd hinter Selina her den steilen Berghang hinab. Das Pferd rutschte auf der gefährlichen Schräge, warf ihn fast über den Kopf, aber es gelang Phillip irgendwie, sich in den Sattel zurückzuzwängen. Selina war so weit vor ihm, daß er schon daran zweifeln wollte, ob er sie je einholen könne. Doch er preschte voran, wie besessen, sie zurückzuholen, und falls er es nicht schaffte, sie wenigstens so lange im Blick zu behalten, bis keine Gefahr mehr für sie bestand.

Ein scharfer Musketenknall war hinter ihm zu hören, dann folgten ein zweiter, ein dritter. Er nahm an, Yusefs Pferdewächter schossen vom Bergkamm. Diese Narren! Sie verschwendeten nur Munition. Die Kosaken waren auf der anderen Seite des Tals außer Schußweite und machten selbst solchen Lärm, daß sie die Schüsse wahrscheinlich gar nicht wahrnahmen. Er hoffte fiebernd, daß Cochrane die Männer unter Kontrolle halten würde, die er zum Kamm mitgenommen hatte. Sie sollten ihr Feuer zurückhalten und erst im rechten Augenblick schreien und brüllen. Leider hatte er Yusef nicht mehr auftragen können, die Extra-Pferde los zu binden und sie nach unten durch die Bäume galoppieren zu lassen, um die Kosaken zu verwirren. Alles hing davon ab, den Feind zu verwirren und ihn überraschend anzugreifen ... ihn hart zu treffen, wenn er einen Angriff am wenigsten erwartete und ihn dann dort zu halten, damit der Oberst seine Chance zur Flucht bekam. Phillip ging immer noch davon aus, daß sie die Jagd noch zu keinem teuflischen und blutigen Ende gebracht hatten, ohne auf diese Seite des Tals zu kommen – in Schußweite von Cochrane und seinen wartenden Schützen. Aus plötzlicher Sorge hielt Phillip an und riskierte einen suchenden Blick über das schattige Tal hinweg.

Doch die Jagd war noch nicht aus. Die Kosaken kamen zurück, und Phillip sah, daß sie ihr Opfer immer noch mit schrillen Schreien und Rufen vor sich her trieben ... Wenn der arme alte Oberst und sein deutlich ermüdetes Pferd es noch ein bißchen aushielten, hatte er aber eine Chance. Phillip trieb sein eigenes Pferd in einen gefährlichen Galopp und war endlich in Hörweite von Selina. Er rief ihr zu, zurückzukehren oder wenigstens auf ihn zu warten. Entweder hörte sie ihn nicht oder hatte beschlossen, ihm nicht zu folgen, denn sie ritt in wildem Tempo voran und hielt die einsame fliehende Gestalt da unten im Blick. Ohne Rücksicht auf ihre eigene Sicherheit trieb sie ihr Pferd voran, ihr langes dunkles Haar wehte hinter ihr aus, und mit ihrem außerordentlichen reiterlichen Können und ihrem leichten Gewicht war Phillips Lage hoffnungslos – die Entfernung zwischen ihnen wurde immer größer.

»Selina!« rief er verzweifelt. »Sie können ihm allein nicht helfen ...« Und da sah er, wie sich ihre kleine Gestalt aufrichtete, als das Pferd des Obersten über ein Hindernis im Weg stolperte. Wie durch ein Wunder kam es mit fliegenden Flanken wieder hoch, getrieben von den gellenden Schreien der verfolgenden Kosaken. Einer, ein schwarzbärtiger Riese, jagte vor allen anderen dahin, um das erschöpfte Pferd mit seiner Lanzenspitze voranzutreiben und ritt dabei lässig kleine Halbkreise, um auf dieselbe Weise dem Oberst die Fellmütze vom Kopf zu spießen. Der Triumphschrei des Mannes bei der Rückkehr zu seinen Kameraden, wobei er die Mütze wie eine Trophäe arrogant in der Luft schwenkte, war mehr, als Phillip aushalten konnte. Er fühlte wilde Wut in der Kehle, brachte sein Pferd zum Stehen, nahm das Gewehr von der Schulter, legte an und jagte einen Schuß auf die Reihe galoppierender Reiter.

Er hatte hastig gezielt, hatte mehr aus dem Wunsch gefeuert, seiner Wut Luft zu machen, als in der Hoffnung zu treffen, und staunte ungläubig, als der große Kosak sich an die Brust griff und dann langsam aus dem Sattel vor seine brüllenden und tobenden Kameraden fiel. Sie konnten nicht mehr ausweichen, und der Schreckensschrei des Riesen endete abrupt, als die donnernden Hufe seinen Körper zu blutigem Brei zertrampelten.

Die Pferde rasten, ohne ihre Tempo zu verlangsamen, und ließen eine formlose Masse hinter sich, die mit einer menschlichen Gestalt keine Ähnlichkeit mehr hatte. Phillip gestattete sich ein böses Grinsen, als er sah, wie die Pelzmütze des Obersten, zertreten, aber erkennbar, hinter ihnen her über den felsigen Grund kullerte.

Einen Augenblick später kam ein Geschoßhagel vom Kamm oben. Phillip schüttelte seine Gedanken an die Mütze ab und wußte, daß Cochrane genau zur richtigen Zeit das Feuer auf den Feind eröffnet hatte. Die erste Salve leerte drei weitere Kosakensättel, und die anderen, die das unerwartete Ergebnis ihrer blutigen Verfolgungsjagd überraschte, gaben sofort auf, wie er gehofft hatte. Sie zügelten die Pferde, zögerten und drehten um, bildeten zwei enge Reihen, um abzuwehren, was sie für einen kräftigen Angriff auf ihre Flanke halten mußten. Sie suchten eifrig den Berghang im engen Tal ab, um die Angreifer auszumachen.

Selbst im schwindenden Licht würden sie nicht viel Zeit benötigen, um festzustellen, daß sie nur von einer Handvoll Männer angegriffen wurden, das war Phillip klar. Und dann ... ihn schauderte unwillkürlich bei dem Gedanken. Doch in diesem Augenblick hatte der unerwartete Feuerüberfall sie zum Halten gebracht und dem alten Oberst kurz Luft verschafft. Hoffentlich war der alte Haudegen nicht zu schwer verwundet, um die Chance zu nutzen und davonzukommen. Sein Pferd hatte etwa 200 Meter vor den Kosaken gehalten, doch Selina bewegte sich mit ihrem Pferd den Hang hinab auf ihn zu, schlängelte sich geschickt durch eng stehende Bäume, verschwand kurz in tiefen Schatten und wurde wieder sichtbar, als die Bäume weniger dicht standen. Sie mußte einen Umweg machen, um nicht in Cochranes Schußfeld zu geraten, aber sie ritt sehr schnell und würde ihren Vater bald erreichen haben. Phillip war zufrieden, daß ihr keine unmittelbare Gefahr drohte und wandte seine Aufmerksamkeit seiner nächsten Umgebung zu.

Die Tscherkessen taten alles in ihrer Macht, um den Eindruck zu erwecken, daß sie in großer Zahl angriffen, und die wilden Schlachtrufe fanden in den umliegenden Hügeln und Bergen ein blutrünstiges Echo und mischten sich in die lauten Hurrarufe seiner eigenen Leute. Solcher Lärm hätte jede weniger erfahrene Truppe in Angst und Schrecken versetzt, aber die Kosaken ließen sich offensichtlich nicht täuschen, sondern blieben wachsam. Sie hielten die Stellung und erwiderten mit Pistolen und Karabinern in einer lockeren Salve das Feuer, zielten auf alles, was sie noch erkennen konnten. Sie saßen noch immer im Sattel, bereit, sich schnell zurückzuziehen, falls es nötig wäre, oder im anderen Fall anzugreifen und den noch immer unsichtbaren Feind zu stellen.

Ungefähr ein Dutzend, wahrscheinlich sorgfältig ausgewählte Schützen, trabte nach rechts davon und ließ die Hauptstreitmacht zurück. Sie führten die Pferde am lockeren Zügel in den Schutz von Bäumen und Büschen, die die Talsohle säumten. Phillip war klar, daß er jetzt nicht mehr hier bleiben konnte. So ritt er in den Schutz eines bewachsenen Felsens und band sein Pferd an einen Busch, der aus einer Furche in der gebrochenen unebenen Fläche wuchs. Er lud sein Minié-Gewehr und wurde einen Augenblick unruhig, als er nach seinem Munitionsbeutel suchte und sich erst dann erinnerte, ihn mit aller übrigen Munition Cochrane gegeben zu haben. Doch sein Stellvertreter verwendete die Munition sehr viel besser, als er selbst es hätte können. Drei Schuß blieben ihm – zusätzlich der Kugel, die im Lauf steckte. Und das mußte reichen, bis er wieder zu Cochrane und seiner Gruppe oben auf dem Kamm gestoßen war.

Nach dem Tempo zu urteilen, in dem geschossen wurde, würde die Munition aber nicht lange reichen, kaum länger als seine eigene, doch die Männer erreichten viel mehr, als Phillip gehofft hatte ... und das war allein Cochranes Verdienst. Er hatte sogar die Tscherkessen gut im Griff. Er hatte sie gut plaziert und konnte jetzt die ganze Kosakenpatrouille niederhalten. Indem sie sich verteidigen mußten, verhinderte Cochrane, daß sie den Oberst weiter verfolgten und gefangennahmen.

Wie auch immer, Phillip zog besorgt die Augenbrauen zusammen. Die Kosaken schossen zurück und waren viel zahlreicher als seine Leute. Cochrane konnte also so eine exponierte Stellung nicht unbegrenzt halten, Ausfälle waren zu erwarten, und er würde sich gezwungenermaßen zurückziehen müssen, wenn die Munition ausging – es sei denn, Serfir hörte ihr Schießen und schickte Verstärkung. Die Tscherkessen würden vielleicht fliehen, wenn sie keine Patronen mehr hatten, und Cochrane und seine Bootskameraden allein zurücklassen, und auch Phillip könnte sie dabei nicht aufhalten ... Er sah in den dunkelnden Himmel hoch. Sobald er ganz sicher war, daß Selina und ihr Vater das Tal verlassen hatten, wollte er Cochrane signalisieren, sich ganz nach oben zurückzuziehen. Mit diesem Entschluß und dem Gewehr im Anschlag hob er den Kopf vorsichtig über die schützenden Felsen. Selina würde nun genügend Zeit haben ... Einer der Scharfschützen der Kosaken feuerte auf ihn, und die Kugel schlug nur wenige Zentimeter neben seinem Kopf ein und überschüttete sein Gesicht und seinen Hals mit einem Schauer von Felssplittern. Beim Zielen hatte der Mann sich gezeigt, und Phillip feuerte jetzt seinerseits auf ihn und ließ sich dann in die Deckung zurückfallen. Zufrieden hörte er seinen Angreifer schwer in die Büsche stürzen, in denen er sich bisher verborgen hatte.

Dem folgte ein wildes Schießen, das auf den nicht nachgebenden Stein gerichtet war, hinter dem Phillip klugerweise Schutz gesucht hatte. Ihm wurde klar, daß die Kosaken bestimmt keinen Mangel an Munition hatten, wenn sie, so wie jetzt, sinnlos auf einen großen Felsen ballerten. Doch wenigstens zog er so das Feuer von den Verteidigern oben ab. Das war gut so, dennoch bedauerte er, daß sein Blick auf das andere Ende des Tales so kurz und wenig erhellend gewesen war. Es schien verlassen bis auf einen Schatten am Rand der Bäume, nicht weit von der Stelle entfernt, an der er Oberst Gorak und Selina zuletzt gesehen hatte, als sie ganz ruhig auf ihn zu ritten.

Es war mehr ein dunkler Fleck als ein Schatten. Doch vielleicht stellte er sich die Ähnlichkeit mit einem bewegungslosen Reiter nur in seiner Phantasie vor. Aber war er sich dessen so sicher? Er mußte jeden Zweifel beseitigen, ehe er Cochrane das Zeichen zum Rückzug geben konnte. Denn wenn der Oberst immer noch unten im Tal war, wären alle Versuche, ihn zu retten, vergebens gewesen. Diese verdammten Kosaken, die ihre Munition verschwendeten! Fluchend rammte Phillip eine neue Patrone in sein Minié-Gewehr.

Er mußte unbedingt das Tal noch einmal und sehr sorgfältig mit dem Fernglas absuchen, ehe das Licht verschwand. Er überlegte, ob er sich zu Cochrane zurückziehen, von wo er einen ungehinderten Blick hatte, oder ob er hier bleiben sollte, um den Versuch von der anderen Seite des Felsens zu unternehmen. Wenn er zu Cochrane stieß, müßte er ihm sein Pferd übergeben, denn es wäre Wahnsinn, bergauf zum Kamm zu reiten – dafür war es hier viel zu steil, und er würde viel zu viel Lärm machen. Zu Fuß hatte er die besten Chancen. Natürlich könnte einer der versteckten Scharfschützen ihm eine Kugel in den Rücken jagen, ehe er die ersten Meter zurückgelegt hatte. Also war es wohl besser, entschied er, hier zu bleiben, wo er einigermaßen Deckung gefunden hatte – jedenfalls solange, bis er das Tal zum zweitenmal inspiziert hatte. Bisher war es den Kosaken nicht gelungen, ihn zu vertreiben, und solange er mit seinem Gewehr noch feuern konnte, würden sie sich fern genug von ihm halten. Mit nur einer Kugel und zwei weiteren Patronen würde sein Gewehr ihm nicht länger nützen. Natürlich wußten die Kosaken nicht, wie wenig Munition er noch hatte. Wenn er sie bis zum Beginn der Dunkelheit fern halten konnte und wenn die Leute oben auf dem Kamm ... Irgend etwas bewegte sich dicht vor ihm, und er erkannte den bleichen Schatten eines Gesichts im Halbdunkel, ein Gesicht mit dunklen Brauen und einem Bart unter einer hohen Bärenfell-Papenka. Er feuerte, einen Bruchteil schneller als der Kosak seine Verblüffung überwinden konnte. Auf diese kurze Entfernung konnte Phillip nicht vorbeischießen.

Das Gesicht veränderte sich, und Phillip starrte auf das, was übrig geblieben war. Seine Handflächen waren glitschig vom Blut, und Gehirn war ihm ins Gesicht und über den Mantel gespritzt. Lieber Gott, dachte er entsetzt, wie dicht konnte der Mann ungesehen herankommen! Phillip hatte kein Geräusch wahrgenommen, nur das Feuern der Musketen und gelegentliche Rufe und Schreie von hoch oben. Doch der Mann, den er gerade getötet hatte, hätte ihn um Haaresbreite erledigen können. Wahrscheinlich warteten weitere Kosaken, um den gleichen Trick zu versuchen – es sei denn, der Schuß und das Schicksal ihres Kameraden hatte sie abgeschreckt – für eine gewisse Zeit wenigstens.

Phillip wischte mit dem Handrücken über Stirn und Wangen und wartete angespannt, strengte seine Ohren an, und schob dann den Körper von sich weg. Er haßte die Berührung des noch warmen Fleisches mit seinem. Der Karabiner des Mannes klapperte vor seine Füße. Er ergriff ihn und suchte – nach einem zweiten Gedanken – unter der grob gewebten Cherkeska nach den Patronentaschen und der Pistole des toten Kosaken. Ohne Überraschung stellt er fest, daß die Tasche fast leer war. Und auch die Patronenhalter vorn auf der Cherkeska waren fast leer. Doch Pistole und Karabiner waren noch geladen und würden sich vielleicht nützlich erweisen, wenn wieder einer den Versuch unternehmen würde, ihn zu vertreiben. Er lauschte, weil er fast so etwas erwartete. Doch nichts deutete auf einen nahen Angriff hin, obwohl die Kosaken immer noch in seine Richtung feuerten. Erleichtert schob er die Pistole in den Gürtel und verließ sich lieber, solange es ging, auf seine eigene Waffe. Also lehnte er den Karabiner neben sich an den Felsen und lud erneut das Minié-Gewehr.

Eigentlich wartete er jetzt auf den Angriff. Doch dann fiel ihm ein, daß genau jetzt die beste Gelegenheit sein müßte, das Tal zu inspizieren. Er zog das Glas aus der Brusttasche, damit er es sofort benutzen konnte, und schob sich langsam am Rand des Felsens entlang, jeder Sinn hellwach. Es war plötzlich ungewöhnlich still. Das Feuer von der Höhe war praktisch verstummt, und nur gelegentlich fiel ein einzelner Schuß aus Richtung der Kosaken. Das wunderte Phillip und machte ihn gleichzeitig besorgt. Er wollte den Grund wissen. Als er den gewünschten Beobachtungspunkt erreicht hatte, entdeckte er entsetzt, daß die meisten Kosaken abgesessen waren, bis auf ein paar Pferdewächter. Alle anderen kamen zu Fuß den Hang hinauf. Mit schußbereiten Karabinern hatten sie sich in Angriffslinie formiert, ehe sie die Baumlinie erreichten. Offensichtlich wollten sie den letzten Angriff starten, ehe die Dunkelheit ihrem Gegner die Flucht ermöglichte.

Phillip beobachtete sie einen Augenblick lang und fluchte dabei in ohnmächtiger Wut. Dann verließ er schnell seine Dekkung und winkte mit dem Gewehr über dem Kopf Cochrane zu, seinen Rückzug nicht länger zu verschieben. Der Kamm war in der Dämmerung nur als schwache Linie zu erkennen, und er mußte zweimal rufen, ehe ein Flattern von etwas Weißem ihm antwortete. Wieder winkte er mit seinem Gewehr in Richtung nach oben und bekam diesmal sofort eine Reaktion – vom Kamm her und von einem Reiter auf der Bergspitze, den er für einen von Serfirs Tscherkessen hielt. Er war zufrieden, daß man das Signal wahrgenommen hatte und es bereits befolgte, also zog er sich geduckt in den Schutz des Felsens zurück. Ein halbes Dutzend Musketenkugeln jagten in ungemütlicher Nähe über seinen Kopf hinweg. Erleichtert stellte er fest, daß die Scharfschützen der Kosaken diesmal wohl gedöst oder zu sehr auf ihre Kameraden geachtet hatten, die sich von unten den Hang hinauf arbeiteten, und ihn deshalb nicht bemerkt hatten. Doch die Erleichterung verschwand sofort, als sie ihm wieder ihre ungeteilte Aufmerksamkeit widmeten und seine Deckung so heftig unter Feuer nahmen, daß er sein Fernglas hinter dem brusthohen Felsen nicht benutzen konnte. Er versuchte es ein paarmal vergeblich und entschied dann, er müsse sich jetzt zurückziehen oder riskieren, von den emporsteigenden Angreifern überrannt zu werden.

Er wußte, daß er das etwas zu spät tat, und fragte sich aus diesem Grunde, ob er sich nicht solange wie möglich einfach seinem Pferd überlassen und einen Umweg durch die Bäume links von sich wählen sollte, weg von der sich nähernden Schützenlinie. Wenn er das Pech hatte und dabei auf die stieß, die ihn so heftig unter Feuer nahmen, könnte er ihnen auf dem Pferderücken vielleicht noch entkommen, und wenn er nichts anderes als das tun könnte, dachte er ingrimmig, dann würden sie dabei wenigstens ihren Spaß an ihm haben. Seinem Pferd machte die ganze Schießerei offenbar nichts aus. Es zupfte ruhig die Blätter des Busches, an den er es gebunden hatte. Doch als er sich bückte, um die Zügel loszubinden, hob das Pferd den Kopf und scheute, wieherte aus plötzlicher, unverständlicher Angst.

»Ruhig, ganz ruhig«, sagte Phillip sanft. »Wir sind gleich weg von hier.« Und dann drehte er sich um, so erschreckt wie sein Pferd, denn eine kleine Lawine aus Erde und losen Steinen raste irgendwo hinter ihm nach unten. Er hatte das Minié-Gewehr schon fast im Anschlag und senkte es wieder, als er merkte, daß ein Mann zu Pferde, der sich ihm von oben näherte, den Erdrutsch ausgelöst hatte.

Der einsame Reiter hatte seinen Abstieg oberhalb des Kammes begonnen, wo jetzt jemand – ein großer Schatten gegen den Himmel – sein Gewehr in den Himmel hob, vielleicht Thompson. Es war zu dunkel, um das Gesicht des Reiters zu erkennen. Zuerst dachte Phillip, es sei Cochrane, der verrückt genug war, seine Befehle nicht zu befolgen, um ihn zu retten, statt die Männer wegzuführen, für die er zu sorgen hatte. Doch Anthony Cochrane mißachtete eigentlich Befehle nie ... und sein Stellvertreter konnte auch das Signal nicht mißverstanden und es als Aufforderung zur Hilfe begriffen haben. Der Teufel soll ihn holen, dachte Phillip zornig. Auch wenn er das Signal mißverstanden hatte, durfte er seinen Hals nicht auf diese unverantwortliche Weise riskieren – hatte er denn den Verstand verloren? Es war reiner Wahnsinn, einen solch steilen Hang, der mit so vielen Hindernissen übersät war, geradeaus hinab zu reiten – selbst bei Tageslicht. Auch der erfahrenste Reiter wäre dabei überfordert, und wie Phillip selbst war auch Cochrane alles andere als ein guter Reiter. Warum nur war er nicht in Deckung geblieben und in vernünftigem Tempo abgestiegen? Obwohl es kaum noch Tageslicht gab, konnten die Kosaken seinen donnernden Abstieg schwerlich überhören, selbst wenn sie den Mann noch nicht ausgemacht hatten. Gleich würden ihn die abgesessenen Reiter erwarten und auf ihn schießen.

Phillip spürte, wie seine Bauchmuskeln sich zu einem harten, schmerzenden Knoten verkrampften. Er widerstand dem Impuls, seinem Stellvertreter zuzubrüllen, gefälligst zwischen den Bäumen zu verschwinden, was er selbst sich eben auch vorgenommen hatte. Jetzt war es dazu zu spät. Cochrane kam viel zu schnell, um noch die Richtung zu ändern. Gott steh ihm bei! Wenn wie durch ein Wunder sein Pferd nicht über einen unsichtbaren Felsen stürzte, hatte er noch die Chance, daß ihn sein Tempo durch die wartenden Feinde trug. Aber die Chance war gering, und Phillip konnte für den Mann nichts mehr tun. Selbst wenn er jetzt aus der Deckung rennen oder reiten würde, um ihm zu zeigen, daß er keine Hilfe benötigte, würde das nicht mehr viel nützen – er würde nie das Feuer von 40 Kosaken auf sich ziehen können.

Und so trat er hinter dem Felsen hervor, wohl wissend, daß er sich jetzt auch unverantwortlich verhielt. Doch er konnte nicht einfach dabeistehen und zuschauen, wie Anthony Cochrane in den Tod ritt, ohne nicht wenigstens einen Versuch zu unternehmen, wie hoffnungslos auch immer, ihn zu retten.

Gegen den dunkler werdenden Himmel sah er noch immer die unscharfen Umrisse von Männern und Pferden, aber es schien, als würde von dort keine Hilfe kommen. Also wandte er sich wieder dem Reiter zu, der so halsbrecherisch auf ihn zu ritt. Jetzt konnte er ihn zum erstenmal deutlich erkennen und ihm wurde plötzlich klar, daß es nicht Cochrane sein konnte, sondern irgend jemand anderer. Nur sehr wenige Engländer würden so reiten können wie dieser Mann, und schon gar nicht

Cochrane, der seit seinem dreizehnten Lebensjahr zur See gefahren war.

Dieser Mann war Tscherkesse, für den Sattel geboren und erzogen, dachte Phillip dankbar, und seine Kunst würde ihm eine bessere Überlebenschance geben. Er war ein superber Reiter, die Bewegungen seines Körpers harmonierten so mit denen des kleinen, struppigen Tatarenpferdes unter ihm, daß beide eine untrennbare Einheit schienen. Er näherte sich kühn, schien jeden Versuch zur Deckung zu verachten. Weil er so schnell war und so häufig die Richtung wechselte, stellte er ein schwieriges Ziel dar. Nach ein paar schlecht gezielten Schüssen auf ihn, die weit vorbei gingen, stellten die Kosaken das Feuer ein. Wieder einmal war das ganze Tal gespenstisch still und hing voller Drohungen. Fasziniert und entsetzt nahm Phillip das Knallen galoppierender Hufe wahr, das an sein Ohr drang. Der Kampf, der bis eben gedauert hatte, und seine eigene gefährliche Lage waren im Augenblick vergessen. Er hörte nur die Hufe, als Roß und Reiter rasend schnell näher kamen, und dann erkannte er die hohe Astrachan-Mütze wieder und das wölfische Aussehen von Serfirs Sohn Yusef. Schrecken löste jetzt Verblüffung ab.

Yusef war ein erfahrener Bergkämpfer mit all der instinktiven Vorsicht und dem ganzen Können seiner Rasse. Nur so hatte er die Jahre dieses wilden Guerilla-Krieges überleben können. Und sicherlich war er sehr erfahren in dieser Art schneller Überfälle, die Oberst Gorak beschrieben hatte. Warum also forderte er mit seinem wilden einsamen Ritt das Schicksal heraus? Er hatte doch sicher die Bewegungen und die große Zahl der Gegner genau beobachtet, und er mußte wissen, daß er direkt in ein Wespennest bewaffneter und rachsüchtiger Kosaken ritt. Kein Tscherkesse außer Yusef würde ein solches Risiko auf sich nehmen, es sei denn, er war wahnsinnig. Und das alles für einen erst eben gewonnenen britischen Verbündeten, dem er nichts schuldete? Für Oberst Gorak, vielleicht, für Selina ... lieber Gott ja, für Selina würde so ein Mann sicher

Leib und Leben aufs Spiel setzen. Aber das hieß ... Yusef änderte plötzlich die Richtung. Er richtete sich in den Steigbügeln auf und stieß einen durchdringenden Schlachtruf aus, der wohl nur als Signal für die gelten konnte, die er oben auf dem Berg zurückgelassen hatte. Und dann schoß er in die Luft. Er ließ sein Gewehr fallen und zog sich mit einem kräftigen Drehen von Hüften und Schultern aus dem Sattel und setzte den Ritt fort, ohne viel sehen zu können, halb unter das Pferd geklemmt und geschützt durch dessen struppigen Leib.

Das war großartiges, reiterliches Können auf einem gefährlichen unebenen Hang. Yusef schob sich etwas nach rechts und bewegte sich auf die Bäume unten zu. Phillip erwachte aus seiner Trance, als er spürte, daß die Wespen aus dem Nest gerade ausschwärmten. Er zielte mit seinem Minié-Gewehr auf das nächste Mündungsfeuer, drückte ab und sprang in die Dekkung zurück. Blind tastete er den Felsen nach dem eroberten Karabiner ab, den er dort angelehnt hatte ... wann eigentlich, lieber Himmel? Doch erst vor ein paar Minuten. Er schüttelte wie betäubt den Kopf und meinte, ein halbes Leben sei vergangen, seit er hinter dem Felsen Deckung gesucht hatte.

Seine tastenden Finger schlossen sich um den Lauf der Waffe, die er gesucht hatte, doch sein Pferd, erschreckt durch sein plötzliches Wiedererscheinen, scheute, richtete sich auf und sein Gewehr flog davon. Er stürzte dabei schwer gegen die moosbewachsene Seite seines Verstecks. Phillip packte den Zügel und fluchte leise, als er sich aufrichtete. Dann beruhigte er das erregte Pferd, nahm die letzte Patrone und schob sie, sich dieser letzten Möglichkeit wohl bewußt, in den Lauf. Jetzt waren im ganzen Tal Musketenschüsse zu hören und die lauten drohenden Rufe eines Feindes, der zum tödlichen Angriff antrat.

Yusef hat nicht die kleinste Chance durchzukommen, dachte er wütend, trotz des spektakulären und gänzlich unerklärlichen Rittes. Jetzt kam er, getrieben von einem Hagel von Kugeln, aus den Linien der Angreifer zurück. Ihr ganzes Feuer war fast nur auf ihn gerichtet. Einige Schüsse galten einem Ziel links von ihm, das Phillip nicht ausmachen konnte, doch Yusef jagte mit selbstmörderischer Entschlossenheit durch diesen Hagel, er, der ... Aus einem Busch tauchte ein Kosak mit angelegtem Karabiner auf. Wie sein Kamerad vorhin war er ungesehen nach oben gekrochen und war dem Felsen sehr nahe gekommen, den er offensichtlich für unverteidigt hielt. Phillip schoß, ehe der Mann auf Yusefs schwitzendes Pferd zielen konnte, und dem grelle Pfeifen der Minié-Kugel, die auf ihr Ziel zu jagte, folgte gleich darauf ein unterdrückter Aufschrei.

Aber Phillip wußte, daß es so nicht weitergehen konnte. Ihm wurde vor Verzweiflung übel, als er so warten mußte, mit dem jetzt nutzlosen Gewehr in beiden Händen. Dies also würde das Ende sein, für Yusef bestimmt und wahrscheinlich auch für ihn selbst, es sei denn, ihm gelang die Flucht, ehe die Angreifer seine Stellung überrannten. Es ging ihm sehr gegen den Strich, Yusef seinem Schicksal zu überlassen, aber er hatte eine Aufgabe, befahl sich Phillip zur Disziplin. Er strengte Augen und Ohren an, um in der dunstigen Dunkelheit die ersten Anzeichen für die nächsten Ereignisse auszumachen. Serfir mußte nach Jelenik zu dieser überaus wichtigen Konferenz mit den Türken begleitet werden, und Phillip gefiel ganz und gar nicht, daß er es sein würde, der dem Tscherkessenhäuptling die Gefangennahme oder gar den Tod seines Sohnes würde melden müssen. Aber das wäre seine Pflicht, und ungeachtet der Trauer müßte er Serfir daran erinnern, seine Zusage zu halten. Solche Verantwortung könnte er nie an Cochrane delegieren. Er könnte nichts zum glücklichen Verlauf der Ereignisse beitragen, wenn er hier bliebe, nur mit einer Pistole bewaffnet. Ihm war nur zu deutlich geworden, daß er Yusef nicht helfen konnte. Die Kosaken würden keine Gnade walten lassen, wenn sie ihn hier praktisch ohne eine Waffe fänden ... Doch bisher habe ich Glück gehabt, sagte er sich plötzlich wieder voller Hoffnung. Die Angreifer waren nicht näher gekommen, und das gab ihm ein bißchen Luft.

Ein Entkommen war möglich, wenn sein Glück ihm treu blieb. Jetzt stand sein Pferd ganz ruhig da, und wenn er auf ihm davonjagte, würde er entkommen können, ehe die Kosaken seine Absicht erkannten. Selbst zu Fuß hätte er noch eine gute Chance, auf den Kamm zu gelangen, ehe sie ihn entdeckten. Doch ein Instinkt, stärker als jeder logische Gedanke, ließ ihn zögern, und seine aufglimmende Hoffnung erlosch wieder. Durch das Schreien der Kosaken hörte er jetzt deutlich einen Laut, auf den er unterbewußt schon gelauscht hatte. Ganz deutlich kam etwas Schweres nicht weit weg von ihm den Hang herunter. Sein Herz schien still zu stehen, und er fühlte, noch ehe sich umdrehen konnte, um dem Lärm entgegenzusehen, was er erblicken würde ... eine Kugel oder ein unerkanntes Hindernis hatte nun doch Yusefs Pferd straucheln lassen. Das Tier schrie vor Schmerz und rollte als grauer Schatten in der Dämmerung mit wild schlagenden Beinen herab. Phillip wartete und sah zu seinem Entsetzen, daß der Sohn des Paschas unter dem Pferd lag und sich trotz wilder Versuche nicht befreien konnte.

Doch Yusef lebte wenigstens noch. Ohne an die Folgen zu denken, rannte Phillip gebückt zu dem gestürzten Reiter, über 30 Meter felsübersäte Erde. Die Kosaken sahen ihn erst, als er bereits mehr als die Hälfte der Entfernung zurückgelegt hatte, und dann feuerten sie auf ihn – eher schnell als gezielt. Das schwache Licht erlaubte keine genauen Schüsse mehr, und obwohl Musketenkugeln wie wütenden Wespen ihn umschwirrten, erreichte Phillip sein Ziel unverletzt und warf sich hinter das liegende Pferd, das Gesicht zur Erde gewandt. Auf einen Blick sah er, daß es mit dem Pferd vorbei war, obwohl es tapfer immer noch versuchte, wieder auf die Beine zu kommen. Er wartete einen Augenblick, um wieder zu Luft zu kommen, und wünschte sich für Yusef, daß das arme Tier es doch schaffen würde. Doch Blut strömte aus einer Wunde in der Brust, und er konnte erkennen, daß ein Vorderbein gebrochen war. Er suchte nach seiner Pistole, die im Gürtel steckte, um diesem Leiden ein

Ende zu machen, da zitterte der Graue plötzlich und lag dann still. Yusef sprach auf das Tier ein, in einer Sprache, die wie Französisch klang, doch Phillip verstand ihn kaum, weil er sich unter dem toten Pferd hervorzubewegen versuchte, die Hände in Blut getränkt.

»Lassen Sie mich hier«, sagte der Tscherkesse plötzlich klar und deutlich auf Französisch. »Bringen Sie sich selber in Sicherheit, da kommen sie ...«

Phillip stemmte die Schulter gegen den Sattel und benutzte sein Minié-Gewehr als Hebel. Schließlich gelang es ihm, den Hinterleib des Pferdes hoch genug zu heben und den abfallenden Boden zu nutzen, auf dem sie lagen.

»Jetzt!« stöhnte er drängend, merkte, daß der tote Körper nachgab und sammelte alle Kraft, die er hatte. »Jetzt, Yusef!«

Der struppige Körper rutschte einen oder zwei Fuß weit nach unten, und Yusef konnte sich aus der Falle befreien, als der Kolben des Gewehr krachte und der Lauf abbrach. Yusef konnte gerade noch zur Seite rollen. Dann stricht er sich mit ängstlich tastenden Händen über sein ganzes rechtes Bein und fluchte dabei laut und lange in seiner eigenen Sprache. Phillip warf das Gewehr weg und zeigte auf den bewachsenen Felsen über sich, hinter dem er so lange Schutz gefunden hatte. Das Feuer der Kosaken war etwas schwächer geworden, doch ein oder zwei Kugeln schlugen allzu nahe ein.

»Können Sie laufen?« wollte Phillip auf Englisch wissen, weil ihm selbst diese einfachen Worte nicht in Französisch einfielen.

Yusef verstand die Geste, vielleicht sogar das Gesagte und seine Augen blitzen, als er das angebundene Pferd entdeckte. Er nickte zustimmend mit dem Kopf und bewegte sich so leicht, wie Phillip es nach diesem schweren Sturz eigentlich nicht erwartet hatte. Er bewegte sich als erster in Richtung auf den Felsen, glitt wie ein Schatten über die Erde und nutzte dabei die Deckung jeden Busches und jeden Steins. Er hinkte leicht, aber das war auch alles. Phillip folgte ihm längst nicht so geschickt und kam unter heftiges Feuer, so daß er die letzten 20 Meter auf dem Bauch kriechen mußte. Um ihn herum hagelte es Kugeln.

Als er erschöpft und außer Atem endlich den Felsen erreichte, wartete Yusef schon auf ihn, hatte das Pferd bereits losgebunden und den Zügel über den Arm gestreift.

»Erlauben Sie?« fragte er. Sein Französisch klang unsicher, doch sein Ton war das genaue Gegenteil davon, und Phillip starrte ihn verblüfft an.

»Sie meinen, Sie wollen mein Pferd haben?« Er zwang sein müdes Gehirn, die Worte zu übersetzen.

»Ich bedaure die Notwendigkeit«, sagte Yusef, »aber ja, so ist es.« Er deutete in den Himmel, von dem der letzte flüchtige Glanz des Tageslichts gerade verschwand. »Die verdammten Kosaken werden sich bald zurückziehen ... Die bleiben im Dunkeln nicht vor uns ... Hier sind Sie in Sicherheit. Haben Sie Waffen?« Phillip deutete auf seine Pistole, und der Tscherkesse runzelte die Stirn. »Lassen Sie sich nicht blicken«, riet er und schwang sich in den Sattel. »Sie werden Sie für tot halten und Sie allein lassen. Ich werde Sie beschäftigen, verlassen Sie sich darauf!«

»Aber wohin wollen Sie?« fragte Phillip plötzlich erregt. »Und was haben Sie in Gottes Namen vor?« Einen Augenblick glaubte er, Yusef wolle davonpreschen, ohne ihm eine Antwort zu geben, denn der nahm die Zügel auf und wendete das Pferd. Aber dann blühte in seinem Wolfsgesicht ein breites Lächeln, das dennoch grausam schien.

»Ich? Ich werde diesen mißgeborenen Kosaken einen weiteren Tanz vorführen«, sagte er stolz. »Die Hurensöhne werden sich den Hals brechen, ehe sie mich ein zweitesmal niederwerfen!«

»Aber warum?« Phillip fiel ihm in den Zügel und hielt ihn mit Gewalt zurück.

Erstaunt sah Yusef ihn an. »Haben Sie Oberst Gorak nicht gesehen?«

»Ist er nicht noch im Tal?«

»Aber natürlich. Und seine Tochter ist bei ihm. Ich führe diese hündischen Kosaken nicht aus Spaß zum Tanz. Meine Männer gewinnen Zeit, die beiden zu finden und sie zu einem sicheren Ort zu geleiten. Der Oberst ist schwer verwundet ...« Yusef hielt inne, weil er offenbar etwas gehört hatte, das für Phillip nichts bedeutete. Sein Ausdruck wurde hart. »Möge Allah sie in die ewige Verdammnis schicken. Sie brechen nicht auf, die Schweine. Tut mir leid, ich muß jetzt weg.« Und: »Ich bin tief in Ihrer Schuld, mein Freund, und so wollte ich mich eigentlich nicht bedanken. Aber zu Ihrem eigenen Schutz kann ich nicht mehr tun. Seien Sie versichert, ich komme zurück, sobald ich kann ...« Er zog seine Pistole aus dem Gürtel, und ehe Phillip auch nur ahnen konnte, was er vorhatte, traf der Griff der Pistole ihn mit betäubender Gewalt an der Schläfe.

Sein letzter Gedanke war, ehe erstickende Dunkelheit ihn umhüllte, daß jemand, den er nicht kannte, ihn an den Stiefeln über die Erde zog. Er versuchte, sein Bewußtsein wieder zu erlangen, aber dann sank er, sich schwach wehrend, ins Dunkel, das ihn fest umfing.

»Sir, Sir ... ist alles in Ordnung?« Phillip erkannte Cochranes Stimme, die sehr besorgt klang. Er öffnete die Augen und erkannte das helle Schimmern eines Gesichts dicht über seinem eigenen. Auch andere Gesichter waren da, die er nicht erkennen konnte. Zu wem gehörten sie? Es war sehr dunkel, die Sterne drehten sich am Nachthimmel in großen Kreisen, merkte er. Er lag also auf dem Rücken. Flach auf dem Rücken auf einem Felsen, und Phillip fragte sich, warum. Aber Cochrane war hier, Cochrane würde ihm alles erklären können. Er versuchte, sich aufzurichten und ein Arm umfing ihn.

»Stützen Sie sich auf mich, Sir«, lud Thompsons Stimme ein und trotz des Schwindelanfalls, der ihn gerade packte, gelang Phillip das. Nach einer Weile hörten die Sterne mit ihrem ungewöhnlichen Kreisen auf, und etwas später konnte er die Gesichter um sich her auch identifizieren. Yusef war dabei, Cochrane, natürlich, verschiedene Tscherkessen und Thompson ... aber von Erikson war nichts zu sehen, und auch Selina und ihr Vater waren nicht hier. Er mußte offenbar etwas gefragt haben, obwohl er sich nicht daran erinnern konnte, denn Cochrane antwortete mit der Versicherung, er möge sich keine Sorgen machen.

»Die Kosaken haben sich zurückgezogen, Sir – und zwar alle. Erikson ist bei Oberst Gorak und dem Mädchen ... man führt sie gerade in die Höhle zurück. Wir werden sie wahrscheinlich einholen, ehe sie da sind. Der Oberst ist schwer verwundet, und man muß ihn auf einer Trage transportieren. Aber wir haben Pferde, und sobald Sie dazu imstande sind, Sir, können wir hinter ihnen her reiten!«

Pferde, versuchte Phillip sich zu erinnern. Er holte keuchend Atem, und eine Hand berührte seine rechte Schläfe, sanft und suchend. In einem Tonfall, der nach Entschuldigung klang, sagte Yusef: »Ich habe Sie härter getroffen, als ich vorhatte, mein Freund. Aber es gab keine andere Möglichkeit, Sie zu retten. Die verdammten Hundesöhne hatten uns schon fast überrannt, und sie mußten glauben, daß ich Sie tot zurückgelassen hatte, denn wie sonst hätte ich Ihnen das Pferd wegnehmen können. Jedenfalls nicht mit sauberem Gewissen!«

Natürlich war es Yusef gewesen, der ihn mit dem Griff seiner Pistole geschlagen hatte, fiel Phillip wieder ein. Langsam kehrte seine Erinnerung zurück, und er grinste den Tscherkessen schief an. »Ich möchte nicht Ihr Feind sein«, gestand er, »wenn dies ein Beispiel ist, wie Sie mit Ihren Freunden umgehen.« Er hatte Englisch gesprochen; Cochrane übersetzte es ins Französische, und Yusef lacht laut und erleichtert.

»Aber Ende gut, alles gut«, sagte er dann. Er zeigte zum Himmel und wollte wissen, ob Phillip sich genug erholt hatte, um wieder ein Pferd zu besteigen. »Ich habe Ihnen Ihr Pferdchen wiedergebracht, Monsieur, und gänzlich unverletzt. Aber wir sollten nicht länger als nötig hier bleiben, wenn Sie also soweit sind, lassen Sie uns aufbrechen.«

Mit Thompsons unauffälliger Hilfe hinkte Phillip steif den

Hang zu den wartenden Pferden hinunter. Er fühlte sich unbeschreiblich erschöpft, und jeder Knochen im Leib tat ihm weh, ebenso der Kopf. Aber er konnte sich im Sattel halten, und die kalte Nachtluft half ihm, wieder zu Kräften zu kommen. Beim Reiten berichtete Cochrane von den Operationen auf dem Kamm und sagte dann mit deutlichem Stolz, daß es nur drei Ausfälle gegeben habe. Drei Tscherkessen waren leicht verwundet worden. »Die Tscherkessen haben gut gekämpft, und wir hätten die Kosaken sicher bis zum Dunkelwerden abwehren können, Sir, aber unsere Munition wurde langsam alle. Ich bin froh, daß ich Ihre Patronen hatte, Sir, die kamen wie vom Himmel.«

»Das haben Sie gut gemacht, Mr. Cochrane«, lobte Phillip ihn aus tiefstem Herzen. »Verdammt gut sogar ..., und das gilt für Sie alle. Aber, sagen Sie mal, was ist mit Oberst Gorak passiert? Ich konnte ihn nicht sehen von meinem Platz aus, aber ich dachte, daß Selina ihn ohne Schwierigkeiten erreichen würde. Hat sie das?«

Cochrane schüttelte den Kopf. »Das dauerte ziemlich lange, Sir. Ihr Pferd stürzte und brach sich den Hals, und sie konnte ja nicht einfach zum Oberst hinüber rennen, verstehen Sie? Sie mußte sich von hinten durch die Büsche heran arbeiten. Er stand da und unternahm selbst keinen Versuch mehr, zu fliehen ... Ich glaube, er wußte gar nicht mehr, was hier wirklich geschah, und in welcher Gefahr er schwebte. Sein Pferd war natürlich auch ziemlich am Ende!«

Der Schatten, den er gesehen hatte, war also der Oberst gewesen, verstand Phillip jetzt.

Sein junger Stellvertreter fuhr fort: »Ich gebe zu, ich habe ihn anfangs auch nicht erkannt, Sir. Aber Yusef tat's, nachdem Sie uns aufgefordert hatten, den Kamm zu verlassen. Er hat auch den Rettungstrupp organisiert, Erikson war dabei. Er bot an, Selina ein frisches Pferd zu bringen, also ließ ich ihn ziehen. Im Bergsteigen ist er uns allen überlegen, also glaubte ich ...«

»Das haben Sie gut gemacht, Mr. Cochrane«, versicherte Phillip ihm.

»Thompson und ich warteten oben auf dem Berg«, fuhr Cochrane fort. »Wir machten uns ziemliche Sorgen um Sie. Yusef versprach, er würde uns ein Zeichen geben, falls Sie Hilfe bräuchten, und er sagte mir auch, er würde diesen ... also diesen verdammten Kosaken Dampf machen.«

»Er hat Ihnen aber sicher nicht gesagt, wie, nehme ich an!«

»Nein, das hat er nicht, Sir«, stimmte Anthony Cochrane ihm voller Mitgefühl zu. »Sie haben mehr davon gesehen als wir, so war's eben. Aber wie er den Berg hinunter preschte ... mir wurde schon beim Zusehen schlecht.«

»Ganz ehrlich, Mr. Cochrane, mir auch. Und wie lief dann die Rettung ab?«

»Yusef teilte die Männer in zwei Gruppen. Eine machte sich zu Fuß auf hinter die Linien der Kosaken, und die anderen, Erikson eingeschlossen, nahmen die Pferde. Sie ritten nicht, sie trieben sie bergab vor sich her, als Yusef ihnen das Zeichen gab. Ich nehme an, er hatte vor, mit ihnen die Kosaken abzulenken, falls ihm etwas zustoßen sollte.« Cochrane lächelte. »Dieser Yusef ist ein ganzer Kerl, meinen Sie nicht auch, Sir? Er muß sehr viel für den Oberst übrig haben, um all die Risiken zu seiner Rettung auf sich zu nehmen.«

Für den Oberst oder für seine Tochter, fragte Phillip sich, und lehnte sich auf die andere Seite, damit die klopfenden Schmerzen in seinem Bein nachließen. Seine alte Verwundung meldete sich wieder, wie immer, wenn er sich körperlich sehr anstrengen mußte, doch als Cochrane besorgt nachfragte, schüttelte er den Kopf.

»Nichts, was Essen und Schlaf nicht in Ordnung bringen könnten, Mr. Cochrane. Und was Ihre erste Bemerkung angeht, ja, Yusef ist in der Tat ein bemerkenswerter Mann.«

»Ja, Sir. Und ... also ... Ich meine, der sagt dasselbe von Ihnen«, meinte Cochrane. »Er sagte mir nämlich ...«

Ein Ruf von Yusef unterbrach ihn.

Thompson, der dicht vor ihnen ritt, sagte erleichtert: »Da sind die anderen mit dem Oberst und Selina, Sir. Ich bin heilfroh, daß es ihr gutgeht, aber der Oberst ist in keinem guten Zustand.«

Selina war, wie Thompson festgestellt hatte, offenbar unverletzt. Sie war zu Pferde und ritt neben der Trage aus roh behauenen Baumstämmen, auf der ihr Vater getragen wurde. Als Phillip sie erreichte, stellte er fest, daß sie totenblaß war, doch sie erwiderte gefaßt seinen Gruß. Vom Oberst sah er wenig, er war in Schaffellmäntel gehüllt und offenbar bewußtlos. Selina schüttelte auf seine stumme Frage nur den Kopf.

»Ich habe alles getan, was ich für ihn tun konnte«, sagte sie beherrscht. »Alles, was in meiner Macht steht. Doch er hat so viele Wunden und so viel Blut verloren, daß ich fürchte ...« Sie verstummte, doch sie weinte nicht, wie es wohl die meisten anderen Frauen getan hätten. Sie biß sich fest auf die Unterlippe, um tapfer die Kontrolle über sich zu behalten. Phillip, dem sie unendlich leid tat, legte ihr mitfühlend die Hand auf die Schulter.

»Es tut mir leid, Selina, wirklich leid. Wir alle ...«

Einen Moment schien sie schwach zu werden, und sie hatte Tränen in den Augen. Als sie ihm dankte, klang es wie eine Entschuldigung und Erklärung gleichzeitig. »Er ist alles, was ich habe, wissen Sie. Mein Vater ist der einzige Mensch auf der Welt, der ...«

Phillip spürte, wie sich ihm die Kehle zuschnürte. Vor ein paar Stunden hatte der Oberst ihm genau dasselbe gesagt, erinnerte er sich bewegt. *Wenn mir etwas passieren sollte, ist Selina allein. Das ist mein Alptraum* ... Jetzt war der Alptraum traurige Wirklichkeit geworden. Phillip suchte verzweifelt nach Worten des Mitgefühls, aber er fand keine. Selina drehte sich im Sattel um und sah ihn mit stolz erhobenem Kopf an. Dann trabte sie an die Spitze des kleinen Zuges, und alle setzten ihren Ritt fort – schweigend. Hinter einer Wolke tauchte der Mond hervor und überflutete die Szene mit hellem, silbernen Licht.

7

Sie brauchten fast eine Stunde, um die Höhle zu erreichen, und Oberst Gorak war immer noch bewußtlos, als die Träger ihre Last absetzten und ihn mit großer Umsicht auf einen Stapel Felle legten, die Selina als Bett für ihn vorbereitet hatte. Sie blieb bei ihm, lehnte etwas zu essen ab und wollte auch die Hilfe nicht annehmen, die man ihr anbot.

Yusef nahm Phillip zur Seite und sagte leise: »Kommen Sie und essen Sie mit uns, Monsieur, Sie und Ihre Seeleute. Es ist am besten, wenn das Mädchen bei ihrem Vater bleibt.« Er hob die Schultern. »Das will sie so, und ich glaube, er macht es nicht mehr lange.«

Obwohl sie schon ziemlich lange nichts gegessen hatten, konnte keiner der Männer der *Huntress* mit den riesigen Portionen Ziegenfleisch fertig werden, die die Tscherkessen ihnen anboten. Phillip war besonders dankbar für süßen, dicken Kaffee. Sein rechtes Bein schmerzte sehr und ihm war, als tobten 1000 Teufel in seinem Schädel. Er sehnte sich nach Schlaf, doch er mußte ständig an Selina denken und fand keine Ruhe. Fern von den anderen saß er am Feuer, hatte die Arme um die Knie gelegt, starrte stumpf in die Flammen und versuchte, das anscheinend unlösbare Problem zu lösen, vor das der Tod ihres Vaters sie alle stellen würde.

Er hatte seine Pflicht zu tun, ermahnte Phillip sich. Sein Befehl lautete, spätestens am übernächsten Tag mit Serfir nach Jelenik zurückzukehren. Das Treffen mit Mustafa Pascha und den anderen tscherkessischen Häuptlingen war von entscheidender Bedeutung, wie er wußte, und durfte keinesfalls verschoben werden – ob nun der arme Oberst starb oder am Leben blieb. Und dennoch ... Er unterdrückte ein Seufzen. Nur seinetwegen war der Oberst jetzt in dieser schlimmen Lage, ohne ihn würde er im Basislager seinen verwundeten Arm pflegen. Damit er seine Mission erfolgreich beenden konnte, hatte der Oberst sein Krankenbett verlassen und sein Leben aufs Spiel gesetzt. Wie also konnte Phillip Selina hier zurücklassen, wenn er Serfir zu seinem Treffen mit Mustafa Pascha begleiten mußte und ihr Vater seinen Wunden erliegen würde? Die Alternative lautete natürlich, sie mitzunehmen aber ... Er und sein Schiff könnten nicht ewig vor Jelenik bleiben. Die *Huntress* mußte wieder zur Flotte stoßen, in wenigen Tagen, wenn es nach Admiral Lyons ging und eine zweite Expedition nach Kertsch unternommen werden sollte, also ... Sein Kopf sank auf die Knie, und er schlief ein, ohne die Fragen beantwortet zu haben.

Etwa später kehrten Serfir und seine Offiziere in die Höhle zurück. Phillip tauchte lange genug aus seinem Schlaf auf, um zu erkennen, daß der Anführer der Tscherkessen zwar müde aussah, aber weniger enttäuscht, als er erwartet hatte. Eingelullt von ihren Stimmen sank Phillip wieder in einen unruhigen Schlaf, den Alpträume durchzuckten. In kaltem Angstschweiß gebadet wachte er wieder auf, als Erikson ihn an der Schulter rüttelte.

»Was ist los?« wollte er wissen und griff sofort nach seinem Gewehr. »Werden wir angegriffen?«

Der Seemann schüttelte beruhigend seinen Kopf. »Nein, Sir, draußen ist alles ruhig. Es ist der Oberst, Sir, er ist wieder bei Bewußtsein und möchte Sie sprechen.«

»Bei Bewußtsein?« wiederholte Phillip ungläubig. Er richtete sich auf, sein Kopf summte, und Erikson legte ihm kurz die Hand auf die Stirn. »Sind Sie ganz auf dem Posten, Sir?« fragte der junge Norweger besorgt. »Ihre Stirn ist glühend heiß, Sir und ...«

»Es geht mir gut, danke«, sagte Phillip wohl wissend, daß das weit weg von der Wahrheit war. Er versuchte, auf die Beine zu kommen und wäre ohne Eriksons hilfreichen Arm gestürzt. Der Seemann war zu gut ausgebildet worden, als daß er seine Aussage bezweifelte. Also bot er ihm still den Arm. Phillip war dankbar für die Hilfe und hinkte neben ihm her durch die schwach beleuchtete Höhle zu Selina, die neben ihrem Vater kniete. Als er kam, sah sie hoch, lächelte mit zitternden Lippen und erhob sich, um ihm ihren Platz abzutreten und flüsterte dabei eine Entschuldigung, weil sie ihn hatte wecken müssen.

»Es tut mir leid ... Sie brauchen Ihren Schlaf, das weiß ich wohl, aber ... Papa besteht darauf, mit Ihnen zu sprechen und dachte, es macht Ihnen nichts aus. Sie ...« Sie sah ihn ebenso besorgt an wie Erikson vor ein paar Augenblicken und ihre Augen wurden groß. »Sie sind krank, Commander Hazard, Sie ...«

»Mir geht es gut«, sagte Phillip mit belegter Stimme. Steif ließ er sich auf die Knie nieder und kämpfte mit aller Macht gegen den Schwindel, der ihn ergriff. »Oberst Gorak, Sie wollten mit mir reden, Sir? Hier bin ich, Hazard!«

Der Oberst war fast nicht wiederzuerkennen, so war er in den paar Stunden gealtert. Sein Gesicht war aschfahl, die Haut glich altem Pergament. 1000 kleine Falten durchzogen sie, die so straff gespannt war, daß sie fast durchsichtig erschien. Seine Augen waren tief in die Höhlen gesunken und glänzten abwesend und fiebrig, sahen blicklos in die Richtung, aus der er die Stimme seines Besuchers vernommen hatte.

»Hazard, Sie sind's?« Die dünnen Lippen öffneten sich wie in einer Grimasse. »Mein junger Freund, ich muß Sie um einen Gefallen bitten. Darum ... mußte ich Sie wecken lassen.«

»Was kann ich für Sie tun, Sir?« wollte Phillip wissen und ahnte die Antwort bereits. Er zögerte und spürte, wie er den Kampf gegen sein Gewissen verlor und sagte dann mit ganz neuer Entschlossenheit: »Ich werde alles tun, was Sie von mir verlangen.«

Die dünnen, knochigen Finger klammerten sich an seine. Sie fühlten sich so kalt an, als habe das Leben des alten Mannes sie bereits verlassen. Phillip lehnte sich tiefer über ihn, um die geflüsterten Worte zu verstehen. Er hatte wenig Zweifel, worum es gehen würde.

»Würden Sie sich bitte statt meiner um Selina kümmern? Es ist viel ... das ich von Ihnen verlange ... aber Sie sind Brite ... und auf wen sonst kann ich mich verlassen? Verstehen Sie? Darum mußte ich den Kosaken entkommen. Ich mußte Sie finden ... und Sie bitten ... sich um sie zu kümmern. Sie kann hier ohne Beschützer nicht bleiben.«

»Ich werde mich um sie kümmern«, versprach Phillip und die Kehle wurde ihm eng. »Mit all meinen Kräften, Sir!«

»Eine christliche Ehe, Sir«, drängte der Oberst jetzt mit klarer und fester Stimme. »Ich will mein Kind nicht in einem muslimischen Harem haben, verstehen Sie!«

»Ich verstehe, Oberst Gorak. Ich werde alles in meinen Kräften tun, damit Ihre Wünsche für Selina erfüllt werden. Das natürlich nur, wenn es sich als notwendig herausstellen sollte. Sie ...«

»Das wird so sein müssen, mein lieber junger Freund.« Der alte Mann sprach jetzt mit letzter Anstrengung. »Ich wünschte, es wäre anders ...« Wieder wurde aus seinen Worten ein schwaches Flüstern. »Den Augenblick können wir nicht aussuchen, wann wir das Ende unseres Weges erreicht haben, so ist es nun mal.« Er schloß die Augen und sank in eine so lange Stille, daß Phillip sich besorgt über ihn beugte und an seinem Handgelenk nach dem Puls suchte. Diese Bewegung weckte ihn wieder, und er bemerkte trocken: »Nein, nein, noch nicht. Ich bin Soldat, wie Sie wissen ... und mein Instinkt geht aufs Kämpfen, nicht aufs Ergeben. Seltsamerweise habe ich keine Schmerzen. Ist das nicht seltsam? Ich hatte eigentlich Schmerzen erwartet.«

»Ich bin dankbar, daß Sie keine haben, Sir.« Phillip hockte sich wieder hin. Er fühlte sich seltsam erleichtert, war sich nicht sicher, zu wachen oder zu träumen. Dann schien das pergamentfarbene Gesichts des Oberst zu schwimmen und sich vor seinen Augen aufzulösen. Phillip fühlte sich immer weniger in der Wirklichkeit.

»Selina ist eine gute und gehorsame Tochter, Hazard«, hörte er die Stimme des alten Mannes. »Und sie gefällt Ihnen ... nicht wahr? Sie finden sie ... schön?«

»Ja, wirklich, Sir«, gelang Phillip als Antwort, und sein Gefühl für diese Unwirklichkeit wuchs. Dies kann doch nicht wahr sein, sagte er sich – war er nicht wieder eingeschlafen und träumte diese verrückten Träume, die ihn vorher bedrängt und ihm den Schlaf geraubt hatten?

»Ich würde Ihnen meine Tochter geben, Hazard«, sagte der Oberst schwach, mit einer Stimme, die in der kaum beleuchteten Höhle mit den schlafenden, erschöpften Männern kaum noch zu vernehmen war. »Ich würde sie Ihnen gern geben, mehr als jedem anderen lebenden Mann, denn ich weiß, daß sie bei Ihnen sicher aufgehoben wäre. Nehmen Sie sie, mein junger Freund, dann kann ich in Frieden sterben. Sie wird Ihnen eine gute Frau sein, eine gute und pflichtbewußte Frau, wie ihre Mutter mir eine war.«

Die Worte hingen zwischen ihnen, blieben unbeantwortet und waren nicht zu beantworten. Beschämt und erleichtert zugleich rettete Phillip Selinas sanfte Hand vor einer nötigen Antwort. Sie deutete auf die kleine, bewegungslose Gestalt auf dem Stapel Felle, deren Augen jetzt geschlossen waren.

»Er kann Sie nicht mehr hören, Commander Hazard«, flüsterte sie, »er ist nicht mehr bei Bewußtsein.«

Er erhob sich stolpernd und fragte sich, wieviel von dem, was er mit ihrem Vater gesprochen, sie wohl mitgehört hatte. Als er langsam begriff, was sie eben gesagt hatte, fragte er besorgt: »Sie meinen doch nicht, er ist ...«

»Tot?« griff Selina den Satz auf, als er vor dem Wort zurück schreckte. »Nein, er ist noch nicht tot, der arme Papa.«

Sie sprach ohne Bitterkeit und sank neben den Fellen auf die Knie und nahm leise ihre Wache wieder auf. Ihr Gesicht war ein weißer Fleck im flackernden Licht des Feuers und zeigte keinerlei Bewegung. Phillip drehte sich um, war gerührt und beschämt zugleich über ihre würdevolle Ergebenheit. Er wollte zu ihr gehen, neben ihr knien und mit ihr wachen, aber seine Beine wollten ihn die paar Schritte nicht mehr tragen. Unsicher schwankte er, das Dach der Höhle schien sich über seinem Kopf zu öffnen, und nur der wachsame Erikson fing ihn auf und half ihm zurück zu seinem Platz am Feuer neben Cochrane und Thompson.

»Sie bluten, Sir«, sagte ihm der Seemann. »Sie müssen getroffen worden sein, ohne es zu merken. Darf ich's mir mal ansehen, Sir?« Ohne auf Erlaubnis zu warten, zog er Phillips rechtes Hosenbein hoch. »Ihr Stiefel ist voller Blut, Sir!«

»Eine alte Verwundung«, sagte Phillip unbestimmt. »Kein Grund zur Sorge. Was machen Sie da, Mann ... Sie ...«

»Sie haben viel Blut verloren, Sir«, informierte Erikson ihn und arbeitete geschickt mit seinem Taschenmesser.

»Ich habe Ihnen doch gesagt, es ist eine alte Wunde«, fuhr Phillip ihn zornig an. »Sie hat sich vermutlich geöffnet, als wir die Klippe hinunter stiegen auf dem Weg hierher, als Dafir auf mich fiel. Um Himmels willen, Erikson, ich brauche nur einen neuen Verband ... ruinieren Sie meine Stiefel nicht und auch nicht meine Hose.«

Erikson kümmerte sich um seinen Protest nicht, schnitt das Hosenbein auf und versuchte, ihm den Stiefel auszuziehen.

»Das ist keine alte Wunde«, rief er laut und schnitt nun auch den Verband durch. »Die kann ich ganz gut erkennen, aber ...« Er tastete grob mit ungeübten Fingern herum. »Sie haben eine Musketenkugel im Schenkel, Sir, einen Querschläger oder einen Zufallstreffer, den Sie gar nicht bemerkt haben.«

Phillip biß die Zähne zusammen. »Dafür spüre ich Sie jetzt um so mehr. Lassen Sie bitte los!«

»Tut mir leid, wenn ich Ihnen weh getan habe, Sir. Aber ich habe die Kugel gefunden, und sie sitzt ziemlich tief.« Erikson beendete seine schmerzvolle Suche und sah ihn fragend an.

»Soll ich Miß Selina bitten, sie Ihnen rauszunehmen? Raus muß sie in jedem Fall, Sir, und sie ...«

»Nein«, fuhr Phillip ihn zornig an. »Lassen Sie Miß Selina in Frieden!«

Er unterdrückte seinen Anfall und drehte seinen Hals, um selbst die Wunde zu inspizieren. Er war überrascht, wieviel Blut sie gefordert hatte. Der Verband, den er immer noch um das rechte Bein trug, um die schlecht verheilende Wunde vor Schlägen und Stößen zu schützen, hatte das meiste Blut aufgesaugt und war deswegen ziemlich sinnlos geworden. Erikson entfernte ihn ganz und sah Phillip erwartungsvoll an.

»Die Kugel muß raus, Sir«, sagte er schließlich und klang dabei entschuldigend.

»Dann nehmen Sie sie mir raus, bitte«, forderte Phillip ihn auf.

»Ich, Sir?« Der Norweger wurde blaß. »Ich habe so was noch nie gemacht, ich weiß nicht, wie so etwas geht.«

»Sie haben doch ein Messer, Mann, erhitzen Sie die Klinge im Feuer, um sie zu säubern, und dann benutzen Sie die Spitze!«

Der Seemann holte tief Luft, gehorchte und schob die Klinge seines Messer tief in die rote Glut des Feuers. »Vielleicht kann Mr. Cochrane ...« begann er.

Phillip schaute zu Cochrane hinüber. Wie alle anderen Männer in der Höhle schlief auch sein Stellvertreter ganz tief, wußte nicht, was hier vorging, und hörte auch die Stimmen ein paar Schritte weiter nicht. Im Licht des Feuers sah er sehr jung und verletzbar aus und in diesem Augenblick auch sehr friedlich. Es schien nicht richtig, ihn zu wecken, und vermutlich hatte er genausowenig Erfahrung wie Erikson, eine Musketenkugel aus menschlichem Fleisch zu entfernen. Dann gab es natürlich noch Thompson, aber ...

Phillip schüttelte den Kopf. »Lernen Sie, Verantwortung zu übernehmen, Erikson«, sagte er mit gut gespielter Festigkeit und wußte, daß der Gehilfe des Geschützmeisters diese Aufgabe ebensowenig begrüßen würde wie Erikson. »Sie wollen doch nicht während Ihrer ganzen Zeit in der Marine Vollmatrose bleiben, oder? Sie sind ein gebildeter Mann, aber wenn Sie befördert werden wollen, müssen Sie sich daran gewöhnen, Verantwortung zu übernehmen. Haben Sie das verstanden?«

»Aye, aye, Sir!« bestätigte Erikson. Er zog das Messer aus der Glut und starrte unentschlossen und bedrückt auf die kühler werdende Klinge. »Ich habe mich niemals um Beförderung gekümmert, Commander Hazard«, sagte er verletzt und ablehnend. »Ich bin in die englische Marine eingetreten, weil ich die Russen hasse und ...«

»Sie verschwenden Zeit«, warf Phillip knurrend ein. Er spürte, wie ihm auf der Stirn der kalte Schweiß ausbrach, und die Handflächen wurden ihm klamm. Aus Gründen, die er nicht erklären konnte, war er entschlossen, daß Selina mit dieser Aufgabe nicht befaßt werden durfte. Aber wenn Erikson weiter so argumentierte, würde sie ihn hören und herüberkommen, um herauszufinden, was hier los war, und wenn das geschähe ...

»Um Himmels willen, Mann«, sagte er ungeduldig, »wenn Sie nicht ausführen können, worum ich Sie bitte, dann wecken Sie den Gehilfen des Stückmeisters. Wenigstens kann man sich darauf verlassen, daß er die Befehle befolgt, die man ihm gibt.«

»Ich kann das auch, wenn Sie das befehlen, Sir«, versicherte ihm Erikson. Seine blauen Augen blitzten ärgerlich, als er sich hinkniete und das Taschenmesser entschlossen in der rechten Hand hielt.

Phillip versteifte sich, als die Messerklinge tief in den Muskel seines Oberschenkels eindrang und Schmerzen in Wellen durch seinen Körper jagten. Er brauchte jedes Quentchen Selbstkontrolle, das er besaß, um den Schrei zu unterdrücken, der in ihm aufstieg. Es gelang ihm irgendwie, und er preßte die Faust vor den Mund, als er mit dem Gesicht nach unten auf dem felsigen Grund der Höhle lag, ohne einen einzigen Laut von sich zu geben, und als der Schweiß von ihm rann, so daß er in einer Pfütze aus eiskaltem Wasser zu liegen glaubte.

Erikson war ein grober Chirurg. Er fürchtete, zuviel umliegendes Gewebe zu zerstören, wenn er zu tief schnitt und zögerte. Dann stocherte er, durch das Schweigen des Patienten ermutigt, sorgfältig und methodisch in die Richtung, die die Kugel genommen hatte, und dabei benutzte er das Messer wie man etwa einen Korkenzieher einsetzen würde. Er kam so nur langsam voran, und als er endlich das gesuchte Objekt gefunden hatte, war Phillip fast am Ende seiner Kraft. Er brauchte seinen ganzen Willen, um seinen Schmerz nicht laut werden zu lassen.

»Ich habe sie gefunden, Sir«, sagte Erikson triumphierend. »Ich hab' sie ...« Er vergaß seine frühere Vorsicht und schob die Spitze des Messers gegen das runde Metall, in dem ungeschickten und schmerzhaften Versuch, die Kugel herauszuheben. Doch die Kugel saß offenbar tief, während er versuchte, sie zu locken, schwitzte auch er jetzt heftig. »Ich versuche es noch einmal«, murmelte er, mehr zu sich selbst, als zu Phillip.« Wieder stieß das Messer vor, doch diesmal an dem Klumpen abgeflachten Metalls vorbei, und er fluchte laut und verzweifelt. »Ich kann's nicht, Sir! Ich bin kein Chirurg, und ich kann nicht erkennen, was ich hier tue!«

Phillip ließ ein tiefes Stöhnen los, als er hörte, wie das Messer auf die Erde fiel und Erikson davoneilte und sich übergab. Dann schien aus großer Entfernung eine andere Stimme etwas zu sagen, das er nicht verstand, und sanfte Hände ersetzten die groben, ungeschickten Pfoten des unglücklichen Erikson. Es gab einen metallischen Klick, und dann war der stechende Schmerz vorbei, um von einem dumpfen ersetzt zu werden, der im Vergleich nicht unangenehm war.

»Die Kugel ist draußen«, versicherte Selina ihm. »Ich werde Ihnen die Wunde verbinden, und Sie müssen versuchen zu schlafen. Jetzt wird es gleich weh tun, aber das ist nötig, um sicher zu sein, daß die Wunde sauber ist!«

Phillip fühlte einen scharfen, brennenden Schmerz, als eine Flüssigkeit sich über seinem Bein ausbreitete, aber der Schmerz verging schnell, dankbar konnte Phillip sich entspannen und sank langsam in eine Bewußtlosigkeit, als sanfte Hände seinen müden gequälten Leib versorgten und Selina ihm leise einen tiefen Schlaf wünschte.

Er wachte auf, und Cochrane lehnte sich über ihn. Er sah besorgt aus. Doch als Phillip sich aufrichtete und ihn freundlich grüßte, lächelte er erleichtert.

»Mein Gott, Sir, haben Sie mir einen Schrecken eingejagt«, sagte Cochrane, als alle seine Fragen zur Gesundheit des Kommandanten befriedigend beantwortet wurden. »Der arme Erikson ist noch immer ganz schön angeschlagen, Sir ... Er hat die ganze Nacht über gereihert, nehme ich an. Und ich habe wie ein Stein geschlafen und von all dem nichts mitbekommen.« Er schüttelte seinen wirren Rotschopf in nachträglichem Entsetzen. »Der Pascha hat sich nach Ihnen erkundigt ...«

»O Gott, wo ist er denn?« An seine Pflichten erinnert, sah Phillip ihn auffordernd an. »In den nächsten zwei Tagen müssen wir ihn nach Jelenik bringen, Mr. Cochrane, und ...«

»Machen Sie sich keine Sorgen, Sir, er ist bereit und willens«, versicherte Cochrane ruhig. »Er ist nicht weit weg, ist nur zur Schlucht geritten, um zu sehen, ob die Russen irgend etwas zurückgelassen haben, und um Dafirs Kanone zu finden. Sie sind alle bei Dunkelheit wieder da, soweit ich verstand. Ich ließ Thompson mit ihnen reiten. Der soll die Kanone inspizieren und feststellen, ob man sie für die Einsätze der Tscherkessen anpassen kann. Und dann dachte ich mir, er soll ein Auge auf Serfir werfen, was Sie sicher auch wollen.«

Phillip nickte zustimmend und grinste.

»Möchten Sie jetzt was essen, Sir? Ich fürchte – immer noch Ziegenfleisch. Selina meinte, ich sollte Sie möglichst etwas essen lassen!«

»Dazu muß man mich nicht überreden, Mr. Cochrane.«

»Sehr gut, Sir. Dann schau' ich mal, was ich für Sie auftreiben kann.« Cochrane Grinsen wurde breiter. »Ich nehme an, Sie hätten auch nichts gegen Kaffee einzuwenden?«

»Nein, in der Tat nicht. Ganz im Gegenteil ... Wie spät ist es eigentlich?«

Phillip sah sich um, doch im Dämmer der Höhle konnte man den Tag nicht von der Nacht unterscheiden. Ein paar Männer hockten am Feuer, doch er selbst war in die äußerste Ecke der Höhle verlegt worden und lag auf einem Stapel Felle, auf dem der Oberst geruht hatte ... Er zog Cochrane am Ärmel.

»Was ist mit Oberst Gorak?« fragte er voller böser Vorahnungen.

Cochranes Lächeln verschwand sofort. »Er macht's immer noch, aber er ist nicht mehr bei Bewußtsein, und Selina meint, er hat keine Schmerzen. Sie ist jetzt bei ihm und gerade eingeschlafen. Ich habe sie schlafen lassen, obwohl sie mir gesagt hat, ich soll sie wecken, wenn Sie wach werden. Sie ist erschöpft und hat kaum noch Kräfte.« Dann nahm er seine Uhr aus der Tasche. »Es ist vier Uhr fünfzehn am Nachmittag.«

»Und welcher Tag?«

Cochrane verzog das Gesicht. »Ich nehme an, es ist der elfte oder zwölfte Mai, Sir!«

Er machte sich auf, etwas zum Essen zu holen, und Phillip legte sich auf sein nachgebendes Lager zurück. Er mußte also mehr als zwölf Stunden geschlafen haben, und das war sicher auch der Grund, warum er sich fast wieder als ganzer Kerl fühlte. Das war gut so, denn die Hälfte der Zeit, die man ihm zugestanden hatte, war bereits vergangen. Er würde also mit Serfir am nächsten Morgen nach Jelenik aufbrechen müssen. Hoffentlich würde er wieder laufen können.

Er schob das Fell weg, unter dem er lag, und betastete vorsichtig seinen rechten Oberschenkel. Der war dick verbunden, doch der Verband war sauber und frei von verräterischen Flekken. Zwar fühlte er sich noch nicht ganz beweglich an, doch es gab kaum Schwierigkeiten, ihn zu bewegen. Wahrscheinlich würde das Bein sein Gewicht tragen können, wenn Phillip aufstand. Er entschied sich für einen vorsichtigen Test und stellte erleichtert fest, daß das Bein nicht schmerzte, nur das gewohnte Klopfen zeigte. Als Cochrane in Begleitung eines Tscherkessen zurückkehrte und zwei dampfende Schüsseln und einen Becher aus Messing voller Kaffee mitbrachte, hinkte Phillip ihnen entgegen.

»Selina glaubt nicht, daß Sie das Bein in den nächsten paar Tagen belasten sollten, Sir«, bemerkte Cochrane zweifelnd. »Müssen Sie es denn unbedingt jetzt schon versuchen? Ich meine, Sir ...«

»Ich muß morgen in der Lage sein, beide Beine zu gebrauchen, Mr. Cochrane. Wir können unseren Aufbruch nicht länger hinausschieben, wie Sie wissen.«

»Nein, Sir, das ist mir klar.«

Cochrane setzte seine Last ab, und Phillip bat ihn neben sich auf den Rand seines Lagers. Der Inhalt der Schüssel roch appetitanregend, genauso wie der Kaffee, und sie aßen voller Hingabe. Schön, daß ich wieder Hunger habe, dachte Phillip.

»Wo ist Erikson?« wollte er wissen, als er mit einem zufriedenen Seufzen seine Schüssel absetzte.

»Er half Selina bei ihrem Vater, als ich ihn vorhin sah«, sagte Cochrane und erhob sich. »Ja, da ist er immer noch, aber ich glaube, er schläft. Soll ich ihn holen, Sir?«

Phillip schüttelte den Kopf. »Nein, nicht nötig. Ich werde später mit ihm reden. Ich muß mich bei ihm entschuldigen für das, was ich ihm gestern abend befohlen habe.«

»Ich glaube, das erwartet er nicht.«

»Warum nicht?«

Cochrane schaute in seinen Kaffeebecher. »Nun, Sir, er sagte mir, er sei Ihnen sehr dankbar. Ich habe nicht ganz verstanden, was er meinte, aber er sagte mir, Sie hätten ihm gezeigt, wie man Verantwortung übernimmt, und er schien sehr zufrieden, daß er das konnte ... Aber warum er zufrieden war, das begreife ich nicht, denn nach Selinas Worten ist es ihm fast gelungen, Sie umzubringen.« Phillip räusperte sich, und der junge Mann fuhr fort und vermied dabei immer noch seinen Blick: »Ich möchte gern noch was wissen, Sir. Ich weiß, es geht mich nichts an, aber ...« Er hielt inne, seine frisch rasierten Wangen färbten sich rötlich. »Ich bitte um Verzeihung, Sir, ich sollte wirklich nicht fragen.«

»Schießen Sie los, Mr. Cochrane«, lud Phillip ihn ein. »Aber ehe Sie das tun – ich muß mich dringend rasieren. Ihnen ist das gelungen, wie ich bemerke. Könnten Sie mir etwas besorgen, damit ich Ihrem Beispiel folgen kann?«

»Natürlich, Sir. Es dauert nur einen Augenblick.«

Wie versprochen kam er umgehend mit einer Schüssel heißen Wassers und einem Rasiermesser zurück. Dankbar machte Phillip sich an die Arbeit, den Wald von vier Tage alten Stoppeln aus seinem Gesicht zu entfernen.

»Nun?« forderte Phillip ihn dabei auf: »Was wollten Sie mich fragen, Mr. Cochrane? Ich höre!«

»Es ist wegen Selina Gorak, Sir«, antwortete Cochrane, und sein Gesicht verriet nichts. »Ich frage mich ... wenn der Oberst stirbt, können wir sie doch nicht einfach hier zurücklassen.«

Phillip seufzte. Der Frage nach Selinas Zukunft wäre er gern ausgewichen, weil er bisher die Sache noch nicht genügend durchdacht hatte. Aber nachdem Cochrane ihm eine eindeutige Frage gestellt hatte, wußte er, daß er eine Entscheidung fällen mußte – und zwar sehr bald.

»Der Oberst«, begann er langsam, »hat mich gebeten, die Verantwortung für sie zu übernehmen. Er hat mich gestern darum gebeten, weil er glaubte, daß er bald sterben würde. Ich habe ihm zugesagt, daß ich alles in meiner Kraft Stehende tun werde, damit sein Wunsch erfüllt wird. Unter den Umständen konnte ich das ja wohl auch kaum ablehnen. Doch der Himmel weiß, wie begrenzt meine Möglichkeiten sind.« Er kratzte sich mürrisch das Kinn mit dem schaumlosen Messer und setzte es ab, als er dem ratlosen Blick seines Stellvertreters begegnete. »Oberst Gorak hat mir gesagt, er will nicht, daß Selina hier allein zurückbleibt, falls seine Wunden tödlich sein sollten. Es sieht also wohl so aus, daß wir sie mit uns nach Jelenik nehmen werden.«

Cochrane schien erleichtert. »Das gefällt mir sehr, Sir«, gestand er.

»Wirklich, Mr. Cochrane?« fragte Phillip spöttelnd. Er seufzte und erhob sich. »Lassen Sie uns ein bißchen an die frische Luft gehen, ja! Ich meine, es ist gut, wenn ich mein Bein ein bißchen trainiere als Vorbereitung auf die morgige Reise. Wenn wir auf dem Weg zurückkehren, auf dem Dafir uns hierher geführt hat, dann kann ich mir nicht leisten, auf dem Wege zusammenzubrechen.«

Cochrane bot ihm den Arm. »Wenn Sie nicht in der Lage sind, zu reisen, Sir«, sagte er wie nebenbei, »können Sie sich auf mich verlassen. Ich werde Ihre Aufgabe übernehmen. Wenn Sie sich ein paar Tage länger erholen könnten, würde Sie die Reise weniger anstrengen.«

»Danke, Mr. Cochrane.« Phillip sah ihn dankbar und bewegt an. Er stützte sich auf Cochran, und sie gingen auf den Eingang der Höhle zu und hielten ein paar Augenblicke schweigend vor dem Lager des Oberst. Der war immer noch bewußtlos, stellte Phillip bedauernd fest, und bat Cochrane, weiterzugehen. Selina schlief den Schlaf der total Erschöpften. Der Kopf ruhte auf ihren Händen, doch ihr Gesicht war vor seinen Blicken verborgen. Weder sie noch Erikson, der dicht neben ihr auf der Erde schlief, bewegten sich beim Schurren der Schritte.

Ihm war selbst bei seinem flüchtigen Blick klar, daß Oberst Goraks Leben sich dem Ende zuneigte.

Als sie nach draußen ins schwindende Nachmittagslicht traten, sagte Cochrane: »Man kann ihn sicher nicht transportieren, Sir, oder? Und wenn wir aus Jelenik einen Arzt schicken, kommt der sicherlich nicht mehr rechtzeitig.«

Das war mehr eine Feststellung als eine Frage. Phillip bestätigte sie mit Bedauern.

»Aber er gibt nicht auf«, dachte Cochrane laut. »Armer alter

Mann. Irgendwie ist es traurig, daß er hier sterben soll, so weit weg von seinem Volk. Aber er wird jedenfalls ruhmvoll geehrt werden von Serfir und seinen Tscherkessen.«

Und das hat er sich ohne Zweifel gewünscht, dachte Phillip, doch um Selinas willen ... Er unterdrückte ein Seufzen.

Cochrane fuhr fort: »Er ist anscheinend doch auf die andere Seite der Schlucht gekommen, Sir, um Serfir vor den Kanonen zu warnen, die die Russen in den Wagen des Versorgungszuges verborgen hatten, sagte mir Yusef. Man kann sein Französisch nur schwer verstehen, aber soviel ich heraushörte, stieß der Oberst auf die Nachhut der Kosaken, während er auf dem Wege zurück zu uns war.«

»Also das wollte er! Ich habe mich gefragt, wie Sie ihn hatten finden können.« Phillip runzelte die Stirn. »Schlimm, daß Serfir ihn nicht zurückhalten konnte.«

»Stimmt, Sir«, entgegnete Cochrane. »Ihm wäre nichts passiert, wenn er bei Serfir und seinen Reitern geblieben wäre. Die haben sich alle aus der Feuerlinie zurückgezogen, und sie haben nur sehr wenige Männer verloren, weil der Oberst sie gewarnt hatte.«

Phillip lächelte ohne Freude. »Ein Exilant und ein Glücksritter im Dienst einer orientalischen Macht ... so hat er selbst sich mir gegenüber bezeichnet. Aber er ist aus dem Holz, aus dem man Helden schnitzt. Hoffen wir also, daß die orientalische Macht, der er diente, sich seiner erinnert, wenn der Krieg vorbei ist.«

»Die Tscherkessen werden ihn nie vergessen, Sir.«

»Und ich auch nicht, Mr. Cochrane.« Phillip zog seine Uhr aus der Tasche. »Es ist noch eine Stunde hell, lassen Sie uns also langsam auf den Berg da drüben steigen. Vielleicht sehen wir von dort Serfir zurückkehren.«

Doch Serfir kam erst lange nach Einbruch der Dunkelheit, und alle in der Höhle hatten bereits gegessen. Er und seine Offiziere ließen sich müde am Feuer nieder, aber sie schienen mit ihrem Tagewerk nicht unzufrieden. Thompson berichtete, daß sie an Beute eine zerstörte und eine funktionierende Feldkanone gefunden hatten, eine Menge Gewehre und Munition und etwa 20 Pferde zwischen den Trümmern des russischen Wagenzugs.

»Die Russen sind auf dem gleichen Weg zurückgekehrt, auf dem sie gekommen sind, Sir«, berichtete der Gehilfe des Stückmeisters weiter. »Sie haben die Toten und Verwundeten mitgenommen. Also konnten wir ihre Verluste nicht einschätzen. Aber sie waren gewiß nicht gering. Sie haben sich nicht mal Zeit gelassen, die Munition in die Luft zu jagen, die sie zurücklassen mußten. Und wir haben 23 Tscherkessen begraben, Sir!«

Also kein Sieg, dachte Phillip, als er Thompson zu einem wohlverdienten Mahl schickte. Aber wenigstens war es keine Katastrophe geworden, was ja leicht hätte geschehen können. Er hoffte, daß Serfir zufrieden war. Er nahm alle Geduld zusammen und wartete, bis der Anführer der Tscherkessen sein Mahl beendet hatte, schaute immer mal wieder zu Selina hinüber, die vor kurzem aus ihrem tiefen Schlaf aufgewacht war und sich jetzt um ihren Vater kümmerte. Erikson war bei ihr und half ihr bei diesem und jenem. Phillip wollte sie nicht stören und war sich klar, woher sein Zögern kam. Er hatte innerlich immer noch keine endgültige Entscheidung über Selinas Zukunft gefällt. Noch immer plagte ihn sein Gewissen, und er antwortete Cochrane nur sehr einsilbig, als der munter plaudernd mit einem Becher starken, süßen, schwarzen Kaffees zurückkehrte.

Yusef kam etwa 20 Minuten später mit einer Nachricht von seinem Vater.

In seinem langsamen, sorgfältig intonierten Französisch sagte der große, junge Tscherkesse: »Er sagt, daß er bereit ist, Sie morgen nach Jelenik zu begleiten, um sich dort mit Mustafa Pascha und den anderen Häuptlingen zu beraten, wenn Sie soweit wieder hergestellt sind, daß Sie reisen können.«

»Sagen Sie Seiner Exzellenz, daß ich dazu in der Lage bin«,

antwortete Phillip ohne Zögern. »Und daß wir morgen zu jeder Stunde aufbrechen können, die ihm recht ist.«

Nachdem er diese Meldung überbracht hatte, wurde Yusef weniger formell. Er deutete auf Phillips Bein. »Mein Vater macht sich Sorgen um Sie!«

»Das muß er nicht, versichere ich Ihnen. Ich habe mit Mr. Cochrane draußen über eine Stunde lang geübt. Ich bin wieder in der Lage ...«

»Monsieur, es ist aber eine lange Reise, und mein Vater hat vor, mit einem Trupp Kavallerie zu reiten, groß genug, um moskowitische Patrouillen zu vertreiben, die ihnen unterwegs begegnen könnten. Er wird die Küstenstraße nehmen, die hinter Soujak entlang führt, und zwar so ...« Er hockte sich hin und zeichnete mit der Spitze seines Dolches eine grobe Skizze in den Staub auf dem Boden der Höhle. »Verstehen Sie? Er wird zu den niedrigen Bergen an der Küste hinabsteigen und hier auf die Küstenstraße stoßen, drei Meilen nordwestlich von Soujak. Hier kann man durchaus Patrouillen treffen, und wenn das der Fall wäre ...«

Seine Geste war deutlich, und Phillip sah ihn entsetzt an. Diese Erschwernis hatte er nicht bedacht, und er wußte, daß er alles tun mußte, um Serfir davon abzuhalten, sich auf irgendwelche Verzögerungen einzulassen. Er ergriff Yusefs Arm.

»Es ist von lebenswichtiger Bedeutung, daß Seine Exzellenz, Ihr Vater, sich so schnell als möglich mit Mustafa Pascha berät, Yusef«, drängte er ihn. »Bitte, machen Sie ihm das unbedingt klar.« Er versuchte, ihm auch alles Weitere zu erklären, aber er fand sein Französisch nicht gut genug und war sich nicht sicher, was Yusef überhaupt verstand.

»Wenn Sie mir erlauben, Commander Hazard«, hörte er da Selina ruhig, »daß ich für Sie mit Serfir Pascha spreche, werde ich ihm klar machen können, wie dringend er in Jelenik erwartet wird.«

Phillip drehte sich überrascht und ein bißchen verblüfft um, als sie neben ihm stand. »Ich ... ich bin Ihnen sehr dankbar, wenn Sie das erledigen«, sagte er und fand schnell wieder zu sich.

»Warum haben Sie mich nicht gerufen?« fragte sie ihn mit tadelnden Blicken. »Deswegen bin ich doch hier, oder?«

»Es ... Es tut mir leid.« Er errötete. »Ich dachte, Sie wollten Ihren Vater vielleicht nicht allein lassen. Das war der einzige Grund, Selina, verstehen Sie!«

»Und war das auch der Grund, daß Sie mich nicht gerufen haben, um Ihnen die Kugel aus dem Bein zu entfernen, Commander Hazard? Sie haben es vorgezogen, sich quälen zu lassen und dem armen Einar Erikson die Hölle heiß zu machen? Wie konnten Sie ihm befehlen, die Kugel zu entfernen, wenn er das noch nie in seinem Leben getan hat – anders als ich, die das schon oft genug gemacht hat?« Sie sprach beherrscht und leise, doch Phillip meinte, eine Spur von Tränen in ihren Augen entdeckt zu haben, und wieder drückte ihn sein Gewissen. War das der Grund, fragte er sich, und mußte sich ehrlich eingestehen, daß es nicht so war. Er versuchte sich lahm an einer gestotterten Entschuldigung, die Selina wegwischte. »Mein Vater ist nicht mehr bei Bewußtsein – er weiß also nicht, ob ich bei ihm bin oder nicht. Seine Seele hat ihn schon verlassen, jetzt ist nur noch sein armer, verletzter Leib unter uns. Ich bleibe auf Rufweite, solange es nötig ist, aber das kann mich nicht davon abhalten, Ihnen zu helfen, wo immer ich kann.«

»Nein, natürlich nicht.«

Phillip wurde klar, daß er sie verletzt hatte, und er suchte ihre Hand. Doch sie entzog sie ihm.

»Ich werde Serfir das sagen, was Sie Yusef gesagt haben, und bringe Ihnen dann seine Antwort«, sagte sie würdevoll. »Und weil Sie morgen mit einer Wunde aufbrechen wollen, die überhaupt noch nicht geheilt ist, werden Sie mir vielleicht erlauben, diese zu verbinden. Ich möchte nicht, daß Sie Ihr Bein verlieren, Commander Hazard. Aber Sie müssen wissen, daß das leicht passieren kann, wenn Sie sich infizieren. Die tscherkessischen

Frauen kennen sich gut mit Kräutern aus, und ich habe von ihnen gelernt, also ...«

»Ich danke Ihnen«, sagte Phillip und warf sich vor, so taktlos gewesen zu sein. »Ich bin Ihnen sehr verpflichtet.«

»Verpflichtet?« fragte Selina zurück. »Sie müssen sich mir nicht sehr verpflichtet fühlen, Commander Hazard. Ich diene Ihnen, indem ich lediglich die Wünsche meines Vaters erfülle.«

Sie nickte ihm kurz und kühl zu, wandte sich an Yusef und sprach in ihrer eigenen Sprache mit ihm. Der junge Tscherkesse musterte Phillip mit unverhohlenem Zweifel, zuckte dann mit den Schultern und begleitete Selina zum anderen Ende der Höhle, wo Serfir und seine Offiziere gerade das Essen beendeten. Cochrane hatte ihnen mit einigem Erstaunen zugehört und sah seinen Kommandanten an, als Selina ihn verlassen hatte. Dann öffnete er den Mund, um eine Frage zu stellen, und schwieg dann doch – Phillips Blicke hatten ihn gewarnt.

»Ich denke, Sir«, sagte er ganz diplomatisch, »ich werde mich hinlegen, wenn Sie keine Aufträge mehr für mich haben!«

»Nein, keine mehr, Mr. Cochrane«, antwortete Phillip zurückhaltend. »Ich hoffe, Sie werden gut schlafen, weil ich denke – und hoffe –, daß wir morgen sehr früh aufbrechen werden.«

»Aye, aye, Sir! Gute Nacht.«

Cochrane verschwand. Phillip blieb allein zurück und beobachtete die Gestalten, die um das Feuer hockten. Am längsten blieb sein Blick auf Selina haften, die ernsthaft mit Serfir sprach. Im rötlichen Schein des Feuer sah sie noch schöner aus als sonst, und als er sah, wie ihr Gesicht sich immer wieder veränderte, wurde ihm ganz deutlich, wie sehr sie ihn anzog. *Selina ist eine gute und pflichtbewußte Tochter*, hatte gestern abend der Oberst gesagt. *Und Sie gefällt Ihnen, nicht wahr? Finden Sie sie nicht schön?* Gestern nacht hatte er sich in einem seltsamen Zustand befunden, halb schlafend, halb fiebernd, wahrscheinlich wegen der Kugel in seinem Schenkel. Er seufzte hörbar. Er hatte dem armen alten Oberst keine Antwort gegeben, erinnerte er sich. Er hatte das Angebot des alten Mannes weder abgelehnt noch angenommen. Es war zugegebenermaßen ein Angebot, das aus einer gewissen Verzweiflung kam und nur deshalb so freundlich formuliert war. Doch an seinem ehrlichen Inhalt hatte Phillip keine Zweifel, und er schuldete dem Oberst eine Antwort. *Nehmen Sie sie, junger Freund, dann kann ich in Frieden gehen*, hatte der Vater gesagt, und kurz davor hatte er auch eine christliche Ehe für seine geliebte Tochter gefordert.

Wie schon so oft im letzten Jahr erschien plötzlich Mademoiselle Sophies Gesicht quälend vor Phillips innerem Auge und ergriff ihn so, daß er die Gruppe um das Feuer nicht mehr sah. Doch diesmal erkannte er nicht nur Mademoiselle Sophies Gesicht, sondern ihre ganze Gestalt – klein und leicht in schwarzer Witwentracht und seltsam aufgebläht durch das Kind, das sie in sich trug, als er sie zum letztenmal in Odessa gesehen hatte. Andrei Narishkins Kind, dachte er, das unter dem Geläut der Kathedrale von Odessa zur Welt gekommen war, während er selbst zur Kaiserlichen Mole ritt – begleitet von seinen einstigen Gefängniswächtern auf dem Weg zum Boot der *Wrangler* – und das alles lag nur zwei Monate zurück.

Ich kenne meine Pflicht, hatte sie ihm gesagt, als sie ihm von ihrer Verlobung mit Narishkin berichtete, kurz bevor die Kriegserklärung die Flotte erreichte. Wie lange war das her! Phillip hielt die Luft an, als er sich vorstellte, wie sie ihm wieder sagte: *Ich kenne meine Pflicht, Phillip ... kennen Sie Ihre?* Nun, kenne ich sie, fragte er sich bedrückt. War er dem alten Mann auf den Fellen nicht eine Antwort schuldig? Er erhob sich und ging entschlossen zu Gorak hinüber. Erikson, der neben dem Lager gesessen hatte, sprang auf und sah ihn neugierig an, als er sich über den Verwundeten beugte.

»Er ist nicht bei Bewußtsein, Sir«, erklärte der junge Norweger. »Er kann Sie auch nicht hören, er ist viel zu weit weg.«

Phillip überhörte die Worte und beachtete den anwesenden Seemann kaum. »Oberst Gorak«, sagte er sanft und beschwörend, »Oberst Gorak, hier ist Hazard, Sir!«

Er ergriff die dünne Hand, die leblos und blutleer auf dem Fell ruhte. Wie schon früher fühlte die Hand des Oberst sich kalt an, und er rieb sie instinktiv zwischen seinen eigenen Handflächen, um sie zu erwärmen. »Sir ... Oberst Gorak, können Sie mich hören?«

Die Augen des Oberst flatterten. Er öffnete sie nicht, doch seine Lippen bewegten sich. Phillip beugte sich noch tiefer, um die schwach geflüsterten Worte zu verstehen.

»Eine christliche Ehe, Hazard«, verstand er.

»Ich verstehe, Sir«, sagte er. »Befürchten Sie wegen Selina nichts. Ich verpfände Ihnen mein Wort, daß ich Ihren Wunsch erfüllen werde, wenn es in meinen Kräften steht ...«

Es war sinnlos, fortzufahren. Der verwundete Mann war in noch tiefere Bewußtlosigkeit gesunken, und Phillip war sich nicht sicher, ob er das Versprechen gehört oder verstanden hatte, das er ihm geben wollte. Er erhob sich, als Selina auf ihn zukam, aufgeregt und feindlich.

»Was machen Sie da?« wollte sie wissen. »Können Sie ihn nicht in Frieden lassen?«

»Es gab da eine Sache, Selina, eine Sache zwischen ihm ind mir. Die mußte geklärt werden. Ich versuchte, ihm zu sagen, daß ich die Verantwortung übernehmen werde, die er mir gestern abend übergeben hat.«

Die Erklärung klang selbst in seinen eigenen Ohren wenig überzeugend, und Selina nahm sie mit gebührender Ablehnung zur Kenntnis.

»Falls die Sache mich betrifft«, sagte sie bitter, schob sich an ihm vorbei und kniete neben dem Lager des Oberst, »kommt Ihre Versicherung zu spät, Commander Hazard. Was immer mein Vater Ihnen gestern abend gesagt haben mag, ich erwarte nicht, daß Sie Verantwortung für mich übernehmen.« Sie erhob sich, sah ihn an und sagte kalt: »Lassen Sie uns jetzt bitte allein. Ich werde Ihr Bein verbinden, sobald ich kann. Falls Sie es wissen wollen: Serfir ist für morgen mit einem anderen Weg einverstanden, wie Sie das wünschten.«

Phillip ließ sich fortschicken, dankte ihr und ging zu seinem eigenen Lager zurück. Zehn Minuten später kam sie in Begleitung Eriksons zu ihm, der eine Schüssel mit warmem Wasser und Verbände mitbrachte und unter ihrer Anleitung die beschmutzten Verbände von seinem Oberschenkel entfernte. Selina inspizierte die Wunde mit unpersönlicher Sorgfalt.

»Sie ist sauber«, informierte sie ihn. »Sie beginnt zu heilen, aber ich muß Ihnen sagen, daß Sie ein großes Risiko eingehen, wenn Sie darauf bestehen, morgen die Reise nach Jelenik anzutreten.«

»Ich muß das Risiko eingehen, Selina. Ich ...«

»Sie müssen das selbst entscheiden, Commander Hazard.« Immer noch klang sie kühl und vermied eifrig seinen Blick. »Sie wären gut beraten, den Aufbruch um weitere 24 Stunden zu verschieben.«

»Das wage ich nicht. Wenn ich das täte, würde Serfir vielleicht einen nächsten Überfall machen oder ...«

»Nun denn«, sagte sie, »dann werde ich ein paar Heilkräuter auflegen und Ihnen einen festen Verband machen. Der wird Ihnen sicher unbequem sein, aber er wird die Wunde schützen. Einar, bitte – würden Sie mir bitte die Schüssel hinhalten.«

Gehorsam hob Erikson die Schüssel. Auch er vermied Phillips Blick und sprach nur mit Selina. Beide zusammen versorgten die Wunde sehr gut. Erikson erwiderte seinen Dank mit einem fast zynischen: »Sie haben mich ja zum Arztgehilfen gemacht, Sir. Freut mich, daß Sie meinen, ich habe was dazu gelernt!« Er erhob sich und balancierte die Schüssel in seinen großen Händen. »Ist das alles, Sir?«

»Ja, danke, Erikson. Bereiten Sie sich auf unseren Aufbruch morgen früh vor. Sie und Mr. Thompson, Mr. Cochrane und ich. Seien Sie so freundlich und informieren Sie den Gehilfen des Stückmeisters.«

»Aye, aye, Sir!« bestätigte Erikson. »Noch was, Sir ...« Aus blauen Augen sah er Phillip mit leichter Ablehnung an. »Miß Selina, Sir? Kommt sie mit uns?«

»Ich bin sicher«, antwortete Phillip. »Ich habe die Absicht, sie einzuladen, uns zu begleiten.«

Er sah Selina an, die mit gebeugtem Kopf kniete und den Verband festzog, aber offenbar ihren Worten nicht gelauscht hatte. »Ich werde mit ihr sprechen. Also machen Sie weiter, Erikson. Und behalten Sie bitte den Oberst im Auge, nachdem Sie mit Thompson gesprochen haben.«

»Aye, aye, Sir!« Erikson zögerte. Es schien, als wolle er noch etwas sagen, aber die anerzogene Disziplin gewann die Oberhand, er drehte sich auf dem Absatz um und ging wie befohlen zu Thompson.

»Selina«, sagte Phillip, »haben Sie ein paar Minuten Zeit? Ich möchte mit Ihnen reden.«

Sie erhob sich, ihre Wangen waren leicht gerötet. Vorsichtig fragte sie: »Und was wollen Sie mir sagen, Commander Hazard?«

»Bitte, setzen Sie sich doch.« Phillip deutete auf das Ende des Lagers und schwang seine Beine auf die Erde, um ihr Platz zu machen. »Ich heiße Phillip, und ich würde mich freuen, wenn Sie mich so nennen würden.«

Auf diese Einladung hin gab es keine Antwort, doch sie nahm zögernd auf dem Lager neben ihm Platz.

Er seufzte. »Es gibt Sachen, die wir besprechen und lösen müssen, wenn es geht, weil ...«

»Ihre Verantwortung für mich?« warf Selina ein. Ihre Stimme klang scharf. »Ich dachte, die Angelegenheit sei erledigt. Worum mein Vater Sie auch immer gebeten haben mag, ich entlasse Sie aus Ihrer Pflicht. Und ob ich Sie morgen nach Jelenik begleiten werde, hängt von meinem Vater ab. Wenn er noch ... Wenn er mich noch braucht, und wenn Sie Ihren Aufbruch nicht verschieben können – schon Ihrer Wunde wegen –, dann muß ich hierblieben.«

»Ich wünschte, ich könnte meinen Aufbruch verschieben«, entschuldigte sich Phillip, »aber ich wage es unter diesen Umständen nicht.«

»Ich verstehe Ihre Gründe«, versicherte sie und klang jetzt verbindlicher. »Und Sie müssen verstehen, warum ich meinen Vater nicht allein lassen kann, solange er lebt. Selbst wenn er das nicht mehr wahrnimmt, muß ich bei ihm bleiben.« Tränen glänzten in ihren Augen. Sie wischte sie mit dem Handrücken weg, eine seltsam kindliche Geste, die überraschend zeigte, wie tief ihr Schmerz war. »Niemand kann lange mit den Wunden leben, die mein armer Vater empfangen hat. Um seinetwillen bete ich, daß Gott seine Leiden bald beenden möge.«

Er wußte, daß sie recht hatte, und argumentierte nicht dagegen. Statt dessen sagte er sanft: »Wir bleiben ein paar Tage in Jelenik, vielleicht sogar mehr als eine Woche, ich weiß es nicht. Zwei weitere britische Schiffe werden außer der *Huntress* dort sein. Wenn Sie uns morgen nicht begleiten können, dann möchte ich, daß Sie nachkommen, Selina. Ich kann einen meiner Männer hier lassen, der sich um Sie kümmert. Er wird Sie nach Jelenik begleiten, wenn ... wenn es ... soweit ist.«

Er hatte fast erwartet, daß sie seinen Wunsch ablehnen würde, aber sie nickte zustimmend. »Ja, ich werde nach Jelenik kommen«, sagte sie. »Aber Sie müssen niemanden hier lassen, der sich um mich kümmert, Commander Hazard. Ich bin hier gut aufgehoben.«

Ohne Zweifel, dachte Phillip, aber sie wäre auch ganz allein, wenn ihr Gebet erhört und ihr Vater von seinem Leiden erlöst würde. Sie brauchte dann jemand ihres eigenen Glaubens und ihrer eigenen Herkunft, der ihr helfen konnte. Er sagte ihr das, so sanft er konnte, und sah wieder Tränen in ihren Augen glänzen.

»Sehr gut«, stimmte sie zu. »Dann lassen Sie bitte Einar hier, Einar Erikson. Er ist ein Mann der Berge, er kommt mit den Männern hier gut klar. Sie mögen ihn und vertrauen ihm wie ich ... und er hat sich sehr um meinen Vater gekümmert. Und ich meine, ihm wird es nichts ausmachen, hier etwas länger zu warten – er sagte mir, er fühlt sich hier wie zu Hause.«

Natürlich war Erikson die richtige Wahl, und Phillip nickte zustimmend. »Ich werde es ihm sagen.«

»Nicht nötig, ich tue es selber. Aber Commander Hazard, Sie müssen bitte verstehen, daß ich ...« Selina sah ihn an, und immer noch entdeckte er Spuren von Tränen in ihren dunklen Augen.

»Phillip«, erinnerte er sie, »können wir die Formalitäten nicht lassen, Selina?«

Sie überhörte die Unterbrechung und fuhr fort: »Ich habe Ihnen gesagt, daß Sie von der Verantwortung für mich entbunden sind.«

»Ja, das sagten Sie mir, aber ...«

»Aber Sie versuchen, sie gerade wieder zu übernehmen.«

»Ich habe Ihrem Vater mein Wort gegeben. Ich kann mein Versprechen doch nicht einfach brechen ... weil ich vielleicht Ihre Gefühle verletzt habe, ohne es zu wollen.«

»Sie haben mich nicht verletzt«, widersprach sie ihm direkt. »Mein armer Vater hätte Ihnen niemals solch große Last aufbürden dürfen. Ich habe gestern abend Ihr Zögern verstanden, aber er war schon zu weit weg, um es zu spüren.«

»Ich habe nur gezögert, weil ich meine Fähigkeit bezweifelte, die Wünsche Ihres Vater zu erfüllen«, verteidigte Phillip sich. »Ich kann nicht frei handeln. Ich hatte Furcht, etwas zu versprechen, das ich vielleicht nicht einhalten kann. Ich bin Marineoffizier, Selina, und führe ein Schiff Ihrer Majestät. Wenn ich wieder in Jelenik bin, könnte ich einen Befehl bekommen, der mich für die ganze Dauer des Krieges von hier fortführt.«

»Aber heute abend haben Sie meinem Vater das Versprechen gegeben«, beharrte Selina. »Oder Sie haben es wenigstens versucht ... es war doch dasselbe Versprechen, oder?«

Phillip holte tief Luft. Es erwies sich so viel schwerer als angenommen, ihr seine Entscheidung zu erklären. Er hatte offenbar ihren Mut und ihren Stolz nicht genügend bedacht.

»Ja«, sagte er und zwang sich, nicht ungeduldig zu klingen,

»ich versuchte, Ihrem Vater Ihretwegen Ruhe zu geben, weil ich ...«

»Weil Sie Mitleid mit ihm hatten«, sagte sie anklagend. »Aus keinem anderen Grund – und nichts hat sich daran geändert. Sie können immer noch nicht, wie sagten Sie, frei handeln. Sie sind immer noch Offizier der englischen Marine, der ein Schiff in einem Krieg führt. Und Sie müssen immer noch Befehle ausführen, immer noch dahin gehen, wohin Ihr Admiral Sie schickt. Sie können also für mich gar nicht verantwortlich sein, für meine Zukunft, oder?«

»Unter bestimmten Umständen kann ich das«, versicherte Phillip. »Gestern abend habe ich das so nicht gesehen, aber heute habe ich darüber nachgedacht. Bitte, hören Sie mir zu, Selina, denn es gibt einen Weg, und ich bin Ihrem Vater etwas schuldig, verstehen Sie!«

»Oh, ich verstehe«, versicherte sie ihm. »Und ich bin auch nicht undankbar, Commander Hazard.« Sie klang jetzt sanfter. »Sie sind ein guter und ehrenwerter Mann, und ich respektiere Sie für das, was Sie tun, um meinem Vater das Sterben zu erleichtern und seiner Seele Frieden zu geben. Sie haben ihm gegenüber Ihre Pflicht erfüllt. Aber ich – ich möchte Ihr Mitleid nicht, und ich werde auch von Ihnen keine Opfer annehmen. Ich bin doch kein hilfloses Kind mehr, wie Sie gesehen haben. Ich bin nicht so wie die sanften englischen Frauen ... Ich kann reiten und schießen wie ein Mann und brauche Sie nicht zu meinem Schutz.«

Sie sprach die Wahrheit, das mußte sich Phillip eingestehen. Sie sah die Wirklichkeit mit Stolz und Würde.

Doch wieder bat er: »Selina, bitte, hören Sie mir zu.«

Mit einer wilden Handbewegung hieß sie ihn schweigen. »Sie können meine Meinung nicht ändern. Ich habe meine eigene Zukunft genau arrangiert. Darum gehe ich nach Jelenik, Commander Hazard – nicht, um Ihnen zu folgen oder auf irgendeinem Ihrer Schiffe in Sicherheit gebracht zu werden. Oder gar zu meinem Onkel verfrachtet zu werden, der mich gar nicht haben will. Sondern weil ...«

»Welche Absichten haben Sie, Selina?« fragte Phillip höchst alarmiert. »Welche Pläne bitte, in Gottes Namen?«

»Ich bleibe in Tscherkessien.« Sie sah ihn aus dunklen Augen an, ohne mit den Wimpern zu zucken. Darin schimmerte ähnliches wie eben bei Erikson. »Hier sind meine Leute, und auch sie müssen einen Krieg führen ... einen grausamen und bitteren Krieg gegen einen Feind, den zu hassen sie mehr Grund haben als Ihr Engländer. Ich bin jetzt fast zwei Jahre hier und wäre hier geblieben. Wenn mein Vater noch kämpfen könnte, würde ich hier bleiben und mit ihnen kämpfen. Und ich ...«

»Aber Sie können nicht bleiben! Ihr Vater ...«

»Mein Vater stirbt gerade«, wies sie ihn zurecht. »Serfir hat mir seinen Schutz versprochen, genauso Yusef.« Sie sprach ohne Erregung, aber ihre Augen zuckten nicht und verloren nichts von ihrem kämpferischen Glanz. »Yusef bat vor einiger Zeit um meine Hand, aber mein Vater lehnte ab. Auch Serfir tat das ... aber die Umstände sind heute anders, oder etwa nicht?«

Phillip sah sie entsetzt und ungläubig an. *Ich will meine christliche Tochter nicht im Harem eines Muslim sehen*, hatte der alte Oberst gesagt und hinzugefügt: *Sie geht unverschleiert und begleitet mich bei diesen Überfällen. Doch tief im Herzen fürchte ich, daß sie ihre Augen vielleicht auf einen von ihnen wirft ... so wie die Männer ihre dauernd auf sie. Sie behandeln sie mit entsprechendem Respekt, keiner würde Hand an sie legen, aber ...*

Er holte scharf Luft. »Nein«, sagte er zornig. »Sie können Yusef nicht heiraten, er ist Muslim, und Sie sind Christin, Selina. Ihr Vater wünschte eine christliche Ehe, und ich habe ihm gerade das versprechen müssen. Um Gottes willen also ...«

»Und wie denken Sie, Ihr Versprechen zu halten?« fragte sie verächtlich. »Wollen Sie mich mit einem Ihrer Matrosen verheiraten? Oder mit dem jungen Mr. Cochrane – ist er Ihnen so ergeben, daß er mich heiraten wird, wenn Sie es ihm befehlen?« Ihre Ärger loderte auf wie sein eigener. »Ich habe gehört, was

Ihnen mein Vater letzte Nacht gesagt hat, Commander Phillip Horatio Hazard. Er versuchte mit aller Kraft, mich Ihnen anzubieten, oder? *Ich würde sie Ihnen lieber als jedem anderen lebenden Mann geben* ... das hat er doch gesagt. Ich habe alles gehört, also leugnen Sie es nicht. *Sie wird ihnen eine gute und pflichtbewußte Frau sein*, hat er Ihnen gesagt, *wie ihre Mutter mir eine war*. Aber Sie wollten mich nicht und haben ihm deswegen nicht geantwortet.«

Phillip mußte sich mit aller Kraft zusammennehmen, um seine Fassung nicht zu verlieren. »Ich habe Ihnen gesagt, daß ich gestern nicht klar gedacht habe, aber heute ...«

»Heute ist es zu spät«, sagte sie mit großer Entschlossenheit.

»Nein, das ist es nicht, Selina.« Er versuchte, ihre Hand zu ergreifen, aber sie entzog sie ihm und stand auf.

»Es tut mir leid«, sagte sie, doch ohne Zerknirschung. Ihre Augen blitzten wie von einem inneren Feuer. »Ich hatte nicht die Absicht, Ihnen zu sagen, daß ich alles gehört habe, was mein Vater Ihnen gestern abend gesagt hat ... was er Ihnen angeboten hat. Ich hatte gehofft, es wäre nicht nötig ...« Sie trat ein paar Schritte zurück, als Phillip sich ebenfalls erhob.

»Bitte, Selina ...«

Sie schien ihm noch nie so begehrenswert wie in diesem Augenblick, und weil er sich so von ihr angezogen fühlte, spürte er das Blut in seinen Adern pochen, und ihn überfiel der plötzliche Wunsch, sie in die Arme zu nehmen, ihre Ablehnung zu überkommen, seinen Mund auf ihrem zu spüren und ihren weichen jungen Körper an sich zu pressen. Aber man beobachtete ihn, wurde ihm klar. Cochrane, der ihn mit großem Staunen ansah, stand ein paar Schritte hinter ihm. Da waren Thompson und Erikson und ein Dutzend Männer am Feuer, Yusef unter ihnen – und sein Sehnen erstarb so schnell, wie es gekommen war. Er ließ seine Arme fallen, sah wieder Selina an und nahm sich sehr zusammen.

»Würden Sie mir jetzt bitte zuhören?« bat er leise. »Denn ich muß Ihnen einen Antrag machen!«

»Einen Heiratsantrag?« warf sie ihm entgegen, sehr leise. »Machen Sie mir einen Heiratsantrag?«

»Ja«, antwortete Phillip, »ja, Selina, das tue ich.«

»Damit Sie das Versprechen halten, das Sie meinem Vater gegeben haben«, spottete sie. »Ist das die einzige Art, es zu halten?«

Er schüttelte den Kopf. »Sie wissen, daß das nicht stimmt!«

»Ja, vielleicht. Ich dachte ... oh, es ist egal, was ich dachte ... es tut mir nur leid, verstehen Sie ... Ich ...«

Der Zorn verschwand aus ihren Augen, und Tränen erstickten das Feuer der Rebellion, das noch vor einem Augenblick in ihnen gelodert hatte. Sie unternahm keinen Versuch, ihre Tränen zu verbergen, sondern ließ sie ungehindert über ihre sanften Wangen rinnen wie Regentropfen im Sommersturm. Er trat auf sie zu, aber sie ließ sich wieder auf den Rand des Lagers fallen und verbarg ihren Kopf in ihren Händen und weinte ohne Zurückhaltung, als löse sich aller Schmerz, den sie so lange verborgen hatte, jetzt auf einmal und ganz ungehindert. Nach einer Weile hob sie ihr tränennasses Gesicht und sagte sehr leise: »Ich bin sehr geehrt, daß Sie mir die Ehe angeboten haben, Phillip, geehrt und dankbar. Aber ... aber ich muß ablehnen.«

»Warum?« setzte Phillip dagegen, seine Kehle schien sich schließen zu wollen, als er da stand und auf sie blickte und alle anderen vergaß, die sie jetzt vielleicht beobachteten. »Warum müssen Sie ablehnen, Selina?«

»Aus vielen Gründen«, sagte sie ernst. »Zuerst, weil ich Sie nicht liebe und Sie mich nicht lieben.« Mit einer schnellen Handbewegung wischte sie seinen Protest zur Seite. »Das ist wahr. Aber am wichtigsten ist: Ich bin nicht die geeignete Frau für Sie. Und würde es nie werden!«

»Das sollte ich doch wohl beurteilen«, entgegnete Phillip.

Als Antwort auf ihre Einladung setzte er sich neben sie und war sich der widerstrebendsten Gefühle bewußt, als sie ihre Hand auf seinen Arm legte. Die Anziehung, die sie von dem Augenblick auf ihn ausgeübt hatte, als er sie zum erstenmal gesehen hatte, war immer noch da, so stark und so beunruhigend wie immer und doch ... Er ergriff ihre Hand und hielt sie, fühlte ihre unfrauliche Stärke und Rauheit in seiner und mußte unwillkürlich daran denken, wie sie gestern ihr Steinschloß-Gewehr abgefeuert hatte. Sie hatte geschossen, um zu töten, kühl und genau und ohne Mitleid. Als er sie davon abbringen wollte, war sie überrascht ... Und er hatte ungewollt an seine Mutter gedacht. Wie würde sie auf ein Mädchen wie Selina Gorak reagieren?

»Nun«, sagte er, nicht mehr ganz so sicher, »sollte ich nicht beurteilen können, ob Sie die Frau für mich sind?«

»Das können Sie nicht wissen«, sagte Selina ihm. Sie lächelte, die Tränen waren verschwunden. Eine Spur Spott lag in dem Lächeln, als habe sie seine Gedanken erraten, und – besser als er – seine Zweifel und Vorbehalte ihr gegenüber verstanden. »Ich habe Sie beobachtet und weiß es. Ich gebe zu, es gab Augenblikke, in denen ich es lieber nicht gewußt hätte und mir sagte, ich irre mich ... aber ich irre mich nicht! Die Tatsache, daß Sie mich heiraten wollen, ist der Beweis, daß ich mich nicht irre.« Sie entzog ihm die Hand und lächelte ihn wieder an, offen und ehrlich und ohne jede Koketterie. »O ja, Sie sind ein Mann mit rotem Blut in Ihren Adern, und ich bin eine Frau – unter anderen Umständen hätten wir ein Liebespaar sein können. Ich hätte versucht sein können, die Wahrheit zu verdrängen, oder Ihr ritterliches Angebot anzunehmen, zu meinem Vorteil. Aber doch nicht hier, wo mein Vater gerade stirbt, und der Krieg – Ihr Krieg und der meiner Leute – noch zu seinem blutige Ende geführt werden muß. Zwischen uns sollte es ehrlich zugehen, wenigstens das.« Sie ließ ihn nicht reden, indem sie ihm den Finger auf die Lippen legte. »Nein, dazu können Sie nichts sagen. Wir kommen aus verschiedenen Welten, Phillip Hazard. Und wenn Sie mich jetzt bitte gehen lassen, ich muß zu meinem Vater zurück. Ich habe ihn schon zu lange allein gelassen ...«

»Erikson ist bei ihm«, erinnerte Phillip sie. »Er ruft Sie, wenn nötig. Bitte, bleiben Sie noch einen Augenblick, Selina.«

Er lächelte und fühlte sich zum erstenmal ganz entspannt neben ihr, seit sie in die Höhle zurückgekehrt waren. »Bitte, denken Sie über meinen Antrag nach. So unterschiedlich sind unsere Welten schließlich nicht, daß sie nicht vereint werden könnten.«

»Ich fürchte doch, Phillip.« Ihre Stimme klang traurig, doch nicht mehr so bitter wie eben noch. »Es tut mir wirklich leid. Sie sind gütig und mitfühlend, und Sie versuchen, tapfer zu sein, aber ich weiß sehr genau, wie sehr ich Sie schockiert habe.«

»Mich schockiert? Sie irren sich, Sie ...«

»Wirklich? Ich glaube nicht. In der Welt, aus der Sie stammen, heiraten Frauen und bringen Kinder zur Welt, sie kochen und nähen und führen das Haus für ihre Männer, aber sie benutzen kein Gewehr und reiten nicht in den Kampf wie ich, wenn ihr Land Krieg führt.« Resignierend hob Selina die Hände. »Ich kann mich nicht ändern und auch das nicht, was ich getan habe, Phillip!«

»Darum habe ich Sie auch nie gebeten«, entgegnete Phillip.

»Das taten Sie wirklich nicht«, gestand sie ein. »Aber könnten Sie es vergessen?«

Er erkannte die Berechtigung ihres Arguments und runzelte die Stirn. Könnte er es – wirklich und ehrlich?

»Das könnten Sie nicht«, antwortete Selina an seiner Stelle. »Sie wünschen sich als Frau jemand Sanften, eine Frau, die Sie liebt und sich ohne Zweifel immer auf Sie verläßt. Eine, die zufrieden ist, zu Hause zu bleiben, die auf Ihre Rückkehr wartet, wohin Sie auch immer geschickt werden. Während Sie nicht da sind, baut sie ihr Leben um die Kinder, die Sie ihr machen ...«

Phillip verzog das Gesicht über die Bilder, die ihre Worte hervorriefen. Ja, die Beschreibung könnte auf seine Mutter zutreffen, wenn man Charme, Toleranz und einen unendlichen Humor dazu nahm. Während ihrer langen Ehe hatte sie bei Gott viele Trennungen erduldet, doch sie hatte sie tapfer ertragen, ohne sich je zu beschweren. Ihre große Familie hatte sie praktisch allein geleitet, als der alte Admiral, damals noch als junger

Offizier, Krieg geführt hatte ... Selina brach in seine Gedanken und klang plötzlich hart und bedrückt.

»Sie wollen mich nicht wirklich, Phillip. Ich bin in einem Armeelager auf die Welt gekommen und habe mein ganzes Leben mit Soldaten verbracht, mit Ausnahme der Jahre im Konvent. Und auch dort waren Soldaten nie fern. Und ich ... verstehen Sie nicht, ich brauche einen Mann, der mich nimmt, wie ich bin. Wie das Leben mich geformt hat, sozusagen. Ein Mann, der mich liebt, obwohl ich Moskowiter getötet habe und gesehen habe, wie sie Unschuldige vergewaltigt und ermordet haben. Ein Mann, der mir erlaubt, ihm zu folgen, wie ich meinem Vater gefolgt bin ... Ich kenne einen solchen Mann und ...«

»Yusef?« wollte Phillip wissen. »Obwohl Sie wissen, daß Ihr Vater genauso wie Serfir eine Heirat verboten hat?«

»Nein, nicht Yusef«, entgegnete sie. »Ich hatte mal an ihn gedacht, aber ...« Sie entspannte sich und fuhr so ehrlich fort, daß er keinen Zweifel hegen konnte: »Denken Sie nicht an Yusef. Ich bin, wie mein Vater sagte, eine pflichtbewußte Tochter. Ich werde seine Wünsche erfüllen.«

Vielleicht ist der junge irische Offizier, den der Oberst erwähnt hatte, der Mann, den sie im Sinn hat, dachte Phillip und war unendlich erleichtert. Wenn er unter General Cannon diente, stand er jetzt in Eupatoria, und es würde schwierig sein, mit ihm Verbindung aufzunehmen. »Was meinen Sie, Selina?« fragte er, weil er es genau wissen wollte.

»Daß ich christlich heiraten werde«, antwortete sie, »oder gar nicht – auch wenn ich bis zum Ende des Krieges bei Serfir und seinen Leuten bleiben werde. Darauf gebe ich Ihnen mein Wort, und ich werde es halten, keine Sorge!«

»Was hat Sie dazu veranlaßt?« wollte Phillip neugierig wissen.

Sie seufzte. »Sie selbst!«

»Ich? Wie ...?«

»Ich habe Sie falsch eingeschätzt und vielleicht mich auch«, gab sie zu. »Ich habe nicht erwartet, daß Sie mir einen Heiratsantrag machen würden, aber Sie taten es. Und ich habe nicht mehr den Wunsch, Sie zu verwunden oder Sie zu beleidigen, was ich gestern abend noch wollte.«

Das ist ein offenes Eingeständnis, mit der großen Ehrlichkeit vorgetragen, die so typisch für dieses seltsame, unberechenbare Mädchen ist, dachte Phillip und versuchte, seine Überraschung zu verbergen.

Sie gab sich Mühe, ihn nicht anzusehen, als sie fortfuhr: »Ich schäme mich wirklich, weil ich jetzt verstehe, warum mein Vater Sie so mochte und Ihnen so vertraute. Er sagte mir, Sie seien ein englischer Gentleman und daß ich bei Ihnen sicher wäre – was auch immer geschehen würde. Er machte sich immer Sorgen um mich, wissen Sie, mein armer Papa!«

»Ja, ich weiß, Selina.«

Sie hatte ihm ein seltsames Kompliment gemacht, merkte Phillip bitter, eines, das nach Meinung mancher seine Männlichkeit vielleicht in Zweifel ziehen könnte. Aber er wußte, daß sie es als Kompliment beabsichtigt hatte und protestierte deshalb nicht. Als er aufsah, entdeckte er Yusef, der sie wachsam beobachtete, und erlaubte sich ein spöttelndes Lächeln. Gentleman oder nicht, sagte Phillip sich, er würde sein Leben sofort einsetzen, wenn Yusef in diesem Augenblick die Hand auf Oberst Goraks Tochter legte. Es wäre sicher ganz gut, wenn man den jungen Mann überreden könnte, seinen Vater morgen nach Jelenik zu begleiten – wenn auch nur wegen Erikson.

»Jetzt muß ich zurück zu meinem Vater«, sagte Selina. Sie erhob sich und schüttelte den Kopf, als er aufzustehen versuchte, um sich zu verabschieden. »Nein, bitte nicht, Sie sind müde, und Sie müssen Ihr Bein für morgen schonen. Serfir will gleich nach dem Hellwerden aufbrechen. Ich sehe Sie noch, ehe Sie gehen, und dann können wir uns verabschieden.«

Sie sah so schön wie immer aus, als sie vor dem roten Schein des Feuers stand. Phillip spürte schmerzliches Bedauern und mit ihm ein Wanken seiner Beschlüsse. Aber Selina berührte ihn nicht und lächelte ihn nicht einmal an, als sie ihm einen guten Schlaf wünschte. Als er sie ein paar Augenblicke später über das Lager des Oberst gebeugt sah, wußte er, daß zwischen ihnen Wahrheit geherrscht hatte, und er war dankbar, daß er der Versuchung nicht nachgegeben hatte, sie zurückzurufen.

Es dauerte lange, bis er einschlief, aber dann fiel er endlich in ganz tiefen Schlummer, in dem ihn keine Träume störten, und er war sofort wach, fühlte sich erfrischt und bei klarem Verstand, als eine Hand seine Schulter schüttelte.

»Kaffee, Monsieur Hazard?« fragte Yusef freundlich.

Der Sohn des Paschas lächelte, als er das irdene Trinkgefäß auf die Erde neben dem Lager stellte, und in seinen Augen war keine Spur von Mißtrauen mehr zu sehen, als sich ihre Blikke trafen. Phillip richtete sich zum Sitzen auf, zog seine Uhr aus der Tasche und blickte auf die Gravur, ehe er den Deckel aufspringen ließ. *Die gehörte meinem Vater*, hatte Mademoiselle Sophie auf die Karte geschrieben, mit der sie die Uhr geschickt hatte, *sie kommt mit all meinem Dank* ... Er klappte den Deckel wieder zu und grinste gut gelaunt Yusef wieder an. Die Sorgen der letzten Tage waren plötzlich von Phillips Schultern genommen, als er daran dachte, bald wieder an Bord zu sein.

»Eine Beute?« Yusef lehnte sich vor, um das schöne Stück zu bestaunen, und pfiff leise, als er das kaiserlich russische Wappen erkannte. »Die haben Sie sicher einem sehr hochrangigen moskowitischen Offizier abgenommen?«

Neid schwang in seiner Stimme mit und mischte sich mit zögernder Bewunderung. Phillip hob die Schultern und bedauerte wieder einmal, daß er mit seinem Schul-Französisch keine ehrliche Erklärung liefern konnte.

»Wann brechen wir auf?« wollte er wissen und schob die Uhr in die Tasche zurück. »Wann brechen wir nach Jelenik auf, Yusef?«

Er nahm ein paar Schlucke von dem heißen, starken Kaffee, schwang seine Beine auf die Erde und bewegte vorsichtig die Muskeln seines rechten, dick verbundenen Beins. Das Bein war noch ein bißchen steif, aber es schmerzte nicht.

»In einer halben Stunde wird es hell«, sagte Yusef. »Wir brechen dann auf, aber nicht nach Jelenik. Mein Vater möchte Ihnen durch mich mitteilen lassen, daß ...«

»Nicht nach Jelenik?« wiederholte Phillip ärgerlich und entsetzt zugleich. »Aber Ihr Vater hat das versprochen, er wollte ...«

»Er wird es auch halten, Monsieur Hazard, keine Sorge. Aber unsere Späher haben uns gemeldet, daß die Kosaken in großer Menge ausgeschwärmt sind, um uns aufzuspüren. Wir müssen erst mit ihnen fertig werden, und das wird nicht lange dauern.« In den dunklen Augen des Tscherkessen blitzte es wild, als er an seinen Dolch im Gürtel griff. »Dann werden wir nach Jelenik aufbrechen. Die Moskowiter dürfen diese Höhle nicht finden, verstehen Sie ... Aber Sie sind hier ganz sicher, wenn Sie hier bleiben wollen, um Ihr Bein zu schonen. Mein Vater sagt, wir kommen in ein oder zwei Tagen wieder.«

Phillip verschlug es fast den Atem. »Ich habe nicht den Wunsch, hier zu bleiben und meine Wunden zu lecken«, begann er. »Ich will nur ...«

»Also gut«, sagte Yusef. Er hatte Phillip mißverstanden, aber war offensichtlich erleichtert über dessen Entscheidung, nicht in der Höhle zu bleiben – wahrscheinlich Selinas wegen. »Dann begleiten Sie uns, Monsieur Hazard. Diesmal werden wir Ihnen zeigen, wie wir gegen die dreimal verdammten Moskowiter kämpfen.«

Phillip schluckte seinen Ärger hinunter und verlangte dann grimmig entschlossen: »Bringen Sie mich zu Seiner Exzellenz, sofort bitte. Ich muß mit Ihrem Vater sprechen.«

»Natürlich«, stimmte Yusef zu. Und dann sagte er mit einer Spur Bösartigkeit: »Er wird nicht auf Sie hören, wenn Sie ihn umstimmen wollen. Ich warne Sie!«

8

Serfir lehnte es ab, seine Pläne zu ändern, wie sein Sohn vorhergesagt hatte. Er legte gerade seine Waffen an und war schon zum Aufbruch bereit. Mit schlecht verhohlener Ungeduld nahm er Phillips Forderung entgegen. Es war klar, daß er nicht die Absicht hatte, nach Jelenik zu reiten, ohne alles Mögliche unternommen zu haben, sein Versteck in den Bergen zu sichern. Phillip gestand sich ein, daß er ihm mit gutem Gewissen kaum raten konnte, etwas zu tun, das die Kosaken sein Versteck finden lassen würde – zumal auch noch der alte Oberst so zäh mit dem Tode rang.

Offensichtlich spielte die Höhle in allen Plänen des tscherkessischen Häuptlings eine entscheidende Rolle. Er erklärte durch seinen Sohn mit seinem gebrochenen Französisch, daß die Höhle wegen ihrer abseitigen Lage wertvoll war und wegen der Sorgfalt, mit der alle Wege zu ihr verborgen geblieben waren. Man brauchte also nur eine kleine Wache zurückzulassen, wenn man eine größere Operation mit vielen Männern plante.

»Unser Männer brauchen diese Höhle«, übersetzte Yusef. »Aber wenn eine Kosakenpatrouille über sie stolpert – und sei es durch Zufall –, dann werden sie uns ausräuchern. Wir können das Risiko einfach nicht eingehen.«

Davon überzeugt, unterdrückte Phillip seinen Unwillen und hörte auf, dagegenzureden. Yusef schlug ihm dafür herzlich auf die Schulter und erklärte ihm den Plan seines Vaters in Einzelheiten.

»Wir locken sie aus dieser Gegend fort, wissen Sie. Erst reizen wir sie, uns zu verfolgen, dann führen wir sie immer weiter weg, und schließlich greifen wir sie an.« Der Sohn grinste fröhlich über diesen Plan und sagte dann: »Es dauert nicht lange, mit den Schweinen von Kosaken fertig zu werden. Zwei Tage höchstens – und die können Sie uns doch sicher zugestehen, oder? So wie wir mit ihnen umgehen, haben sie in der Regel keinen Mut mehr, in der nächsten Zeit weitere Suchtrupps loszuschicken. Mit denen werden wir keine Zeit verschwenden. Wenn Sie schon soweit sind, kommen Sie mit, und dann können Sie uns an unser Versprechen erinnern, das ist doch ein faires Angebot!«

Phillip hatte kaum eine andere Wahl und nahm an. Ihm gefiel die Aussicht nicht sonderlich, zwei lange Tage im Sattel zu verbringen, doch auf anderthalb hatte er sich für den Ritt nach Jelenik schon eingestellt. Mit der Alternative konnte er sich ganz und gar nicht anfreunden: nämlich daß Serfir ohne ihn aufbrach. Niemand würde den Tscherkessen-Häuptling an sein Versprechen erinnern, wenn Phillip in der Höhle zurückbliebe und seine Wunde pflegte. Es würde allerdings ein ziemlich riskantes Unternehmen werden ... Vielleicht sollte er zur Sicherheit Cochrane voraus nach Jelenik schicken, der melden könnte, daß Serfir käme?

»Nun?« wollte Yusef wissen, der sein Zögern bemerkte. »Was bedrückt Sie? Möchten Sie doch lieber nicht mit uns kommen?«

»Nein, ich komme natürlich mit«, versicherte Phillip. »Aber ...« Er erklärte grob, was er vorhatte, und Yusef nickte zustimmend.

»Natürlich«, sagte er sofort, »das ist eine ausgezeichnete Idee. Wir werden Monsieur Cochrane eine Eskorte mitgeben, und er bricht mit uns zusammen auf ... in ein paar Minuten.« Er deutete in Richtung Serfir. »Mein Vater verliert bereits die Geduld. Geben Sie bitte sofort Ihre Befehle, und stoßen Sie dann draußen zu uns. Ich werde die Eskorte bereitstellen.«

Anthony Cochrane empfing seine neuen Befehle mit einer

Freude, die er nicht zu verhehlen suchte. Phillip entschied, Thompson mit ihm zu schicken. Während die beiden sich sofort vorbereiteten, ließ er Erikson zu sich kommen.

»Sie haben gehört, was anliegt, Erikson?«

Der norwegische Seemann nickte. »Ja, Sir, ich habe es gehört. Sie schicken Mr. Cochrane und den Gehilfen des Stückmeisters zurück aufs Schiff, und Sie wollen, daß ich mit Miß Selina und ihrem Vater hier bleibe.«

»Oh, dann hat Sie mit Ihnen also schon darüber gesprochen?«

»Ja, Sir.« Einar Erikson sah ihn blauäugig und doch irgendwie aggressiv an. »Ich bleibe. Der Oberst atmet noch, aber mehr auch nicht. Ich glaube nicht, daß er es viel länger macht.«

»Gut.« Phillip sah ihn an und fragte sich, was mit dem Mann los war. Aber es blieb keine Zeit für Fragen. Erikson ein guter Mann, und man konnte sich darauf verlassen, daß er Befehle ausführte. Die gab Phillip knapp. Weil er sah, daß Selina schlief, bat er ihn, ihr einen Abschiedsgruß auszurichten, wenn sie wach war. »Denken Sie daran, Sie müssen sich in Jelenik bei mir melden, so schnell Sie können, und Miß Selina mitbringen. Ich glaube kaum, daß wir noch länger als eine Woche dort liegen werden, also müssen Sie bis dahin im Hafen sein oder ...«

»Oder ich werde als Deserteur geführt, Sir?« fragte Erikson ruhig.

Phillip schüttelte den Kopf. »Ich werde Sie nicht als Deserteur führen«, antwortete er. »Aber dann müßten Sie hier bleiben, bis wir Sie wieder aufnehmen können, und das könnte einen langen Aufenthalt bedeuten!«

»Aye, aye, Sir!« bestätigte der junge Norweger und lächelte. »Ich verstehe. Viel Glück, Sir!«

»Und Ihnen, mein Junge.« Einen Augenblick schaute Phillip zur schönen, schlafenden Selina hinüber und folgte dann Cochrane und Thompson aus der Höhle heraus.

In den nächsten 48 Stunden durchlitt Phillip die größte Unbill an Land, an die er sich je erinnerte. Serfir und seine rund 100

Kavalleristen ritten schnell und ohne Pause, und Phillip machte gezwungenermaßen mit. Ihm fehlte ihr reiterliches Können, doch er war eisern entschlossen, bei ihnen zu bleiben. Zuerst sah er nichts von dem Feind, den sie überlisten wollten, nur die Spuren der Pferde, und einmal, kaum drei Meilen von der Höhle entfernt, die Asche eines Lagerfeuers. Auch die Kosaken waren vorzügliche Reiter und beantworteten Können mit Können, List mit List, und nahmen die Scheinangriffe nicht ernst, die kleine Gruppen von Tscherkessen gegen sie vortrugen, und lehnten es ab, jene zu verfolgen, die sie in die Ferne locken sollten.

»Sie werden gut geführt«, gestand Yusef am Ende des ersten Tages, als die Dunkelheit fiel, und sein Vater Halt befahl. »Aber wir werden das Problem heute nacht lösen, das versichere ich Ihnen, Monsieur Hazard.«

»Wie?« fragte Phillip müde. Er war so steif und so durchgeritten, daß er Yusefs Hilfe annehmen mußte, aber den Kopf schüttelte, als der junge Tscherkesse ihn ausfragte: »Nein, es ist alles in Ordnung, ich bin nur ein bißchen steif, mehr nicht. Und das geht vorbei.« Einer der Männer nahm sein Pferd und pflockte es mit den anderen an. Phillip begann, langsam auf und ab zu gehen, damit das Blut in sein taubes und geschwollenes rechtes Bein zurückkehrte. »Wie?« fragte er, um von seinen Schmerzen abzulenken. »Wie wollen Sie heute nacht das lösen, was Sie Ihr kleines Problem nennen, Yusef?«

Yusef legte ihm freundschaftlich den Arm um die Schulter und paßte seine langen, leichten Schritte dem Hinken seines Freundes an. »Die Kosaken entzünden nachts Lagerfeuer«, antwortete er lächelnd. »Sie stellen Posten auf, und alle anderen schlafen. Die Offiziere meistens getrennt von den Reitern. Und damit haben wir ihnen gegenüber einen Vorteil. Die Dunkelheit ist ein Freund unserer Männer, nicht ihr Feind. Wir tragen unsere Angriffe gern im Schutz der Dunkelheit vor, schleichen uns heimlich an wie hungrige Wölfe und erledigen einen Posten nach dem anderen.« Er lachte tief und herzlich. »Wenn

Sie sich heute nacht niedergelassen haben, werden einige von uns ihr Lager überfallen, und meine Männer werden die Posten zum Schweigen bringen. Ich werde dafür sorgen, daß der Kommandeur unserer Feinde den Morgen nicht mehr erlebt.«

»Sie gehen ja ein gewaltiges Risiko ein«, mahnte Phillip.

»So groß ist es nicht«, versicherte ihm Yusef ganz überzeugt. »Es ist außerdem nötig, mit den Moskowitern fertig zu werden, wenn mein Vater sein Versprechen halten will, Mustafa Pascha zu der von Ihrem Admiral vorgegebenen Zeit in Jelenik zu treffen. Wir Tscherkessen halten Wort, Monsieur Hazard.«

»Ich möchte nicht, daß Sie Wort halten und dabei Ihr Leben aufs Spiel setzen, Yusef!« Phillip hielt inne und sah den Sohn des Paschas beunruhigt an. »Verstehen Sie das bitte!« Er suchte nach den richtigen Worten, um sich in einer Sprache verständlich zu machen, die weder er noch Yusef richtig beherrschten. Und so wünschte er sich Selina als Dolmetscherin herbei.

Yusefs Grinsen wurde breiter. »Es ist schön, daß Ihnen mein Leben etwas bedeutet, Monsieur Hazard, aber machen Sie sich keine Sorgen. Die Kosaken sind Schweine, und ich hasse sie. Ich will sie meinetwegen, oder, wie sagen Sie, zu meiner eigenen Befriedigung überwältigen. Ich würde Sie gern mitnehmen, damit Sie sehen können, daß ich kein falsches Versprechen gebe, aber mit Ihrem Bein würden Sie zu viel Lärm machen.« Er deutete auf eine Mulde in der Erde und entledigte sich seines schweren Reitmantels aus Schaffell und legte ihn Phillips um die Schultern. »Ich brauche den nicht, wir greifen zu Fuß an. Wickeln Sie sich darin ein und schlafen Sie, Monsieur Hazard ... wir entzünden keine Feuer, und Sie, könnten frieren.«

»Die Männer, die auf nackter Erde ohne Feuer schlafen«, hatte Selina sie genannt. Phillip erinnerte sich daran und nahm den Mantel dennoch zögernd. »Holen Sie ihn sich«, bat er, »wenn Sie von Ihrem Überfall zurück sind.«

Yusef sah ihn einen Moment mit hochgezogenen Brauen an, lachte laut und umarmte ihn wie ein Bär. »Sehr gut«, sagte er, »ich werde tun, was Sie gesagt haben. Sie sind ein wirklicher

Freund, Monsieur Hazard, genauso einer wie der Oberst. Anfangs war ich mir nicht so sicher. Ich habe bemerkt, wie Sie Selina angesehen haben. Aber jetzt verstehe ich Sie und vertraue Ihnen. Wenn Ihr Herz sie will, sei sie die Ihre ...« Er wartete nicht auf Phillips Antwort, sondern verschwand lautlos und wie ein Schatten im Dunkel.

Auf dieselbe katzenhafte Weise erschien er etwas später wieder. Phillip erwachte aus seinem kühlen und ungemütlichen Schlaf auf der nackten Erde und fühlte, wie ihm ein runder Gegenstand in die Hand gedrückt wurde. »Hier ist der Beweis«, flüsterte Yusef, »es ist eine Uhr wie Ihre.«

»Wie meine? Aber ...«

Yusef mußte leise kichern. »Sie hat kein Wappen, sie gehörte einem Schwein von Kosakenoffizier, der sie nicht mehr braucht. Wir haben auch ein paar Pferde mitgenommen – morgen werden sie uns kaum Probleme machen, warten Sie's ab.«

Seine Vorhersage erwies sich als sehr treffend. Ohne ihren erfahrenen Anführer wurden die Jäger zu Gejagten, und, wo sie sich früher unsichtbar gemacht hatten, ließen sie sich jetzt zunehmend häufiger entdecken, machten einen Fehler nach dem anderen und ließen schließlich sogar zu, als Truppe getrennt zu werden. 30 Mann, die von der großen Menge abgeschnitten worden waren, flohen ruhmlos, nachdem sie Dafir und ein halbes Dutzend Tscherkessen auf einem Bergkamm gesehen hatten. Obwohl Dafir sich auf keine Verfolgung einließ, wurden sie nie wieder gesehen.

Ein zweiter und mutigerer Trupp, der eine Gruppe angreifen wollte, die Yusef zur Täuschung und mit großem Können führte, wurde von hinten durch Tscherkessen angegriffen, die etwa gleich stark waren. Die Kosaken verloren in einem kurzen und blutigen Gefecht dabei fast ein Drittel ihrer Männer und flohen ebenfalls. Der Kampf Mann gegen Mann war wild und ungeheuer brutal. Pardon wurde nicht gegeben und Gefangene wurden nicht gemacht – von beiden Seiten nicht. Phillip, der neben Serfir ritt, machte der Anblick krank, obwohl er das taktische

Können des Tscherkessenführers nur bewundern konnte, und die Art, in der er seine wilden und disziplinlosen Reiter führte. Sie nutzten jede natürliche Deckung von Bäumen und Bergen aus, wohin er sie auch führte.

Der Kampf folgte keinen zivilisierten Kriegsregeln. Einmal protestierte Phillip, als nach einem erfolgreichen Kampf die Tscherkessen die Verwundeten systematisch töteten und ausplünderten. Man nahm seinen Einspruch überrascht zur Kenntnis – und ignorierte ihn. Später führte Yusef, der über seinen Vater offenbar von dem Protest gehört hatte, Phillip zu einer kleinen Lichtung, etwa eine Meile von ihrem Lager der letzten Nacht entfernt. Hier zeigte er auf drei gefallene Tscherkessen. Entsetzt stellte Phillip fest, wie brutal die Männer verstümmelt und zerhauen worden waren.

Mit rauher Stimme erklärte Yusef: »Die waren gestern nacht noch bei uns und wurden lebend gefangengenommen!«

»Lebend? Aber ...«

Der junge Tscherkesse hob nur die Schultern. »Monsieur Hazard, wir töten, aber wir foltern nicht. Die Kosaken haben nie Mitleid mit uns gehabt, sie haben kein Mitgefühl für unsere Frauen und Kinder, und wir kämpfen seit 30 Jahren gegen sie. Also ...« Er deutete mit seinem blutverschmierten Krummsäbel auf das Beerdigungskommando, das sie begleitet hatte.

Phillip wandte sich ab und konnte ihn weder tadeln noch ihm eine Antwort geben.

Am mittleren Nachmittag war das vorbei, was er unwissend anfangs Serfirs Katz-und-Maus-Spiel genannt hatte. Zu seiner großen Erleichterung ließ man versprengte Einheiten der Kosaken entkommen. Yusef erklärte feierlich, das geschehe nur, weil sein Vater sein Versprechen einhalten wollte und daher keine Zeit mehr auf die Kosaken verschwenden konnte.

»Wir brechen jetzt nach Jelenik auf, Monsieur Hazard«, sagte der Sohn des Paschas weiter. »Und wir reiten, solange es hell ist!«

Sie legten acht oder neun Meilen zurück, ehe es dunkel wurde, lagerten dann und machten sogar ein Feuer. Beim ersten Tageslicht saßen sie wieder im Sattel, ritten in leichtem Galopp durch weglose und dicht bewaldete niedrige Berge in Richtung Westen und sahen dabei gelegentlich auch das Meer.

Es war fast dunkel, als endlich der Hafen und die eng zusammenstehenden Häuser von Jelenik in Sicht kamen, zwar noch klein und fern, aber deutlich erkennbar. Phillip war erschöpft, unrasiert und hatte große Schmerzen. Dennoch dankte er seinem Schöpfer, als sie endlich zum Meer hinunter ritten und er in der fallenden Dunkelheit die Ankerlichter von drei Schiffen ausmachen konnte. Alle drei ankerten dicht unter der Küste, doch er war sehr beunruhigt, als er sein Glas nahm und zwei der ankernden Schiffe als Raddampfer identifizierte und das dritte als Dampfschraubenkanonenboot *Viper*. Von der *Huntress* war nichts zu sehen und erschöpft wie er war, überfielen Phillip fürchterliche Vorahnungen. Von denen wurde er erst erlöst, als Dafir, der ins Fort voraus geritten war, zehn Minuten später mit Leutnant Roberts zurückkehrte.

»Wie geht es Ihnen, Sir?« grüßte ihn der junge Offizier der Seesoldaten erfreut und zügelte sein Pferd, um den gleichen Schritt zu finden wie Phillips müdes, verdrecktes Tier. »Sie sehen reichlich mitgenommen aus, muß ich schon sagen. Vielleicht wollen Sie zuerst ins Fort, um zu baden und zu essen, ehe Sie sich bei Commander Osborn melden?«

Osborn ... also war die *Vesuvius* hier, stellte Phillip nur nebenbei fest. Der zweite Raddampfer war also vermutlich das türkische Schiff von Mustafa Pascha.

»Ja, danke, Mr. Roberts«, sagte er, »das sollte ich. Ich habe mich drei Tage nicht rasiert. Aber wo ist die *Huntress*? Und sind Mr. Cochrane und der Gehilfe des Stückmeisters hier sicher eingetroffen – vor ein paar Tagen?«

Roberts nickte. »Oh, ja, Sir, beide sind hier gut angekommen und sind jetzt schon auf der *Huntress*. Sie setzte heute morgen Segel für die Reise nach Soujak und Anapa mit Emin Bey und einigen anderen tscherkessischen Führern an Bord. Wie ich gehört habe, soll sie auf Befehl von Commander Osborn die Küstenverteidigungsanlagen etwas unter Feuer nehmen. Ich kenne die Absicht zwar nicht, aber vielleicht soll das Feuer von Beobachtungen und Erkundungen ablenken? Der türkische Pascha, ich meine Mustafa, Sir, ist hier vorgestern eingetroffen, und ich glaube, er ist ebenfalls an Bord. Die Tscherkessen glauben ihm offensichtlich nur, solange sie ihn im Blick haben, denn sie kleben seit seiner Ankunft buchstäblich an ihm.« Der junge Offizier grinste und sagte dann: »Die *Huntress* wird hier morgen früh auf ihrem Ankerplatz zurückerwartet, wie ich gehört habe.«

Phillip atmete erleichtert auf, seine Besorgnis war verflogen. Er verabschiedete sich von Serfir, der mit seinen Männern vor der Stadt ein Lager aufschlug, berichtete Yusef, was er von Roberts gehört hatte, und folgte ihm dann nach oben ins Fort. Er entdeckte, wie bequem es sich Roberts und seine Seesoldaten hier gemacht hatten, und er freute sich, daß die *redifs* des Beys offenbar sehr gut mit ihren britischen Verbündeten auskamen.

»Wir haben das einigermaßen gut organisiert«, berichtete Roberts mir verständlichem Stolz. »Aber ich glaube, wir werden nicht viel länger hier oben bleiben, nachdem Sie die Männer des Beys zurückgebracht haben!« Er öffnete die Tür zu seinen eigenen Räumen und trat zur Seite, um Phillip vorgehen zu lassen. »Da wären wir. Nehmen Sie sich, was Sie brauchen. Ich werde meinen Diener heißes Wasser holen lassen.«

Eine Stunde später saß Phillip frisch rasiert, gebadet und in gesäuberter Uniform mit seinem Gastgeber zum Essen am Tisch.

»Schiffsrationen, Sir, tut mir leid«, meinte Roberts entschuldigend. »Aber ich habe ganz guten örtlichen Wein ergattern können.«

»Nach Ziegenfleisch, Mr. Roberts, ist jede Abwechslung willkommen«, versicherte ihm Phillip. »Und nun berichten Sie mir alles, was inzwischen geschehen ist, bitte. Wissen Sie, ob Mustafa Pascha Truppen mitgebracht hat?«

»Ich glaube, er hat zwei Feldbatterien und 400 Mann mitgebracht, Sir«, antwortete Roberts wie aus der Pistole geschossen. »Aber er hat sie noch nicht ausschiffen lassen.«

400 Mann, dachte Phillip, das war nun wirklich nicht üppig, angesichts dessen, was die Türken versprochen hatten und was er Serfir guten Glaubens hatte erwarten lassen. Die Feldgeschütze wären hilfreich, und wenn Serfir und die anderen Häuptlinge 20000 bis 30000 Tscherkessen von der Art ausheben könnten, mit denen er die letzten Tage verbracht hatte, dann wäre ein Angriff auf Anapa und Soujak nicht unmöglich. Beim Essen fragte er Roberts genau aus und erfuhr, daß Emin Bey sicher war, mit den eigenen und Serfirs Truppen Anapa ohne Schwierigkeiten zu nehmen.

»Seiner Meinung nach, Sir, werden die Russen keinen Widerstand leisten, wenn sie ernstlich bedroht werden«, sagte Roberts. »Emin Bey meint, sie werden Anapa und Soujak evakuieren und sich an den Kuban zurückziehen ...« Der Offizier der Seesoldaten erläuterte weitere Einzelheiten und endete dann: »Aber der Bey sagt, daß er Kanonen braucht, Sir!«

»Und zwei Feldbatterien reichen für seine Zwecke nicht?«

»Wohl kaum, Sir. Eine Konferenz hat er mit dem türkischen Pascha bereits an Bord der türkischen Fregatte gehabt, und die lief wohl ganz gut. Aber sie warteten natürlich alle auf Serfir, und jetzt, da Sie ihn mitgebracht haben, dürfte es keine Verschiebungen mehr geben. Es war sicher nicht leicht, ihn her zu bekommen, Sir? So habe ich jedenfalls Mr. Cochrane verstanden, der hier auch erstmal ein Bad genommen und gegessen hat. Also habe ich alle Neuigkeiten erfahren.«

Phillip schaute in sein Glas und dachte müde, wie schwierig die Aufgabe in der Tat gewesen war ... Ja, das konnte man wohl sagen. Er blickte auf, und Roberts sah ihn neugierig und erwartungsvoll an. Phillip erinnerte sich an ihr letztes Gespräch, ehe er die *Huntress* verlassen und sich auf die Suche nach Serfir gemacht hatte. Neugierig wollte er wissen: »Wie war's, als Sie in Souchoum waren, Mr. Roberts? Erzählen Sie doch mal! Haben Sie die ... haben Sie das georgische Mädchen gesehen?«

Roberts wurde über und über rot – bis zu seinen dichten blonden Haaren. Diese Frage mochte er offensichtlich gar nicht, aber nach einer überraschten Pause antworte er: »Nein, Sir, ich habe sie nicht getroffen. Sie ist inzwischen verheiratet, Sir, und ...« Er verbarg seine Abscheu nur mit Mühe. »Sie ist mit einem Mann verheiratet, der alt genug ist, um ihr Vater zu sein. Ich habe ihn selbst gesehen und ... also, Sir, eigentlich soll's mir egal sein, jedenfalls jetzt. Zuerst war ich ja schockiert, als ich das erfuhr, aber es wäre sicher schiefgegangen mit uns, ich meine, wenn ich sie geheiratet hätte. Wir stammen aus anderen Welten, Sir, und wenn ich sie mitgenommen und meiner Familie vorgestellt hätte ... das hätte die ganz schön entsetzt, da bin ich sicher.«

Auch Selina hatte von anderen Welten gesprochen, dachte Phillip und fühlte immer noch Trauer. Tapfere, schöne Selina. Unter anderen Umständen hätte er sie geheiratet, wie Roberts sein Mädchen. Und seine Familie wäre genauso entsetzt gewesen wie die von Roberts ... er atmete tief aus und nahm einen Schluck Wein. Roberts berichtete weiter vom Besuch der *Huntress* in Souchoum-Kaleh.

»Die Männer haben sich bewundernswert verhalten, Sir«, sagte er. »Keine Zwischenfälle und kein Ärger an Land. Noch ein Glas Wein, Sir? Er ist nicht schlecht, oder?«

»Er ist außergewöhnlich angenehm, Mr. Roberts«, versicherte Phillip ihm dankbar. »Und ich danke sehr für Ihre Gastfreundschaft. Doch ich meine, ich müßte mich jetzt bei Commander Osborn melden und Serfirs Ankunft melden. Wie verkehren Sie mit der *Vesuvius*? Könnten Sie sie bitten, mir ein Boot zu schicken?«

»Natürlich, Sir.« Roberts erhob sich sofort. »Ich werde meinen Sergeanten ein Boot heranholen lassen. Sollen wir morgen an Bord kommen, Sir, wenn die *Huntress* hier wieder ankert?«

»Das werde ich Ihnen sagen, sobald ich weiß, welche Befehle Commander Osborn für mich hat.«

»Aye, aye, Sir!«

Phillip ergriff seine Mütze. »Wahrscheinlich werde ich auf der *Vesuvius* schlafen. Die *Viper* ist doch auch hier, oder?«

»Ja, Sir«, bestätigte Roberts. »Sie kam aus Kasatch, kurz bevor Sie ankamen.«

Dann würde sie die letzten Neuigkeiten von der Flotte bringen, dachte Phillip, und weil er sie bald erfahren wollte, zog er sich aus alter Gewohnheit den Fellmantel an. Wie fremd er aussehen mußte, wurde ihm erst klar, als der Fähnrich, der das Boot der *Vesuvius* führte, ihn mit unverhohlener Ablehnung anschaute und dann knapp wissen wollte, ob er Englisch spräche.

»Gut genug, um Ihrer Majestät Schiff *Huntress* zu kommandieren, junger Mann«, antwortete er mit gespielter Härte und grinste, als der Junge den Mund vor Staunen nicht zu bekam. »Schon gut«, sagte er, als der Junge eine Entschuldigung stotterte. »Ein verständlicher Fehler. Ihr Kommandant wird davon nichts erfahren!«

Als er an Bord der *Vesuvius* stieg, wurde er sehr viel herzlicher begrüßt – vom Kommandanten Sherard Osborn und Leutnant William Armytage. Beide hatte sich 1842 im China-Krieg ausgezeichnet, als Armytage einer der jüngeren Offiziere unter Kapitän Henry Keppel auf der *Dido* war. Osborn diente damals unter Kapitän Edward Troubridge auf der *Clio*. Seit Fähnrichstagen waren sie alte Freunde. Sherard Osborn war nur zwei Dienstjahre älter und sofort befördert worden, nachdem er zur Schwarzmeerflotte gestoßen war.

»Nun, Phillip«, wollte Osborn nach der Begrüßung wissen, »hast du gegessen? Gut – also dann komm mit in meine Kajüte, da werden wir etwas trinken. Oder soll sich unser Arzt besser erstmal dein Bein ansehen? Dein junger Zweiter Offizier, wie heißt er noch, Cochrane, richtig – hat berichtet, daß du eine verirrte Kugel im Fleisch hast, und ich sehe, daß du hinkst.«

Phillip schüttelte den Kopf, und Sherard Osborn lächelte. »Dann geh vorm Eintörnen zum Arzt, denn du bist bestimmt neugierig, und wir haben einiges zu berichten, nicht wahr, Willie? Und du sicher auch.« In seiner Tageskajüte machte er eine einladende Geste. »Nehmt Platz und fühlt euch wie zu Hause. Ich werde dir eine Koje für die Nacht riggen lassen – tut mir leid, aber ich habe die *Huntress* ohne dich fortgeschickt, weil ich angesichts der besonderen Befehle des Admirals keine andere Wahl hatte. Morgen früh wird sie wieder hier sein. Dein Bruder ist ja ein sehr erfahrener Erster Offizier, also ... Er ist sieben oder acht Dienstjahre älter als ich. Ich habe mich gefreut, daß er sein Patent wieder bekommen hat. Also, was möchtest du trinken?«

»Brandy, danke. Ich bin im Fort schon fürstlich bewirtet worden, von meinem Seesoldatenoffizier. Also für mich nur einen kleinen Schluck.« Phillip ließ sich auf einen Stuhl nieder und streckte sein verletztes Bein aus. Ihm fiel auf, daß es nicht mehr so geschwollen wie früher war – also hatte das Bad bei Roberts ihm gut getan. Er nahm von seinem Brandy nur kleine Schlucke und berichtete kurz von seinem Aufenthalt bei Serfir Pascha – Cochrane hatte bereits viel vorweggenommen, also mußten nur Wissenslücken gefüllt werden. Interessiert hörten Osborn und Armytage zu, und als Phillip geendet hatte, wollte Osborn nachdenklich wissen: »Die Tscherkessen sind ziemlich beeindruckende Kämpfer, nicht wahr?«

»Das sind sie in der Tat«, bestätigte Phillip und mußte an die beiden letzten Tage denken.

»Ist dieser Serfir jemand, auf dessen Wort man sich verlassen kann?« wollte Sherard weiter wissen.

»Ja, das ist er«, bestätigte Phillip ohne Zögern.

»Und glaubst du wirklich, daß er 20000 bis 30000 Mann aufstellen kann für einen Sturm auf Anapa und Soujak?«

»Ja, wenn er es sagt. Aber er braucht Hilfe von den Türken, und hoffentlich begreift Mustafa Pascha das. Wie ich höre, hat er ganze 400 Mann mitgebracht und nur eine Batterie Feldkanonen ...«

»600«, verbesserte Osborn, »mir hat er jedenfalls so etwas gesagt.«

Sie diskutierten die Lage ausführlich. Als Osborn aufstand, um die Gläser wieder zu füllen, wandte Phillip sich an Armytage. »Und was gibt's Neues von der Flotte, Willie? Hat es der Admiral geschafft, Canrobert zu einem zweiten Versuch zu überreden, ein Geschwader ins Asowsche Meer zu schicken?«

Armytage mußte lachen. »Mehr als das, mein Lieber. Es ist ihm gelungen, daß Pélissier zustimmt und zwar enthusiastisch! Canrobert hat das Oberkommando an Pélissier abgetreten – aus Krankheitsgründen, wie es heißt.«

»Also ist Pélissier jetzt der französische Oberbefehlshaber?« Phillip mochte seinen Ohren nicht trauen. »Du lieber Himmel, wann ist denn das ... wann ist denn dieses Wunder geschehen?«

»Kurz bevor ich Kasatch verließ. Es hatte schon tagelang Gerüchte gegeben, aber dieses wurde gestern definitiv bestätigt. Ich bürge dafür.« Armytage lächelte wieder. »Unser Chef ist wie ausgewechselt, das kannst du dir ja denken. Canrobert war wie ein Stein um unseren Hals, den ganzen Krieg über. Man sagt auch, daß Bruat sich sehr freut!«

Osborn reichte Phillip ein gefülltes Glas und fügte dann hinzu: »Und was noch wichtiger ist: Eine Konferenz wurde angesetzt, um die Eroberung von Kertsch zu besprechen. Es gibt sehr gute Gründe für die Hoffnung, daß die zweite Expeditionsflotte in vier oder fünf Tagen in Sewastopol Anker auf geht. Der Admiral wartet nur noch auf die Bestätigung eines gleichzeitigen Aufstands in Tscherkessien und eines Angriffs auf Anapa und Soujak. Die wird Willie ihm geben, sobald Serfir und die anderen Häuptlinge sich mit Mustafa einig geworden sind.«

»Dann wollen wir darauf trinken«, sagte Phillip erleichtert und hob sein Glas.

»Das sollten wir unbedingt tun, mein Lieber.« Beim Leeren seines Glases runzelte Osborn die Stirn. »Ich war bis vor 36 Stunden auf Patrouille vor Kertsch.« Er setzte das Glas ab. »Jeden Tag vermehrt der Feind die Unterwasserhindernisse im

Tiefwasserkanal vor Jenikale. Das könnte selbst unsere Schiffe mit sehr geringem Tiefgang zurückhalten, Phillip, wie etwa deine *Huntress*.«

»Weiß der Admiral das?«

»Natürlich, ich habe ihn ständig informiert. Willie war ununterbrochen mit solchen Nachrichten unterwegs. Wir müssen ein Schiff voraus schicken, das das Fahrwasser prüft und entsprechende Bojen legt.«

Phillip verstand ihn sofort und sah ihn an. »Brauchst du Freiwillige? Wie wär's mit der *Huntress*?«

»Das ist gutes Angebot, Phillip. Sie hat weniger Tiefgang als alle anderen.«

»Dann mache ich das gerne. Wann soll ich den Versuch beginnen?«

Osborn lächelte. »Sobald ich ganz sicher weiß, daß die Expeditionsflotte unterwegs ist. Vorher auf keinen Fall, um den Feind nicht zu früh zu warnen.« Freundschaftlich legte er Phillip die Hand auf die Schulter. »Ich habe noch keinen Befehl, also warten wir mal ab, was heraussickert.«

»Sehr gut«, stimmte Phillip zu. Dankend lehnte er ein weiteres Glas ab. »Nein, ich will mich bald hinlegen, Sherard. Was ist mit morgen? Du gehst doch noch nicht Anker auf?«

»Nein, noch nicht ... aber länger als ein, zwei Tage kann ich nicht bleiben. Morgen möchte ich ein Treffen zwischen Mustafa Pascha und deinem Serfir Pascha arrangieren, mit Emin Bey und Najib Bey und den anderen tscherkessischen Führern. Sie sollen sich, wenn irgend möglich, verpflichten. Sobald sie das getan haben, kann Willie zurücklaufen und unseren Chef informieren, spätestens morgen abend, nehme ich an. Und dann kann er uns auf dem Rückweg auch unsere Befehle bringen. Du solltest morgen bei der Konferenz dabei sein, wenn's dir nichts ausmacht, denn du kennst Serfir und könntest ihm notfalls einen Schubs geben, wenn er zögern sollte.«

»Ich werde mein Bestes tun«, versprach Phillip, »Aber er spricht kein Englisch, das ist dir doch wohl klar!«

Osborn holte Luft. »Das hatte ich vergessen, dummerweise. Dann machen wir etwas anderes. Die Konferenz beginnt, sobald Mustafa Pascha und Emin Bey mit der *Huntress* zurück sind. Wir lassen ihnen Zeit bis zum mittleren Nachmittag. Dann kommen wir zu dritt dazu und hören, was sie beschlossen haben. Bring deinen türkischen Dolmetscher mit, diesen kleinen fetten, bitte. Er soll für uns übersetzen.« Erleichtert mußte er lächeln. »Ich halte es für richtig, daß du ihn nicht mit in die Berge genommen hast. Er ist sicher alles andere als ein athletischer Typ.«

»Das ist er wirklich nicht«, antwortete Phillip lachend. »Hat er dir wenigstens helfen können?«

»Na, ja, schon.« Osborn erhob sich. »Wir haben das Wichtigste besprochen, und ich will dich nicht länger vom Schlaf fernhalten. Du siehst aus, als könntest du viel davon gebrauchen.«

»Das kann ich wirklich«, gab Phillip zu. Er folgte seinem Gastgeber in eine Kabine, die für ihn frei gemacht worden war, und Osborn sagte: »Ich schicke dir meinen Arzt, damit er sich das Bein ansieht, ehe du dich hinlegst, Phillip. Selbst wenn er nichts tun kann, kann er es wenigstens neu verbinden.«

»Danke, Sherard ... auch für die Gastfreundschaft.«

»Er ist noch jung, aber sehr gut«, sagte der Kommandant der *Vesuvius* und lehnte den Dank ab. »Und nutze mich aus, und schlaf dich richtig aus, mein Lieber. Ich lasse dich erst wecken, wenn die *Huntress* vor Anker geht. Gute Nacht und schlaf gut!«

Der junge Assistenzarzt erschien ein paar Minuten später. Und er war so gut, wie sein Kommandant gesagt hatte. Anders als der junge Brown, der Assistenzarzt auf der *Huntress*, hatte dieser Junge viel Erfahrung und wußte genau, was er tat. Er ließ sich Zeit beim Säubern und Untersuchen der Wunde, die die Musketenkugel gerissen hatte, stellte verschiedene Fragen nach ihrer Entfernung und wollte bei seiner Arbeit auch etwas über die alte Schrapnellwunde wissen.

»Alles in allem ist sie erstaunlich sauber«, sagte er anscheinend zufrieden und begann, einen neuen Verband anzulegen. »Sie sollte bald anfangen zu heilen, wenn Sie Ihrem Bein ein oder zwei Tage Ruhe geben. Sie hatten verdammt viel Glück, daß Sie keine Infektion bekommen haben. Der, der die Kugel entfernt hat, war nicht sehr geschickt, muß ich sagen.«

Phillip dachte an Eriksons zögernde Versuche und erlaubte sich ein kurzes Lächeln. »Das ist keine Übertreibung, Doktor. Einer meiner Matrosen hat die Kugel mit seinem Taschenmesser entfernt – und ich mußte ihm das sogar erst befehlen!«

Der junge Arzt war entsetzt. »Dann haben Sie ja noch mehr Glück, als ich annahm.« Er beendete den Verband mit einem sauberen Knoten. »Aber Sie sind schon besser dran«, erläuterte er, »als wenn die Kugel bis heute drin geblieben wäre. Dann hätte ich Ihr Bein abnehmen müssen, statt es zu verbinden. Also kann ich nur raten: Ruhen Sie, so lange Sie können, und dann werden Sie mit dieser Wunde keine Probleme bekommen. Ich sehe sie mir morgen noch mal an. Gute Nacht, Sir.«

Phillip dankte ihm, zog sich aus und kroch in die Koje. Er schlief sofort ein und wachte erst auf, als ein Steward ihm das Frühstück servierte mit der Nachricht, daß die *Huntress* gesichtet worden war und gerade in die Bucht einlief.

Mit großer Freude und Erleichterung ging Phillip eine Stunde später an Bord seines Schiffes. Die türkischen und tscherkessischen Passagiere waren schon unterwegs an Land, als sein Boot an den Steuerbordrüsten festmachte und Graham ihn zurückhaltend mit »Willkommen an Bord, Sir!« und einem gequälten Lächeln begrüßte, das mehr als tausend Worte sagte.

In der Kajüte servierte Higgins Kaffee und verschwand. Neugierig musterte Phillip seinen Bruder und sagte: »Du bist offensichtlich froh, daß du deine Passagiere los bist!«

Graham seufzte. »Ich weiß nicht, wie du darauf kommst, aber recht hast du. O ja, die Reise war ganz erfolgreich, Phillip, darüber brauchst du nicht nachzudenken. Wir haben Soujak und Anapa erfolgreich beobachtet und an beiden Orten haben Greys Kanoniere hervorragend schulen können – ich erzähle dir gleich die Einzelheiten. Aber die Sprachschwierigkeiten waren, wie soll ich sagen, eine Last für uns alle und ...«

»Was war denn mit dem dicken Aslam? War der nicht an Bord?«

»Natürlich, aber wieder mal indisponiert. Er ist eben kein Seemann. Erst jetzt erholt er sich wieder.«

»Hoffentlich«, sagte Phillip. »Wir brauchen heute nachmittag seine Dienste wieder, wenn Sherard Osborn und ich an der türkisch-tscherkessischen Besprechung teilnehmen.« Er informierte Graham über Osborns Absichten und die letzten Nachrichten von Kasatch. Sein Bruder sah jetzt fröhlicher drein.

»Ich habe gehört, daß Cochrane und der Gehilfe des Stückmeisters gut angekommen sind«, sagte Phillip.

»Ja, das sind sie. Seitdem unterhält der junge Tony Cochrane mit den phantastischsten Geschichten über eure Abenteuer bei den Tscherkessen. Ich habe da aber so manchmal Zweifel.«

»Und weswegen, bitte? Er ist eine ehrliche Haut.«

Graham füllte seine Tasse wieder mit Kaffee. »Das habe ich auch immer geglaubt. Aber seine Berichte über dieses schöne tscherkessische Mädchen – oder war es eine Polin ... also, ob man die glauben kann?«

»Sie ist Polin – vom Vater her. Ihre Mutter ist Engländerin, eine Schwester von General Guyon.« Fast gegen seinen Willen liefen Phillips Gedanken zu Selina zurück. Besorgt fragte er sich, wie es ihr jetzt wohl ginge, ihr, Erikson und dem alten Oberst. Er zwang sich, wieder seinem Bruder zuzuhören.

»Wenn man Cochrane glaubt, ist sie eine ganze Amazone. Er sagt, sie sei ein besserer Schütze gewesen als ihr alle zusammen, als ihr den russischen Nachschub überfallen habt.«

»Das war sie«, gab Phillip rundweg zu, »mit ihrem Steinschloß-Gewehr gegen unsere Minié-Gewehre.«

Erstaunt hob Graham seine dunklen Brauen. »Wenn du das sagst, dann glaube ich dir natürlich. Cochrane sagte auch, dich hätte eine verirrte Kugel in den Oberschenkel getroffen. Ist das wahr? Und wenn, wie geht es dir?«

»Es ist wahr, und mir geht es wirklich hervorragend – oder wird es hervorragend gehen, wenn ich mein Bein ein oder zwei Tage schonen kann. Der Arzt der *Vesuvius* hat mich gesund geschrieben.«

»Darüber bin ich wirklich froh«, sagte Graham nur. »Du siehst ganz gut aus, aber ich dachte nicht, daß das beste Heilmittel bei einer Schußwunde drei oder wie viele – also drei oder vier Tage im Sattel wären. Drei oder vier Tage mit einem Trupp Tscherkessen, die Kosaken angreifen!«

Phillip hob die Schultern. »Entweder-oder ... ich hatte keine große Wahl, ganz ehrlich. Wenn ich Serfir aus den Augen verloren hätte, hätte ich ihn nie hierher bekommen. Aber der Himmel sei vor einer neuen Expedition dieser Art!«

»Und wie war es sonst?« wollte Graham neugierig wissen.

»Die Kämpfe waren fürchterlich, lieber Gott. Ich glaube nicht, daß ich besonders empfindlich bin, aber mein Magen drehte sich manchmal um, das muß ich zugeben.« Ganz nüchtern berichtete er, was er beobachtet hatte und sah, wie entsetzt sein Bruder war.

»Man muß die Tscherkessen aber verstehen. Sie sind seit 30 Jahren brutal unterdrückt worden. Ihr Haß richtet sich vor allem gegen die Kosaken, die als ihre Unterdrücker eingesetzt wurden ...« Er wiederholte, was Selina ihm vom Verhalten der Kosaken berichtet hatte, die ein unvereidigtes Dorf besetzten. Als er an die fürchterlichen Wunden dachte, die Selinas Vater empfangen hatte, klang seine Stimme härter. »Hat Cochrane dir erzählt, daß die Kosaken Oberst Gorak, den Vater des Mädchens, eingefangen haben? Ich habe mit eigenen Augen gesehen, wie wenig Mitleid sie mit ihm hatten. Dabei war er deutlich erkennbar Europäer und Christ wie sie selbst!«

Graham nickte. »Ja, Cochrane hat mir vom Oberst erzählt, einem großartigen alten Mann. War er nicht tödlich verwundet worden?«

»Ja«, bestätigte Phillip. »Ich mußte ihn im Lager zurücklassen – in der Höhle, die Serfir als Hauptquartier und Feldlazarett in den Bergen benutzt. Seine Tochter ist bei ihm geblieben. Ich habe Erikson da gelassen, damit er sich um sie kümmert – ich konnte sie einfach nicht allein lassen.« Er erklärte die Befehle, die er Erikson erteilt hatte, und fuhr dann fort, wohl wissend, daß er verlegen klang und aussah: »Der arme alte Oberst hat mir für seine Tochter die Verantwortung übertragen. Es war, man könnte sagen, sein letzter Wunsch. Doch er war gerade nur noch am Leben, als ich ihn verließ, also konnte ich ja wohl kaum ablehnen, oder?«

Graham holte tief Luft. »Nein«, sagte er mit großer Bestimmtheit. »Unter solchen Umständen kann man nicht ablehnen. Man hat seinen Verbündeten gegenüber auch Verpflichtungen ... Aber wie willst du nun den Wunsch des sterbenden Oberst in bezug auf seine Tochter ausführen? Cochrane schien zu glauben ...« Er unterbrach sich.

»Was in Gottes Namen schien Cochrane zu glauben, möchte ich wissen«, verlangte Phillip rauh.

»Er sagte nur, du hättest ihm nichts gesagt, er riet also nur herum. Er dachte, der Oberst hätte dich gebeten, das Mädchen zu heiraten. Das kann ich kaum glauben, Phillip, gebe ich zu, andererseits ...« Graham sah ihn forschend an.

»Es ist dennoch wahr«, sagte Phillip.

»Also, Cochrane meinte, sie sei wirklich ein sehr schönes Mädchen. Hast du ihr eine Ehe vorgeschlagen, Phillip?«

»Das habe ich«, gestand Phillip, »aber sie hat mich abgelehnt.«

»Abgelehnt? Das darf doch wohl nicht wahr sein?« Überrascht und ungläubig sah Graham seinen Bruder an. »Irgendwie müßte ich ja eigentlich ganz froh sein ... unser Alter Herr hätte sicher etwas gegen eine solche Verbindung gehabt. Mutter wahrscheinlich auch ... Aber wolltest du sie wirklich heiraten, Phillip? Hast du dich in sie verliebt?«

Phillip zögerte, wehrte sich ein bißchen gegen die Frage und versuchte doch ehrlich zu antworten. Er mußte an Selinas furchtlose Ehrlichkeit denken und schüttelte schließlich den Kopf. »Nein«, sagte er. »Beide Male nein. Aber ich hätte sie dennoch geheiratet, wenn sie meinen Antrag angenommen hätte. Du kannst mich meinetwegen einen Narren nennen, wenn du willst, aber so ist es nun mal.«

Sein Bruder schwieg, sah ihn nur lange forschend an. Dann runzelte er die Stirn. »Unter den Umständen, denke ich, hast du das einzig Richtige getan, Phillip. Ich wüßte nicht, was ein anderer Mann, der auch nur etwas Herz hat, hätte anders machen sollen. Aber dein Versprechen bist du noch nicht los, selbst wenn sie deinen Antrag abgelehnt hat. Wie willst du es jetzt einlösen?«

»Ich weiß nicht, Graham, ich weiß es wirklich nicht.« Hilflos hob Phillip die Hände. »Wenn Sie hier ankommt, und das wird sie mit Erikson wohl bald, werde ich für sie eine Passage arrangieren. Entweder nach Batoum auf Mustafa Paschas Schiff, wo ihr Onkel lebt, oder auf einem von unseren Schiffen nach Eupatoria. Da gibt es einen Offizier der Ostindischen Kompanie unter General Cannon, der einmal um ihre Hand angehalten hat, wie mir ihr Vater sagte. Selina selbst sagt, sie würde den letzten Wunsch ihres Vaters erfüllen. Sie gab mir ihr Wort, christlich oder gar nicht zu heiraten. Sie sagte mir, sie habe jemanden im Sinn. Ich kann nur hoffen, daß es der Offizier der Ostindischen Kompanie ist, ein Hauptmann O'Hay.«

»Eine Möglichkeit nach Eupatoria zu kommen, wird sich leicht finden«, meinte Graham.

»Das denke ich auch. Doch ich kann erst etwas tun, wenn ich sie wiedersehe. Aber wir sind vielleicht nur noch ein oder zwei Tage hier. Wenn eine zweite Expedition nach Kertsch und ins Asowsche Meer geplant ist und der neue französische Oberkommandierende zugestimmt hat, geht es unverzüglich los, wie ich unseren Admiral kenne.« Phillip zog seine Uhr hervor. »Ich habe Sherard Osborn versprochen, daß ich bei der Besprechung an Land heute nachmittag dabei bin. Ich soll Aslam mitbringen, der für uns dolmetschen muß. Wenn alles wie geplant läuft, wird Willy Armytage heute abend Anker auf gehen, um den Admiral zu informieren. Wenn es einen zweiten Versuch gibt, ins Asowsche Meer einzudringen, werden wir wahrscheinlich den Tiefwasserkanal erkunden und mit Bojen bezeichnen müssen, ehe Jack Lyons Geschwader sich der Straße nähert. Osborn berichtet, er habe beobachtet, wie der Feind die Straße blockiert.«

»Dann haben wir also keine Zeit zu verlieren?« warf Graham ein.

»Nein, in der Tat nicht.« Phillip erhob sich. »Sollte ich den Kommandanten der türkischen Fregatte nicht begrüßen? Falls Selina nicht rechtzeitig ankommt, könnte ich ihn bitten, sie nach Batoum mitzunehmen, wenn sie will. Mir hat sie zwar gesagt, sie würde gern bei Serfir und seinen Männern bleiben, aber vielleicht ändert sie ihre Meinung noch. Erikson muß hier leider so lange warten, bis wir ihn wieder an Bord nehmen können, aber ich denke, Najib Bey könnte ihn im Fort aufnehmen und ...« Er wollte zur Tür gehen, als Graham ihm in den Weg trat.

»Einen Augenblick, Phillip.« Graham stand mit dem Rücken zur Tür. »Du mußt dein Bein schonen. Ich kann sehr leicht mit dem türkischen Kommandanten in deinem Auftrag sprechen, wenn ich Aslam finde und mitnehme. Ich kann genauso reden wie du. Und wegen Erikson kannst du heute nachmittag mit Najib reden, wenn du zur Konferenz mit dem Pascha sowieso im Fort bist, also?«

»Hm, wenn du meinst.«

»Dann gibt es also überhaupt keinen Grund, warum du dich nicht ein paar Stunden auf dein Bett legen solltest«, verlangte Graham. »Lieber Gott, Phillip, ich bin nicht Ambrose Quinn. Du kannst mir Aufgaben wie diese übertragen, statt dich zugrunde zu richten!«

Phillip gab guten Gewissens nach. Er ruhte aus, bis sein Bruder zurückkehrte und ihm berichtete, daß der türkische Kommandant gern bereit war, die Nichte General Guyons mit nach Batoum zu nehmen, falls sie es wünschte. »Natürlich untersteht er Mustafa, aber er erwartet, schließlich doch nach Batoum zu kommen, zumal der Pascha dort sein Hauptquartier hat«, setzte Graham hinzu.

Und dies war alles, was er tun konnte, dachte Phillip, bis Selina nach Jelenik kam. Er speiste mit seinen Offizieren in der Messe, bis um fünf Glasen der Nachmittagswache ein Signal der *Vesuvius* ihn und den Kommandanten der *Viper* an Land befahl. Er verließ Fähnrich O'Hara an dem mittlerweile vertrauten Fisch-Kai mit dem Auftrag, die Zeit zu nutzen und Leutnant Roberts und die Seesoldaten abzuholen und an Bord zurückzubringen. In gemütlichem Tempo gingen er und die beiden anderen Kommandanten zum Fort hinauf, hinter sich den hechelnden Aslam.

Überraschenderweise schien die Konferenz schon beendet zu sein. Mustafa Pascha, ein gutaussehender Mann, dessen Alter schwer zu schätzen war, sprach gerade zu den versammelten tscherkessischen Häuptlingen, als die britischen Offiziere eintraten. Nach Aslams hastiger Übersetzung sah es so aus, als sei er bereit, ihnen mehr Hilfe als erwartet anzubieten.

»Seine Exzellenz sagt, Sir«, flüsterte Aslam heiser, »daß er nicht mehr als 2000 oder 3000 Soldaten von Abassia abziehen kann und das auch nur mit einigem Risiko. Aber er hat vor, hier in Jelenik in zwei bis drei Wochen einen Militärposten einzurichten, so wie er bereits einen in Ponahs eingerichtet hat, 60 Meilen von hier ...« Er mußte eine Pause machen, um wieder zu Atem zu kommen, und fuhr dann fort: »Seine Exzellenz dankt Ihnen für die Gelegenheit, Anapa und Soujak-Kaleh an Bord eines Schiffes ihrer Britannischen Majestät gesehen haben zu können ... Wenn Sie sich verneigen würden, meine Herren, wäre dies ein großes Kompliment.«

Das taten alle drei Kommandanten, und der Pascha antwortete mit einem würdevollen Lächeln.

Serfir Pascha erhob sich, als nach weiteren Verbeugungen der türkische General wieder seinen Platz auf einem Stapel Kissen einnahm.

»Seine tscherkessische Exzellenz sagt«, fuhr Aslam fort, »daß hier gestern ein Spion aus Soujak ankam. Er berichtete, die Russen hätten die Anwesenheit Seiner Exzellenz Mustafa Paschas an Bord eines britischen Schiffes bemerkt. Jetzt bieten sie jedem sehr viel Gold als Belohnung, der ihnen verrät, wann und wie die türkischen Kräfte sie angreifen wollen.«

Alles lachte laut und amüsiert, und selbst der dicke türkische Dolmetscher lächelte, als man erklärte, der Spion habe Serfir zwei Goldstücke gezeigt, die man ihm für die Information gegeben habe. Mustafa Pascha und eine große Armee seien bereits ganz in der Nähe.

Serfirs Rede war kurz, aber sie wurde von den anderen Häuptlingen gut aufgenommen, und, nach dem Gesichtsausdruck zu schließen, auch von Mustafa.

»Er verspricht einen allgemeinen Aufstand in ganz Tscherkessien«, dolmetschte Aslam. »Und das betrifft auch jeden tscherkessischen Soldaten in russischen Diensten im Kuban-Gebiet oder sonstwo. Seine Exzellenz ist sicher, daß er binnen 20 Tagen eine Streitmacht von 20000 bis 30000 Mann ausheben kann, zu Fuß oder zu Pferde. Und jetzt«, der türkische Dolmetscher wandte sich aufgeregt an Phillip, »zollt Seine Exzellenz Ihnen persönlich seinen Tribut, weil Sie Ihr Leben riskiert haben, um ihn in den Bergen zu finden.«

Phillip wurde vor Verlegenheit schamrot und merkte, daß er im Zentrum der Aufmerksamkeit aller Versammelten stand. Sherard, dicht neben ihm, flüsterte ihm ins Ohr: »Man erwartet jetzt eine Rede von dir, nehme ich an, Commander Hazard. Los, alter Knabe, laß dich nicht lumpen, es geht um die Ehre der königlichen Marine.«

Nach kurzem, besorgten Nachdenken sagte Phillip: »Sagen Sie bitte Seiner Exzellenz, Mr. Aslam, daß es ein Privileg und eine wertvolle Erfahrung war, unter ihm zu dienen. Ich bedaure nur, daß meine Anwesenheit bei den Streitkräften Seiner Exzellenz das Leben des tapferen Mannes gekostet hat, der mich zu ihm führte, Oberst Gorak ...«

Aslam kam mit seiner Übersetzung nicht weiter, denn Serfir ging quer durch den Raum mit hocherhobenen Händen auf Phillip zu, legte sie ihm auf die Schultern und umarmte ihn herzlich.

»Seine Exzellenz Serfir Pascha möchte, daß ich Ihnen sage«, fuhr Aslam erfreut fort, »daß Sie an seinem Lagerfeuer so lange willkommen sind, wie Allah Sie beide am Leben erhält. Er trennt sich nur mit Bedauern von Ihnen und hofft, daß der englische kommandierende Admiral Sie mit Ihrem Schiff hierher zurückschickt, wenn Sie sich jetzt bei ihm melden, damit Sie den Angriff Seiner Exzellenz auf Anapa unterstützen. Mit dieser Hoffnung wünscht er Ihnen eine gute Reise.«

»Dieser gerissene Kerl«, meinte Sherard, als Serfir auf seinen Platz zurückging. »Der kennt auch jeden Trick. Aber das war nicht schlecht, Phillip, daß du es geschafft hast, ihn hierher zu bekommen. Du hast viel für uns alle erreicht, und deine Rede war ausgezeichnet – kurz und auf dem Punkt. Dein Platz ist eigentlich nicht in der Königlichen Marine ... du solltest im diplomatischen Dienst sein.«

»Um Himmels willen«, wehrte Phillip ab, »wünsch mir das bloß nicht!«

Osborn lachte. »Also, das Treffen scheint zu Ende zu sein. Könntest du mir Aslam etwa auf eine halbe Stunde ausleihen? Ich möchte mit Mustafa und Serfir sprechen, ehe sie verschwinden. Ich werde meinen Bericht hier schreiben, denke ich, und ihnen einen Teil vorlesen. Dann wissen Sie genau, auf was sie sich eingelassen haben. Und dann kannst du Anker auf gehen, Willie, mein Freund, und unserem Dienstherren die gute Nachricht bringen.«

»Aye, aye, Sir!«, bestätigte Leutnant Armytage ganz formell, »wann immer Sie wollen.«

Der Kommandant der *Vesuvius* ging in Begleitung Aslams, und Phillip spürte, wie ihn jemand berührte. Er drehte sich um, es war Yusef.

»Sie sind da, Monsieur Hazard«, meldete der junge Tscherkesse.

»Wer sind ›sie‹, Yusef? Ach so, Selina Gorak und mein Matrose Erikson?« fragte Phillip und war erleichtert, als Yusef nickte. »Sind sie hier?«

»Im Lager«, sagte Yusef. »Ich habe draußen ein paar Pferde. Wollen Sie mitkommen? Es ist nicht weit und dauert nicht lange!«

Das alles verwirrte ihn ein bißchen, und Phillip zögerte. Willie Armytage, der ihrer Unterhaltung gefolgt war, bot Hilfe an: »Reite mit ihm, Phillip, wenn du willst. Wir sind noch mindestens eine Stunde hier, nehme ich an. Sherard ist einer, der sich mit seinen Berichten sehr viel Mühe gibt, wie du dich erinnerst. Ich sage ihm, er soll warten.«

»Prima, danke, Willie. Ich werde mich beeilen.« Phillip nickte Yusef zu und folgte ihm zu den draußen wartenden Pferden. Als sie nebeneinander her ritten, fragte er: »Was gibt es Neues über den Oberst? Er ist wohl gestorben?«

»Ja, er ist tot. Meine Leute haben ihn christlich begraben, wie er es gewollt hätte.«

»Christlich? Aber wie ...?«

Yusef lächelte. »In den Bergdörfern gibt es christliche Priester, nicht viele, nur ein paar. Einer kam, um – wie sagt ihr – um die letzte Ölung für unseren lieben Freund, den Oberst, zu spenden. Seien Sie sicher, Monsieur Hazard, wir werden ihn nie vergessen!«

Phillip fühlte, wie ihn bei diesen Worten große Wärme durchströmte, wandte sich im Sattel um und lächelte Yusef an: »Das war sehr gut!«

»Wir sind keine Wilden«, antwortete der junge Tscherkesse ruhig. »Es stimmt, wir jagen und töten unsere Feinde, aber wir respektieren unsere Freunde und halten zu ihnen.« Den Rest der kurzen Strecke schwiegen sie. Als sie sich dem Lager näherten, wo die Männer ein großes Feuer angezündet hatten, sagte er: »Monsieur Erikson möchte Sie um etwas bitten. Mein Vater und ich wären sehr glücklich, wenn Sie seine Bitte erfüllen würden.«

»Natürlich«, begann Phillip unsicher, »wenn es in meiner Macht liegt, werde ich ...«

»Es liegt in Ihrer Macht, Monsieur Hazard«, versicherte ihm Yusef. »Ich werde Einar Erikson sagen, daß Sie da sind.«

Erikson erschien daraufhin sofort und nahm Haltung an, war frisch rasiert und trug neue Kleider, die er von einem Tscherkessen geliehen haben mußte, wie Phillip sah. Er sprach seinen Bericht mit unbewegter Stimme und beschrieb mit mehr Einzelheiten, was Yusef bereits über den Tod des Oberst erzählt hatte. Seine klugen blauen Augen widersprachen mit ihrem Funkeln seiner sehr kontrollierten Stimme und seinem ordentlichen Auftritt. Etwas beunruhigt hörte Phillip ihm zu, spürte die innere Spannung des Mannes, aber konnte sie sich nicht erklären.

»Danke, Erikson«, sagte er, nachdem ihm versichert worden war, daß Selina sich nach dem Tod ihres Vaters tapfer gehalten hatte. »Sie haben das alles gut gemacht, sehr gut sogar. Ich werde dafür sorgen, daß Ihnen die erste Gelegenheit geboten wird, befördert zu werden. Sie haben es mehr als verdient. Sie sollten sich besser gleich an Bord zurückmelden, denn ...«

»Commander Hazard!« Eriksons Stimme war nicht länger tonlos. »Ich bitte, einen Wunsch vortragen zu dürfen, Sir!«

Das war sicher der Gefallen, den Yusef erwähnt hatte, einen Gefallen, den Phillip erfüllen wollte, wenn es in seiner Macht lag. Plötzlich dämmerte ihm etwas.

»Ich bitte um Urlaub, Sir!«

»Sie wollen hier bei den Tscherkessen bleiben?«

»Ja, Sir. Wenn Sie meine Bitte befürworten. Das ist wohl der richtige Ausdruck dafür, wenn ich bei Serfir Pascha dienen könnte, wäre ich Ihnen sehr dankbar.«

Lag so etwas wirklich in seiner Macht, fragte sich Phillip und entschied, daß dies unter bestimmten Umständen der Fall sein müßte. Er hätte Erikson hier ohnehin unendlich lange zurückgelassen, wenn sein Befehl, Anker auf zu gehen, ihn früher erreicht hätte, als der Seemann sich zurückmelden konnte. Und bisher hatte er sich auf der *Huntress* noch nicht gemeldet ...

»Mir ist die Stellung eines Hauptmanns angeboten worden, Sir«, erläuterte der Norweger, »durch den Pascha. Ich würde weiter kämpfen, Sir, aber mit den Tscherkessen. Und vielleicht sogar sehr viel nutzbringender als als Mitglied Ihrer Mannschaft. Doch als Deserteur möchte ich nicht in den Büchern stehen, wenn es sich vermeiden läßt, obwohl ... also Sir, verstehen Sie ...«

»Wollen Sie damit sagen, daß Sie desertieren, wenn ich Ihnen keinen Urlaub gebe?« wollte Phillip ganz freundlich wissen.

Der Seemann errötete. »Ich ... also, ja, Sir. Aber ich möchte es nicht, glauben Sie mir. Und ich habe einen sehr guten Grund für meine Bitte, glauben Sie mir, mein Ehrenwort.«

Phillip hörte sanfte Schritte hinter sich und drehte sich um. Er ahnte, wer da kam – und sein Gefühl sagte ihm, warum sie gekommen war.

»Wird dies Ihre christliche Ehe werden, Selina?« fragte er sanft. »Ist Einar Erikson der Mann, den Sie zum Ehemann auserwählt haben?«

Ihr schönes Gesicht hob sich ihm entgegen und schien warm vor Glück und Stolz. »Ja«, sagte sie nur und streckte Erikson lächelnd ihre Hand entgegen. »Aber wir sind schon verheiratet. Der Priester, den sie meines Vaters wegen holten, hat uns vermählt, ehe er in sein Dorf zurückkehrte. Und jetzt bittet mein Mann Sie, ihm zu erlauben, hier zu bleiben ... wenn auch nur für kurze Zeit. Bitte, Phillip, Sie haben so viele Matrosen, und Sie werden sicher mit einem weniger auch auskommen.«

Und der ist nicht mal ein richtiger Matrose, sondern ein Mann der Berge und ein Lehrer, der sich hier zu Hause fühlt und dem Serfir ein eigenes Kommando angeboten hatte ...

»Ihr Wunsch ist angenommen, Erikson«, antwortete er ganz formell und spürte, wie erleichtert er war, daß ihn nun das Versprechen nicht mehr drückte, das er Oberst Gorak gegeben hatte. Erikson hatte es für ihn eingelöst. »Meine aufrichtigen Glückwünsche, Sie haben eine Frau, auf die Sie stolz sein können, eine Frau ohnegleichen.«

»Danke sehr, wirklich sehr, Sir«, antwortete Erikson. »Haben Sie Zeit, mit uns zu essen? Wir ...«

Phillip schüttelte bedauernd den Kopf. »Nein, ich muß leider sofort aufs Schiff zurück. Wir treffen uns wieder. Sie sind nicht auf Dauer beurlaubt, wissen Sie, und Sie brauchen sicher eine Passage nach England zurück für Ihre Frau, wenn dieser Krieg mal vorbei ist, nehme ich an. Ich mache mich jetzt auf den Weg. Alles Gute Ihnen beiden ... Gott sei mit Ihnen!«

»Und mit Ihnen, Sir!«

Sie warteten Hand in Hand, bis Phillip sein Pferd bestiegen hatte und sahen ihm in der hereinbrechenden Dunkelheit nach. Yusef war an Phillips Seite.

»Sie erlauben also, daß Einar Erikson bei uns bleibt?« fragte Yusef.

»Ja, ich habe ihm Urlaub gegeben und werde es so im Logbuch eintragen!«

Der Sohn des Paschas murmelte zufrieden vor sich hin.

»Gut«, sagte er dann. »Er wird uns helfen, Anapa einzunehmen.« Seine Hand ruhte leicht auf Phillips Schulter, dann hob er sie zum Gruß, wendete sein Pferd und war verschwunden.

Osborn und Armytage warteten am Fort, doch Mustafa und die tscherkessischen Häuptlinge waren bereits verschwunden.

»Emin Bey und ein paar andere werden den Pascha auf der türkischen Fregatte nach Soukoum-Kaleh begleiten«, erläuterte Osborn. »Um mehr Truppen auszuheben. Serfir bekommt die Kanonen, die er haben will. Er kann also in der Zwischenzeit den Feind immer wieder angreifen und verwirren. Ich nehme an, das Kommando über die Artillerie wird der Junge haben, der dich begleitet hat, Najib Beys Sohn?«

»Dafir? Ja, das stimmt«, bestätigte Phillip. »Er ist zwar noch ein bißchen jung, aber tapfer wie ein Löwe.«

»Sie hoffen noch auf einen zweiten Mann, der zusammen mit

ihm die Artillerie führen wird, jemand mit einem skandinavischen Namen, ich vermute, irgendein Söldner. Dabei glaube ich, sie haben gar keine skandinavischen Söldner.«

Phillip lächelte. »Einar Erikson?« wollte er wissen.

»Ja, kennst du ihn etwa?«

»Und ob«, sagte Phillip mit breitem Grinsen. »Er ist einer von meinen Männern, einer aus den norwegischen Bergen, gut ausgebildet, absolut verläßlich. Auf Serfirs Bitte habe ich ihn gerade beurlaubt, damit er mit den Tscherkessen kämpfen kann.«

»Ach der, der da allein unterwegs war? Prima, dann kannst du ja morgen mit mir zur Straße von Kertsch segeln.«

»Natürlich, wenn du willst.«

Osborn seufzte. »Ich brauche dich, Phillip, wenn ich den Kanal ausloten muß. McKillops *Snake* ist das einzige andere Schiff mit einem ebenso geringen Tiefgang wie die *Huntress*. Aber sie liegt noch bei der Flotte in Kasatch. Du sagtest, du hast kaum noch Kohle? Die *Prompt* wird morgen in der Nähe stehen und kann dich versorgen. Noch was! Was ist mit dem polnischen Mädchen, von dem du gesprochen hast, der Tochter des polnischen Oberst? Hast du gut für sie sorgen können?«

Phillip nickte. »Ja, das habe ich. Es sind sehr gute Vereinbarungen. Mich hält jetzt nichts mehr hier.«

Sherard Osborn musterte ihn ausführlich und deutete dann auf die Papiere vor sich. »Sehr gut«, sagte er, »und mich hält hier auch nichts, wenn ich erstmal den Bericht an den Admiral fertig habe. Du sollst ihn lesen, ehe Willie ihn übermittelt. Ich habe über deine Taten nichts berichtet, aber sei beruhigt, ich werde es persönlich tun, wenn ich den Admiral treffe. Und du wirst ja sowieso Meldung machen, denke ich mir.« Er hielt ihm die Nachricht entgegen. »Dies ist nur ein Bericht über das, was heute nachmittag vorging, und ich habe vor allem die Zusagen festgehalten, die Mustafa und Serfir in bezug auf Anapa und Soujak gemacht haben. Ich hoffe, du hältst diesen Bericht auch für treffend.«

Phillip las das kurze, zweiseitige Schreiben und gab es zustimmend nickend zurück.

»Absolut zutreffend aus meiner Sicht, Sherard.«

»Danke, mein Lieber. Jetzt bist du dran, Willie. Ich muß es dir nicht sagen: Bring das so schnell wie möglich zum Admiral.«

»Das mußt du wirklich nicht«, bestätigte Armytage. »Das Schiff ist schon unter Dampf, also gehe ich sofort Anker auf.« Er lächelte, bot erst Osborn, dann Phillip seine Hand und verabschiedete sich mit einem leisen: »Viel Glück euch beiden!«

Sherard Osborn stand auf und reckte seine steifen Glieder. »Komm mit mir auf die *Vesuvius* zum Essen und Klönen, Phillip! Wir werden kaum eine Chance habe, in Ruhe miteinander zu reden, wenn wir erst mal in Kertsch sind. Und wenn wir das Blockadegeschwader im Asowschen Meer werden, dann werden wir nicht mal Zeit zum Essen finden.«

Phillip dankte ihm. »Ich hoffe, daß es diesmal nicht wieder eine Umkehr im letzten Moment gibt, zum Teufel. Ich wünsche mir das aus vollem Herzen.«

»Ich auch«, sagte Osborn ebenso ernst. »Ich bin wie unser verehrter Befehlshaber der Ansicht, daß wir Sewastopol nehmen und den Krieg gewinnen werden, wenn wir die feindlichen Nachschublinien im Asowschen Meer kappen. Und zwar in der Hälfte der Zeit und mit der Hälfte der Verluste, mit denen wir sonst rechnen müßten. Lieber Gott, wenn wir daran denken, wie viele Leute wir allein bei der Belagerung in diesem Winter verloren haben, wird mir ganz übel, wie dir wohl auch. Man hat sie einfach draufgehen lassen, für nichts und wieder nichts. Wenn wir Kertsch und Jenikale einnehmen und die Tscherkessen Anapa und Soujak erobern, sind wir auf dem Weg zum Sieg.« Er sammelte seine Schreibutensilien ein und legte Phillip den Arm um die Schulter. »So, ich bin soweit. Auf, wohin wir gehören!«

Sie verließen das Fort und gingen schweigend nebeneinander zum Fisch-Kai hinunter. Phillip fühlte eine kühle Seebrise auf den Wangen und sah nach draußen, wo die Schiffe vor Anker lagen. Ihre Ankerlichter hoben und senkten sich sanft in der leichten Dünung, die gegen ihre starken hölzernen Wände klatschte. Er freute sich, zu ihnen zurückzukehren und endlich das tun zu können, worauf die Flotte so lange gewartet hatte, und er freute sich ebenso, Jelenik und die Tscherkessen mit reinem Gewissen und ohne Bedauern hinter sich lassen zu können.

Er dachte nicht mehr an Selina, als er auf das Meer hinaus blickte. Auch das Bild von Mademoiselle Sophie wehte davon und bedrückte ihn nicht mehr. Er sah nur noch die *Huntress*, und damit war er ganz und gar zufrieden. Wie Sherard Osborn vor ein paar Minuten bemerkt hatte, ging Phillip dorthin zurück, wohin er gehörte, und beschleunigte seine Schritte.

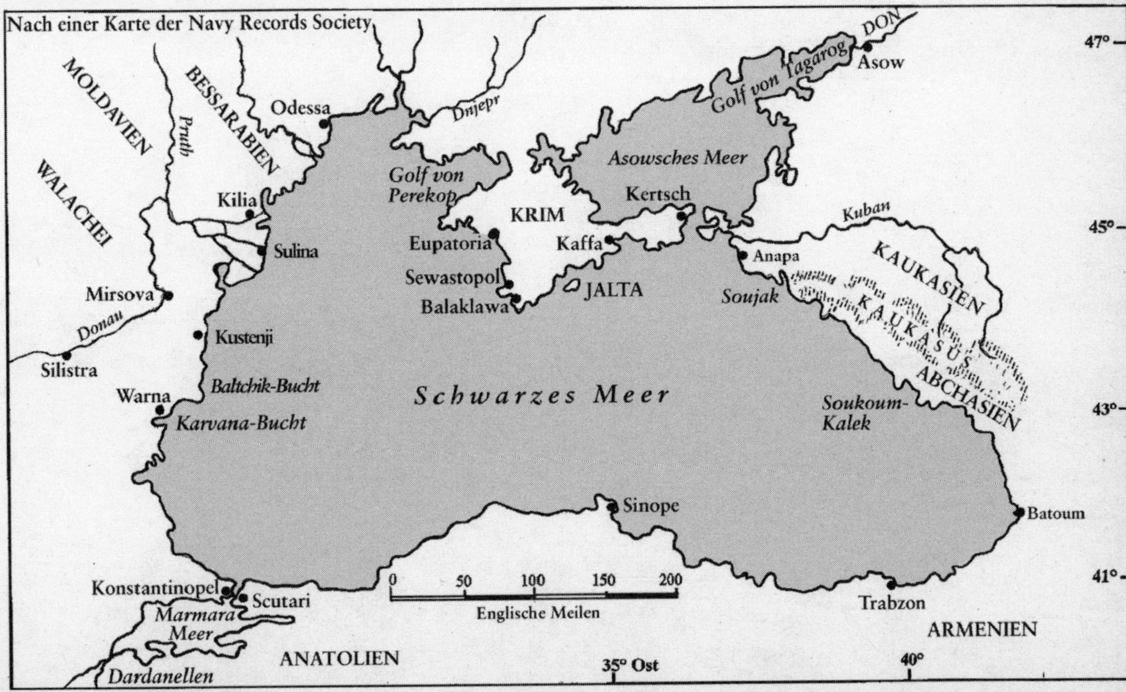

Nach einer Karte der Navy Records Society

Anhang

Quellen

Meldung von Commander Sherard Osborn an Konteradmiral Sir Edmund Lyons:

Vesuvius, *vor Jelenik*,
19. Mai 1855

Sir,

ich bin hier letzte Nacht angekommen und hatte ein Gespräch mit Seiner Exzellenz Mustafa Pascha und mit Serfir Pascha, dem Tscherkessen. Die Informationen, die ich dabei sammeln konnte, und das, was zwischen Seiner Exzellenz und mir besprochen wurde, ist hier festgehalten:

Die Tscherkessen von Soujak, Anapa und aus dem Kuban-Gebiet haben Mustafa Pascha immer wieder um einen Besuch gebeten. Sie wollten sichergehen, daß er mit ihnen zusammenarbeiten wollte, und sie wollten Pläne für ein zukünftiges Vorgehen gegen die Russen schmieden.

Das tat der Pascha jetzt. Obwohl die Zahl der regulären türkischen Truppen klein ist, ist der Pascha ganz sicher, wie er mir versicherte, in dieser Umgebung in etwa 20 Tagen, eine Streitmacht von nicht weniger als 20000 bis 30000 Tscherkessen aufzustellen, zu Pferd oder zu Fuß.

Ich äußerte meine Zweifel, wie weit man sich auf tscherkessische Hilfe verlassen kann. Serfir Pascha und der General erklärten mir übereinstimmend, es gäbe an einem allgemeinen Aufstand keine Zweifel mehr. Außerdem hätten sie es von tscherkessischen Offizieren in russischen Diensten im Kuban-Gebiet schriftlich, daß sie bereit seien, zu beweisen, wenn die Gelegenheit sich böte, daß sie immer noch Tscherkessen seien.

Mustafa Pascha sagte, seine Absicht sei es, weiter einen Guerilla-Krieg zu führen, Soujak und Anapa zu blockieren und anzugreifen, und zwei kleinere Posten zwischen diesen beiden Städten einzurichten. Ich habe ihm sehr zugestimmt, die Männer so einzusetzen, wie es ihrem Naturell entspricht, und versicherte seiner Exzellenz, daß Sie sehr zufrieden sein würden, wenn er seine Absichten exakt in die Tat umsetzen würde. Darüber hinaus wäre ich sicher, er würde Ihrem Plan am besten nützen, wenn er bei den Russen den Eindruck hinterließe, ein ernster Angriff gegen Soujak und Anapa würde vorbereitet.

Ich hörte, daß der Pascha elf reguläre Bataillone unter seinem Kommando hat. Für den Fall, daß Sie ihn bei seinen Operationen gegen die Russen hier unterstützen wollen, fragte ich ihn nach der Zahl der Truppen, die er von Abassia hierher verlegen könnte, ohne seine Position dort zu schwächen. Seine Antwort lautete, er könne nur auf 2000 bis 3000 Reguläre verzichten und auch das nur mit einigem Risiko. Mir schien, daß Seine Exzellenz dieser Frage am liebsten ausgewichen wäre.

Dennoch versprach er, hier in 20 Tagen einen Militärposten einzurichten. Die Tscherkessen sind auf die Einhaltung seiner Zusage so bedacht, daß einige von ihnen ihn nach Soukoum-Kaleh begleitet haben, wohin er heute morgen abgesegelt ist. Sie wollen sicher gehen, daß er zusammen mit ihnen auch zurückkehrt. In Ponahs, etwa 60 Meilen südöstlich von hier, hat der Pascha bereits einen Posten eingerichtet.

Mustafa Pascha ist, wie Ihnen sicherlich bereits bekannt ist, der Sohn des Ersten Türkischen Gouverneurs von Anapa. Er ist hier gut bekannt, und man schätzt ihn, und sein Besuch hat einige Aufregung verursacht.

Nach all meinen Informationen kann ich nur bestätigen, daß Anapa ein starker, gut befestigter Ort ist. Doch der Mangel an Wasser innerhalb der Festungsmauern wird keinen langen Widerstand gegen eine Blockade von Land und See erlauben. Darauf besteht Mustafa Pascha. In Soujak sind fünf weitere schwere Kanonen aufgestellt worden.

Die Meldungen an Sie, Admiral Bruat, Omar Pascha und an die Pforte, werden durch den verläßlichen Leutnant Armytage befördert. Er war dabei und hat alles gehört, was zwischen dem Pascha und mir besprochen wurde, und ist in der Lage, Sir, Ihnen jede weitere Information zu geben, die Sie wünschen.

In zwei Stunden wird die Vesuvius *Anker auf gehen in Richtung Kertsch und auf dem Wege dorthin die Küste beobachten.*

Ich bin usw.
(Gezeichnet) *Sherard Osborn*

Meldung von Kapitän John Moore an Konteradmiral Sir Edmund Lyons:

Highflyer, *vor Kertsch,*
2. Juni 1855

Sir,

ich habe die Ehre, Ihnen zu melden, daß ich, Ihrem Befehl folgend, verschiedene Orte an der tscherkessischen Küste besichtigt habe – bis hinunter nach Soukoum-Kaleh. Überall wurde die Nachricht mit größter Freude aufgenommen, daß die Verbündeten die Straße von Kertsch und das Asowsche Meer besetzt haben.

In Soukoum traf ich Mustafa Pascha ... Er schien die Operationen vor Kertsch für äußerst wichtig zu halten und war überaus bedacht, sie zu unterstützen, indem er in der Nähe von Anapa mit einer kleinen türkischen Truppe erschien und mit einer großen Masse von Tscherkessen, die zu beherrschen er sehr sicher schien. Er berichtete mir, die Russen hätten bei seiner letzten Abwesenheit Redoute-Kaleh angegriffen, seien aber abgewiesen worden. Sie hätten auch seine Stellungen in St. Nikolai und Chorurouk-Sou bedroht. Er hielt es für wichtig, seine Armee noch einmal zu besichtigen, ehe er nach Tscherkessien zurückkehrte. Er wollte dies tun, sobald die Umstände es erlaubten. Er hoffte, in der Lage zu sein, in etwa zehn Tagen zwei oder drei türkische Bataillone heranzuführen und verschiedene leichte Feldkanonen, und er hoffte, Sie würden ihm bei ihrem Transport helfen.

Inzwischen habe ich von ihm einen Brief an Serfir Pascha übernommen, der sich in der Nähe von Ponahs aufhält. In ihm steht ein Aufruf an alle Tscherkessen, sich zu erheben und den Erfolg der Verbündeten zu gewährleisten, indem man den Russen überall den Weg abschneidet. Als ich Ponahs erreichte und fand, daß Serfir Pascha sich im Land aufhält, mußte ich den Brief mit einem tscherkessischen Boten zu ihm schicken, denn ich glaubte, auf seine Rückkehr nicht warten zu können, da sie unsicher war.

Heute morgen habe ich Anapa beobachtet und habe Konvois gesehen, die sich in Richtung auf den Kuban-See bewegten. Das bestätigt mir, was ich von den Tscherkessen gehört habe: daß man die Einwohner wegschickt und sie alle Besitztümer aus der Stadt mitnehmen läßt.

Ich bin usw.
(gezeichnet) *John Moore*

Notiz:

Kapitän John Moore landete am 28. Mai in Soujak, nachdem die Russen es evakuiert hatten. Er fand es im Besitz der Tscherkessen und ließ Kapitän Hughes als Verbindungsoffizier dort.

Alle Berichte aus:
Der russische Krieg, 1855. *Herausgegeben von Kapitän A.C. Dewar, O.B.E., B. Litt., F. R. Hist. S., R. N., veröffentlicht von der Navy Records Society.*
Weitere Details in : Eine Geschichte des Krieges gegen Rußland *E. H. Nolan 1857 (2 Bände)*

Mustafa Pascha zeichnete sich in der Schlacht von Oltenitza (im November 1853) und in der Kampagne an der Donau, 1854, unter Omar Pascha aus. Er löste Selim Pascha als türkischer Oberbefehlshaber im August 1854 in Batoum ab, nachdem der eine schwere Niederlage in Karaboulah bei Bayzid erlitten hatte – manche vermuten, weil er von den Russen bestochen worden war. Er floh vor den Russen an der Spitze der türkischen Reserven, die er nie in den Kampf führte. 2500 Türken wurden gefangengenommen, und mindestens doppelt so viele fielen oder wurden verwundet.

Richard Debaufre Guyon wurde am 31. März 1813 in Walcot bei Bath geboren, als Sohn eines Commanders der Königlichen Marine. Er trat 1831 in österreichische Dienste, spielte im ungarischen Unabhängigkeitskrieg 1848 eine wichtige Rolle und floh danach in die Türkei. Im November 1853 wurde er dort zum General der Armee Kleinasiens befördert und war einer der wenigen europäischen Offiziere, die sich weigerten, Muslim zu werden. Er starb 1856 an der Cholera.